Mathias Petry

Kainegg

Roman

Edition Kulturbüro8

Bibliografische Information der Deutschen Nationalbibliothek:
Die Deutsche Nationalbibliothek verzeichnet diese Publikation
in der Deutschen Nationalbibliografie; detaillierte bibliografische
Daten sind im Internet über dnb.dnb.de abrufbar.

Impressum

Erschienen in der Edition Kulturbuero8
Lenbachstr. 18 * 86529 Schrobenhausen
www.kulturbuero8.de

Dritte Auflage 2025

Lektorat: Flörian Erdle
Covergestaltung und Satz: Sabine Beck
Korrektorat: Hans Dieter Vogl

Verlag: BoD · Books on Demand GmbH, In de Tarpen 42,
22848 Norderstedt, bod@bod.de
Druck: Libri Plureos GmbH, Friedensallee 273, 22763 Hamburg

ISBN: 978-3-7693-3936-9

1 | FRÖSTELND

Kalt, es ist kalt.

Mir ist kalt.

In mir ist es kalt.

Was habe ich getan? Sie sind tot. Alle erschlagen. Eben schrie der Bub noch, auch ihn hat meine Haue erwischt. Sie fuhr durch das Dach seines Bettchens, sie traf. Vorhin, da hatte er noch mit der Katze im Hof gespielt. Er wird nie wieder spielen. Was habe ich nur getan? Und was ist mit dem Mädel? Sie ging beim Kampf dazwischen, dann traf sie die Haue am Kinn. Sie wimmert, sie schreit. Seit bald einer halben Stunde schon. Hör doch auf zu schreien, Kind. Der Todesstoß, er fehlt. Ich kann sie nicht erlösen, ich ertrage ihre Qualen nicht.

Kalt. So kalt.

Ich habe Hunger. Großen Hunger. In der Küche, da muss es etwas zu essen geben. Ja, Brotsuppe für die Kinder. Ich kann nicht ihr Essen essen, es war nicht für mich, es war für sie.

So großer Hunger. Die Kälte.

Da liegt ein Laib Brot, der wird mir guttun, ich schneide eine Scheibe ab, gleich mit der Haue. Aber, nein, es ist Blut an der Schneide. Und Haare. Hirn.

Ich muss die Haue loswerden, die zur Waffe geworden ist. Wohin damit? Was soll ich tun? Alle sind sie hinüber. Ausgelöscht.

Oder nicht? Das arme Mädel, es wimmert immer noch, hör auf! Gib doch endlich Ruh, Kind! Ich kann das nicht ertragen, muss noch einmal hin, muss beenden, was ich begonnen habe. Mir ist übel.

Ich habe Hunger.

Ich muss etwas essen.

Ich muss die Waffe loswerden. Und Ruhe schaffen. Ich muss für Ruhe sorgen, damit die Nachbarn uns nicht hören.

Ich brauche Zeit. Das Vieh. Das Vieh muss gefüttert werden.

Da steht die Wiege des Buben. Der brave Bub. Warum ist er tot? Was ist überhaupt passiert?

Brot essen. Eine Scheibe abschneiden, da liegt ein Messer. Das Messer ist keine Waffe, es ist nur ein Messer. Meine Hände zittern, warum zittern sie so? Das Kind. Wann hört es endlich auf zu wimmern?

Was klirrt da? Das Messer, es gleitet mir aus der Hand. Jetzt liegt es am Küchenboden, neben der Haue mit dem Blut, den Haaren, dem Hirn.

Ich kann nichts essen, so übel ist mir. Das Vieh. Das Brot. Ich brauche Zeit. So müde bin ich. Ich muss schlafen.

Schlafen. Schlafen.

2 | DER HIMMEL IST NASS

»So ein Mist!«

»So ein Bockmist!«

»So was Blödes!«

»So ein Dreck!«

Selten waren sich die Herren Ministranten einmal so einig.

»So eine Sauerei!«

»Ja, leck fett.«

»Kruzinesn.«

»Ja spinnst!

Da standen sie in der Sakristei der Hudlhubber Dorfkirche Zur Heiligen Mutter Gottes Verkündigung und vor einer schier unlösbaren Aufgabe: Denn der Himmel war pitschpatschnass. Das konnte so nicht bleiben.

»Du kannst dich heutzutage aber auch auf gar nichts mehr verlassen«, schimpfte Leon, »nicht einmal auf den Wetterbericht.«

»Der im Fernsehen stimmt ja eh nie, seit der Kachelmann ihn nicht mehr macht.« Jan-Eric äffte seinen Papa nach, was niemand außer ihm selbst wusste. Wobei Jan-Eric nicht den Hauch eines Schimmers hatte, wer genau denn dieser Kachelmann war, und genau genommen war ihm das auch total egal. Er hätte den Namen googeln können. Hat er aber nicht.

»Wie, Fernsehen? Gehst du schon in Rente?«, sagte Ferdinand, der sich, wenn er nicht gerade schlief, im Minutentakt im Internet bewegte, und mit diesem vorsintflutlichen Teil an der Wohnzimmerwand genauso wenig zu tun haben wollte wie die meisten seiner Altersgenossen, außer er hatte sich mit seinem Smartphone in den gecurvten Flatscreen eingeloggt.

»Hab im Netz geschaut«, meldete sich jetzt Leon, der Profi, zu Wort, »alle Portale waren sich einig: Es bleibt trocken.«

»Von wegen!« Das war Tim, der Oberministrant. »Jedenfalls müssen wir jetzt was unternehmen, sonst ist der Himmel bis zur nächsten Fronleichnamsprozession verschimmelt.«

»Igitt, dann mag ich den aber nicht mehr anfassen«, sagte Leon.

»Ich auch nicht.« Ferdinand schüttelte es regelrecht bei dem Gedanken.

»Und der Herr Pfarrer wär' da auch nicht glücklich, immerhin war der Himmel gerade erst bei Regens Wagner in Hohenwart zum Ausbessern, und dafür sind gewiss einige Kollekten draufgegangen«, sagte Tim.

»Aber schön ham's es gemacht.«

»Ja, schon schön.«

»Und jetzt ist er schön nass.«

Tim versuchte eine Ecke auszuwringen. »Sinnlos.«

Die Tür zum Kirchenschiff ging auf, der Pfarrer steckte den Kopf durch die Tür.

»Alles klar, Männer?«, fragte er. Er sah aus wie ein begossener Pudel, seine Fröhlichkeit ließ er sich von einem kleinen Wolkenbruch sicherlich nicht vermiesen. Auch nicht, wenn er pitschpatschnass war, inklusive Unterhose. Ein klein wenig hatte er sich ja schon darüber geärgert, dass alle Hudlhubber einfach nach Hause gestürmt waren, mitten in der Prozession. Bloß, weil sich da ein paar dunkle Wolken am Himmel über dem Himmel aufgetürmt hatten. Der Bürgermeister war nach zehn Minuten schon weg gewesen, aber das kannte man ja, dafür bedurfte es keines Regenschauers.

»Passt schon, Herr Pfarrer, wir gehen gleich, wir räumen nur noch kurz auf«, sagte Oberministrant Tim.

»Dass ihr euch nur nicht erkältet!«

»Keine Sorge, Herr Pfarrer, schaun S' eher, dass Sie sich keinen Schnupfen holen. Am Sonntag haben Sie volles Haus, da müssen Sie schließlich abliefern.«

Der Pfarrer überlegte kurz, ob er darauf reagieren sollte, entschied sich dann aber, es lieber zu lassen. »Danke, Männer!«, sagte er nur, dann schloss er die Tür.

Bis eben noch hatte sich Ferdinand zusammengerissen, jetzt begann er aber doch, zu zittern.

»Wisst Ihr was, mir ist das hier jetzt völlig wurscht. Mir ist kalt, und ich will erstmal aus den nassen Sachen raus. Der Himmel kann warten.« Ferdinand bestand allerdings nur aus Haut und Knochen, er hatte gerade einen krassen Wachstumsschub hinter sich, zwölf Zentimeter in acht Monaten.

»Finde ich auch«, sagte Jan-Eric und wischte sich das Wasser von der Stirn, das von den Haaren herunterlief. Er war der Sohn des Feuerwehrkommandanten. Seine Eltern hatten sich gerade getrennt, die Mutter war in die lebenswerteste Stadt des Universums gezogen, und er pendelte jetzt zwischen Pfaffenhofen und Hudlhub, jener zauberhaften, kleinen Gemeinde im hügeligen Herzen Bayerns, wo der Himmel noch weiß-blau, die Welt noch in Ordnung und er bei Papa Franz an den Wochenenden daheim war.

»Mein Dad hat einen Heizlüfter, einen echten Fakir, der macht saumäßig heiß. Wenn ihr wollt, bring ich den nachher mit, und dann heizen wir dem Himmel dermaßen ein, dass ihm das Wassern vergeht.«

»Gute Idee«, sagte Ferdinand, »meine Oma hat so was auch, den bring ich auch mit.«

So zogen sie los, die vier Himmelspfleger, um sich abzutrocknen, sich umzuziehen und sich dann den Himmel vorzunehmen.

Sie wussten: Die Hudlhubber zählten auf sie. Und das konnten sie auch.

Obwohl die Dorfkirche Zur Heiligen Mutter Gottes Verkündigung ziemlich abgelegen ein gutes Stück außerhalb des Dorfes stand, waren sie keine halbe Stunde später alle wieder da. Abgetrocknet, umgezogen, und jeder hatte mindestens einen Fakir dabei, Jan-Eric sogar drei.

»So, dann wollen wir mal!«, sagte er und steckte die Fakire der Reihe nach in eine Mehrfachsteckdose. Die anderen taten es ihm gleich, Ferdinand hatte zum Glück noch eine zweite Steckerleiste mitgebracht, sicher ist sicher. Ein Gerät nach dem anderen wurde zugeschaltet, schnell wurde es kuschelig warm, in der Sakristei.

»Vielleicht sollte man hier in Zukunft immer ein paar Heizlüfter aufstellen«, sagte Tim, »da wird sogar die Sakristei richtig gemütlich!« Das fanden die anderen gut.

»So, jetzt aber nix wie heim, Mittagessen!«, sagte Ferdinand, und die anderen nickten. Ein paar Kalorien auf den Knochen würden ihm sicher guttun. Alles andere überließen sie den Fakiren. Bis zum Abend, da waren sie alle ganz sicher, würde der Himmel wieder trocken sein.

Sie hatten ihm jetzt genug eingeheizt.

3 | DER HIMMEL WEINT

Weil Feiertag war, hatte sich Fanny richtig rausgeputzt, sie trug ihr zweitschönstes Dirndl, das sie bei einer Trachtenschneiderin ganz in der Nähe hatte anfertigen lassen, die neue Schrobenhausener Tracht. Vor ein paar Jahren war sie, basierend auf der original Paartaler Tracht, entworfen worden. Und die brachte Fannys erstaunliche Auslage prächtig zur Geltung. Sie mochte durchaus, wenn sie Blicke ihrer männlichen Gäste auf sich zog.

Heute klappte das nicht.

Ludwig, Max, Meik und Charlie schafkopften, und sie waren viel zu sehr mit dem Spiel beschäftigt, als dass sie bewundert hätten, was Fanny zu bieten hatte. Außerdem war die Fanny ja eh immer da. Der Feuerwehrtrupp von Hudlhub hatte wie üblich an Fronleichnam während der Prozession die Straßen abgesichert, aber als die Kameraden merkten, wie sich alle wegen des drohenden Unwetters aus dem Staub machten, hatten auch sie sich nach und nach abgemeldet. Sie kamen gerade in Adelheid Kirchmairs Wirtshaus an, da ging es auch schon los. Gewaltige, fast weintraubengroße Regentropfen wurden vom Himmel zu Boden geschleudert. Durchs Wirtshausfenster sahen sie, wie nun auch Hochwürden und seine vier Ministranten unter dem heiligen Himmel das Weite suchten, sie würden es schon finden.

»Ich spiel mit der Blauen!«, sagte Meik.

»Die Genaue«, ergänzte Max.

»Die mit der Mannschaftsaufstellung!«, wusste Ludwig. Charlie sagte dazu nichts, er nickte nur und ließ seine schönen Männerhände mit den sich leicht über der feinporigen Haut erhebenden Venen am Tisch ruhen. Die Jungs sagten das mit der Blauen, der Genauen, immer, wenn einer mit der Gras-Sau spielte. Irgendeiner hatte das einmal begonnen, und die Generation früherer Hudlhubber Schafkopfer wie der Reiß Sepp oder der Hausknecht

11

Valentin hätten gewiss noch gewusst, dass sich der Spruch auf die einstige Stadionzeitung des TSV 1860 München bezog, die Blaue, die Genaue, die mit der Mannschaftsaufstellung.

Die Feuerwehrmänner von Hudlhub hatten davon keine Ahnung. Keinen Schimmer.

Nicht den geringsten.

Der Meik hatte zwar mal gefragt, woher das kam, aber da hatte sein Smartphone gerade keinen Empfang, so dass er Siri nicht fragen konnte, und dann war es auch schon wieder rum ums Eck.

»Sie schon wieder. Die Blaue. Natürlich«, sagte Ludwig. »Das ist grad deine Lieblings-Sau, oder?« Er hatte ihn, den Gras-Ober, damit war er in diesem Spiel der Partner von Meik. Jetzt, wo noch keine Karte gezogen war, wusste das nur er allein. Das würde sich aber gleich ändern. Ludwig zog den Oidn, also den Eichel-Ober, ballerte ihn auf den Tisch und sorgte für klare Verhältnisse.

»So!«, sagte Ludwig.

»Wer sö socht, hat noch nüscht gedön!«, erwiderte Meik und schmierte seinen Herz-Zehner. Den Spruch sagte er immer auf, wenn jemand im Raum »so« sagte.

»Na, da haben sich ja zwei gefunden«, sagte Max.

Charlie trank einen Schluck Weizen und spatzte sich ab. So nennt man das, wenn man eine Karte spielt, die garantiert keinen Stich macht, dem Gegner auch keine Punkte bringt.

»Warum trink ich eigentlich als einziger ein Bier?«, fragte er dabei in die Runde.

»Meine Frau lässt mich nicht«, sagte Ludwig, und die anderen nickten verständnisvoll. Ludwig war schließlich jung verheiratet. Trotzdem: Alle vier winkten, ohne aufzusehen, nach Fanny.

Vier Halbe, bitteschön.

Hätten sie die Frau beobachtet, die zwei Tische weiter saß, wäre ihnen das kurze Lächeln nicht entgangen, das über ihr Gesicht zuckte. Sie war der einzige weitere Gast an diesem Tag. Fanny allerdings war die kurze Regung nicht entgangen. »Wieder mal typisch, oder?«, fragte sie, und die Frau wandte sich ihr zu. Sie war

Ende 20, vielleicht Anfang 30, hatte eine kaum zu bändigende schwarze Mähne, die sie erfolglos hinter die Ohren zu klemmen versuchte.

»Ja mei!«, sagte die Frau. »Männer halt. Was will man da schon erwarten.« Sie sagte das zwar auf eine Weise von oben herab, wie man so etwas nun mal in solchen Small-Talk-Situationen sagt, aber es schwang eine gewisse Traurigkeit dabei mit, die Fanny, mit ihren im jahrelangen gastronomischen Dienst geschulten feinen Antennen, nicht entging.

Da hatte wohl jemand Ärger mit einem Mann.

Um ihr nicht zu nahe zu treten, wechselte Fanny unvermittelt das Thema.

»Was schreibst'n da?«

Tatsächlich kritzelte die Frau mit der Mähne etwas in eine Art Notizbuch. Sie musterte Fanny kurz, nicht unhöflich, und doch genau genug, um zu wissen, dass bei dieser Bedienung das Herz am rechten Fleck saß. Sie mochte sie sofort.

»Tagebuch«, sagte sie deshalb und lächelte kurz.

Und Fanny legte den Kopf in den Nacken, was soviel bedeutete wie Ahjetztja und verzog sich diskret. Die Schwarzhaarige sah ihr kurz nach und lächelte weiter. Hatte sie sie also richtig eingeschätzt.

Fanny war schwer in Ordnung.

»Die junge Liebe!«, sagte Max drüben am Schafkopftisch zu Ludwig. »Musst heut noch Leistung bringen.«

»Du bist doch nur neidisch!«, sagte Ludwig, und alle am Tisch wussten, dass das stimmte. Und Fanny wusste das auch, und die Schwarzhaarige auch.

»Vielleicht suchst dir auch einmal eine, Max«, schlug Charlie vor, »so wie der Huberbauer.«

»Und wie hat's der Huberbauer gemacht?«, stieg Max drauf ein.

»Der hat zum Viehhändler gesagt: Weißt nicht eine Frau für mich? Und dann hat der gesagt: Für ein Kalb bring ich dir eine. Und das hat er dann auch gemacht. Was der Viehhändler ihm nicht sagte, ist, dass die gute Dame auf ihren ersten Mann mit einem Schürhaken losgegangen war.«

»Ja, und der ist dann an seinem Auge hängen geblieben«, ergänzte Ludwig, er kannte die Geschichte schon.

»Aua!«, sagte Meik.

»Ja, das hat er auch gesagt, der gute Mann«, grinste Charlie. »Und der Huberbauer ist sein Kalb losgeworden.«

»Und wie lang ist das schon her?«, fragte Max.

»Oh, sicher 18, 20 Jahre. Er hat Glück gehabt, er hat auch noch beide Augen, allerdings ...«

»Allerdings was?«, wollte Max wissen.

»Naja, schau halt mal genau hin, wenn du ihn nach der nächsten vhs-Seniorengymnastik beim Duschen siehst.«

»Seit wann duschen die sich denn nach der Seniorengymnastik? Und seit wann gehe ich da überhaupt hin?«

»Auch wieder wahr. Er ja auch nicht. Es ergibt sich schon mal eine Gelegenheit.«

»Bestimmt. Und wie ich da hinschauen werde.«

»Und bis dahin suchst dir endlich eine Frau, Max, ob mit oder ohne Viehhändler.«

»Ist schon recht, Charlie.«

Fünf Karten waren gespielt, da legte Meik sein restliches Blatt auf den Tisch. Die beiden höchsten verbliebenen Trümpfe und die Herz-Sau. Ganz klar: In diesem Spiel würde keiner mehr einen Stich machen. Sie warfen die Karten zusammen.

»Söl«, sagte Meik, und alle mussten lachen.

Max drehte sich rüber zu der Frau am Nachbartisch.

Sie war so sehr in ihr Tagebuch vertieft, dass sie Max nicht gleich wahrnahm. Wobei er ihr optisch durchaus aufgefallen war. Max hatte zuletzt viel Zeit im Fitnessstudio verbracht, bei ihm war einiges hingewachsen.

»Wie bitte?«

»Ich sagte: Bei uns in Hudlhub ist immer etwas geboten, gell?«

»Ist das so?«, erwiderte sie und meinte es etwas weniger unfreundlich als es vielleicht klang.

»Sie sind neu hier, oder?«

»Schon, ja.«

»Ich bin der Max«, sagte der Max und kippelte mit dem Stuhl

etwas nach hinten, um die Schwarzhaarige etwas genauer mustern zu können.

»Bettina«, sagte Bettina, die plötzlich nicht anders konnte als loszuprusten. Ludwig, der lustige Kamerad, war nämlich mit einem Fuß unter Max' schon schwebendes vorderes Stuhlbein gefahren und hatte ihm den entscheidenden Kick gegeben. Max spürte, wie er nach hinten kippte, versuchte sich vergeblich irgendwo festzuhalten, er verlor das Gleichgewicht und wunderte sich noch viel mehr, warum er nicht auf den Boden krachte. Als er die Augen öffnete, war ihm alles klar: Er starrte von unten auf Fannys gewaltigen Vorbau. Sie war manuelneuermäßig genau richtig gestanden und fing Max mit dem Bauch auf, Kraft genug hatte sie eh, als oktoberfestgestählte Kellnerin.

»Und, Max, gefällt dir, was du siehst?«, fragte Fanny belustigt und atmete mal eben tief ein.

»Mei, Fanny, du bist die Beste!«, stammelte der Max nur, und er hatte es gerade überhaupt nicht eilig, aus seiner Position herauszukommen.

Ludwig wollte seinen Spezl nicht blamieren und wechselte das Thema. »Du bist sicher wegen des Mordes hier«, wandte er sich an Bettina. Das gab Max Zeit, sich wieder zu sammeln. Du blöder Hund, das waren die Worte, zu denen er den Mund stimmlos und grinsend formte, Ludwig zwinkerte ihm mit dem von Bettina abgewandten Auge kurz zu.

»Wegen des Mordes? Was für ein Mord?«, fragte Bettina.

»Na, Kainegg, halt.«

»Kainegg? Ist das hier?«

»Ja freilich, keine drei Kilometer entfernt.«

»Von Kainegg habe ich schon gehört. Aber eigentlich besuche ich nur meine Nichte Steffi!«

Da schaute Charlie auf. Ach, DIE Bettina. Alles klar. Steffi hatte was gesagt, dass sie kommt.

»Hallo Bettina«, sagte er, »ich bin Charlie. Ich und die Steffi ...«

»Wie schön!«, sagte Bettina und lächelte ihn an. »Ich war bloß etwas früh dran, und weil ich mich bei der Prozession nicht nass regnen lassen wollte, bin ich hier noch eben eingekehrt.«

»Wir haben ja auch ganz viele andere Sachen zu bieten, in Hudlhub«, sagte Ludwig und schaute zu Max, alles klar, er war wieder dabei.

»So? Wirklich?«, fragte Bettina, offensichtlich amüsiert.

»Na, bei uns ist eigentlich immer was los«, sagte Max.

»Also, man kann bei uns in Hudlhub ganz wunderbar dem Gras beim Wachsen zuschauen!«, sprang Meik ein. Er war mal wieder keine große Hilfe.

»Und der Hudlhoop-Reifen ...«. Das war Ludwig.

»Der ... Hudlhub-Reifen?

»Hudlhoop, ja richtig. Mit zwei ‚o' und einem ‚p' hinten«, sagte Max, »der Hudlhoop-Reifen ist hier bei uns erfunden worden.«

»Der – was?«

»Na, du kennst doch den Reifen, den man um den Bauch schleudern lässt ... ja ich weiß schon, die Leute glauben immer, der wäre aus Amerika, aber das stimmt gar nicht. Unser Dorf-philosoph ...«

»... Matthias Kronleichter ...«, ergänzte Ludwig.

»... 1726 bis 1754 ...«, warf Meik ein.

»... hat ihn 1753 höchstpersönlich erfunden, als er gerade sein Alterswerk ‚Vom Kreuchen und Fleuchen« schrieb.«

»Dann würde mich mal interessieren, wie alt er war, als er sein Jugendwerk schrieb«, erwiderte Bettina trocken.

»Ja«, sagte Fanny von hinten hinter der Theke, wo sie gerade ihren BH richtete, wobei ihr alle im Raum interessiert zusahen, »das habe ich mich auch schon gefragt.«

»Aufpassen«, sagte Max und deutete ohne eine Miene zu verziehen mit Zeigeund Mittelfinger eine Bewegung an, wie wenn man jemandem mit einem Messer die Gurgel durchschneidet. »Niemand lästert über unseren Matthias Kronleichter, dass das klar ist. Wir alle kennen seine Philosophie: ‚Eyn jeder trynke seine Biere im Stehen, auf daß er nycht so schnell einen sytzen habe!'«

»Genau«, sagte Meik, »oder: ‚Eyn jeder Mensch spreche nur noch solches, was seyn Verstand auch erfasset habe, auf daß es sehr leyse werde auf Erden.'«

»Der ist ja fast gut!«, sagte Bettina und nickte so überzogen respektvoll, dass es ihr angemessen respektlos erschien.

»Stecke er nicht den Kopf in den Sande, auf dass er nicht an seynem Hinterteyl erkannt werde«, schlug Charlie im Sinne Kronleichters vor.

»Ganz genau«, sagte Meik, und Bettina zog es vor, lieber nichts mehr zu sagen. Dieser Philosoph mit seiner tollen Erfindung, er war ihr nicht so ganz geheuer. Vermutlich kein Wunder, dass Kronleichter seinen Platz zwischen Kierkegaard, Schopenhauer und Heidegger noch nicht gefunden hat, dachte sie. Noch vermochte sie seinen Stellenwert nicht so ganz einzuschätzen.

»Du siehst«, wandte sich Max am Ende dieses Schauspiels an Bettina, »bei uns ist immer was los.«

Bettina bestellte einen weiteren Tee.

»Den Eindruck habe ich auch.«

4 | EINE WÄRMENDE MAHLZEIT

Theresia hatte endlich die richtige Kassette gefunden.

Die moderne Musik, die neuerdings auf Bayern 1 lief, wollte sie ganz bestimmt nicht hören. Sie wollte etwas Heimatliches fürs Herz, und wenn der Bayerische Rundfunk ihr das nicht geben wollte, weil der schlaue Bayerische Rundfunkrat beschlossen hatte, dass bayerische Musik im Bayerischen Rundfunk nur noch eine Nebenrolle spielen soll, dann hörte sie eben eine Musikkassette an und nicht mehr den nicht mehr so bayerischen Rundfunk.

Theresia war eine ganz besonders nette alte Dame, sie hatte ein überaus gütiges Gesicht und eine unglaublich hohe, fast piepsige und wahrscheinlich genau deshalb so zauberhaft klingende Sprechstimme.

Theresia war eine sehr, sehr nette Frau. Früher, da hatte sie ein anderes Wort für diese moderne Musik, aber das mochte sie nicht mehr sagen, sie hatte es sich abgewöhnt. Und hätte sie früher schon gewusst, dass »Negermusik« Menschen herabwürdigt, dann hätte sie das schon viel früher nicht mehr so genannt. Allein schon wegen der kenianischen Kapläne, die hier in Hudlhub immer wieder mal zu Gast waren. Sehr nette Menschen waren das nämlich. Ihnen brachte sie selbstverständlich aus tiefstem Herzen genau denselben Respekt entgegen wie dem Herrn Pfarrer. Aber diese Musik im Bayerischen Rundfunk – dafür hatte sie trotzdem kein Verständnis.

Seit ihr Mann tot war, lebte sie allein, das heißt, ihre Katze, die war natürlich immer da. Schnurri war inzwischen auch schon 23 Jahre alt, aber Theresia war sicher, dass Schnurri es noch mindestens genauso lang machen würde wie sie selbst. Also noch eine ganze Weile, sie war ja nicht einmal 100.

Dass sie mit dieser Einschätzung ziemlich falsch lag, das wusste Theresia trotz aller Weisheit des Alters nicht. Wie hätte sie auch damit rechnen können, dass sie ausgerechnet diesen Fronleichnamstag nicht überleben würde?

Gerade rührte Theresia eine Suppe zusammen, ein feines Essen würde das werden. Für Theresia, aber auch für Schnurri – und natürlich für den Herrn Pfarrer. Seit vielen Jahren war Theresia die Hudlhubber Pfarrersköchin.

»Ist ja schon recht, Schnurri«, sagte Theresia mit ihrer niedlichen Piepsstimme, »du bekommst auch was ab. Oh mei, wenn das der Vater wüsste.«

Und in ihrer Erinnerung erwachte der Vater, der auf einem allmählich vergilbenden Schwarzweiß-Foto im Herrgottswinkel hing, zum Leben. Er stapfte durch den Schnee zu einem riesigen Scheunentor, es war ein kalter Tag im November 1927.

»Hallo, ist da wer?«, rief jemand. Er war nicht allein, der Vater, sie waren mehrere, die den Hof unter die Lupe nahmen. Es war ja schon merkwürdig, dass sich hier seit Tagen nichts mehr rührte. In diesen Zeiten ließ doch niemand seinen Hof allein. Und er öffnete das Scheunentor und ging hinein, denn die Haustür war verschlossen. Vielleicht war ja der Zugang durch den Stall ins Haus möglich.

Es war schon recht dämmrig, und bei dem nasskalten, grauen Spätherbstwetter war es den ganzen Tag eh noch nicht so richtig hell geworden. Mühsam tastete er sich vor, dann blieb er an etwas hängen.

»Was ist das?«, schrie er.

Und als einer der anderen mit einer Laterne hinleuchtete, sah er einen nackten, toten Fuß.

»Weißt, Schnurri, die Leute glauben ja, der Vater wär der Mörder gewesen, weil er die Leichen gefunden hat. Und weil er ein paar Mal mit der Katharina, dem Zeiserl von Kainegg, im Heu zusammengekommen ist. So hat man sie genannt, weil sie hat ja so schön gesungen, im Kirchenchor. Und eine fesche Frau war sie ja schon, Schnurri? Weißt, heute, da würde man sagen: ein steiler Zahn, gell, Schnurri?« Und Theresia kicherte wie ein Schulmädchen.

»Aber er war's nicht, Schnurri, du weißt es, und ich weiß es auch, gell?«

Die Katze streckte und reckte und räkelte sich, dann kuschelte sie sich an Theresias Bein.

»Es war ja alles ganz anders.«

Das war der Moment, als die Tür aufging. Der Pfarrer kam von draußen rein.

Er schlotterte, denn er war patschnass.

»Regnet's?«, piepste Theresia keck und stellte dem Pfarrer erneut kichernd einen dampfenden Teller hin.

»Sehr witzig, Theresia«, knurrte der Pfarrer und stürzte die ersten Löffel gierig herunter, die Wärme von innen tat gut. »Eigentlich wollte ich mich erst einmal umziehen.«

»Ach gehen S', Herr Pfarrer, jetzt ist's eh schon wurscht – und das Essen soll ja nicht kalt werden.«

»Eigentlich haben S' recht, Theresia, und ich habe so einen Hunger.«

Theresia hörte gar nicht mehr hin. Sie war in Gedanken noch bei ihrem Vater, einem feinen Mann. Sie hatte ihn sehr gemocht, und er hatte sie sehr liebevoll beruhigt, damals. Auch sie, Theresia, hatte damals die Leichen gesehen, nach dem Mord in Kainegg – und das hatte sie sehr verstört. Wie gut, dass ihr liebevoller Vater immer für sie da war.

Nach dem Pfarrer bekam nun auch Schnurri etwas Suppe, dann nahm sie einen Schöpfer für sich.

5 | DER HIMMEL BRENNT

Der Hudlhubber Himmel war ein ganz besonders gelungenes Exemplar handwerklicher Stickkunst, ein wahres Meisterwerk. Der frühere Dorfpfarrer Godehard Wagner hatte ihn vor über 300 Jahren in Auftrag gegeben, er mochte es pompös, er mochte es üppig. Von allem etwas zu viel, war ihm gerade recht.

Pfarrer Godehard Wagner hatte einige Klosterschwestern, die ihm nicht nur bei der gestickten Ausschmückung der Hudlhubber Kirche gefällig waren, gebeten, sich doch bitteschön beim Himmel ganz besonders viel Mühe zu geben. Und so zierten diesen Baldachin nicht nur der Leib Christi, sondern auch eine ganze Reihe Hudlhubber Himbeeren sowie mehrere versteckte Symbole, die sich allerdings nur den Klosterschwestern und dem ehemaligen Pfarrer erschlossen. Niemand hatte den Himmel jemals so unter die Lupe genommen, dass er nachhaltig verewigte, unzulässige Anzüglichkeiten darauf als solche erkannt hätte. Und auch die Fachleute der Hohenwarter Regens-Wagner-Fahnenstickerei wären nicht in der Lage gewesen, diese Botschaften zu entschlüsseln, als sie das gute Stück restaurierten.

Die Gurke im rechten oberen Eck fing jedenfalls als erstes Feuer. Dazu muss man wissen, dass das Stromleitungssystem der Hudlhubber Dorfkirche Zur Heiligen Mutter Gottes Verkündigung zuletzt in den 50er Jahren des vergangenen Jahrhunderts generalsaniert und seither nur noch geflickt worden war. Wo es nötig wurde, war tatsächlich schon das eine oder andere dreiadrige Kabel eingezogen worden, aber sonst hatte es in der Regel Wichtigeres in der Gemeinde gegeben, wofür Geld ausgegeben wurde.

Die Fakire, die nun also diensteifrigst ihre Pflicht vollführten, konnten jedenfalls nichts dafür.

Sie strengten sich an, sie heizten, was das Zeug hielt, die glühten fieberhaft vor sich hin, und tatsächlich gelang es ihnen ob ihrer gekoppelten, gemeinschaftlichen Kraft, die sonst eher klamme Sakristei auf stolze 42 Grad aufzuheizen, für solche angenehme Temperaturen hätten sich auch die Ministranten erwärmt.

Die betagten Stromleitungen der Sakristei eher nicht.

Die ungewohnte Leistungsanforderung brachte nicht nur die unschuldigen Heizeinheiten der Heizlüfter-Fakire zum Glühen, sondern auch die alten, zweiadrigen Stromkabel.

So kam, was kommen musste: Eine Stichflamme schoss aus der Steckdose, und der historische Hudlhubber Himmel war längst trocken genug, um sie dankbar entgegenzunehmen und sich final von der unzüchtigen, schamlosen Gurke zu trennen, mit der er dereinst bei seiner Schöpfung schon verunreinigt worden war.

Langsam arbeiteten sich die Flammen vor, fraßen sich durch den Baldachin, der alle Hudlhubber Ortsgeistlichen seit den Tagen von Pfarrer Godehard Wagner beschirmt hatte, ohne dass auch nur ein Nachfolger des Auftraggebers etwas von den amourösen Erinnerungen geahnt hätte. Die Gurke neben den Hudlhubber Himbeeren war noch die harmloseste, alle anderen wurden in diesem Augenblick, den die vier einfallsreichen Ministranten vor ihren Tablets oder an ihren Smartphones in irgendwelchen sozialen Netzwerken verbrachten, zum Raub der Flammen.

Deren Hunger war damit aber noch nicht gezügelt.

Sie fraßen sich gierig weiter vor, die Tragestangen hinab, dann weiter zum Teppich, der in der Sakristei ausgelegt war. Der leitete sie in mehrere Richtungen weiter: nach links zu den wunderbar brennbaren Messgewändern, die die Pfarrersköchin gerade einmal nicht zum Behufe des Aufbügelns ins Pfarrhaus mitgenommen hatte, sowie nach rechts zur schweren, über die Jahrhunderte nachgedunkelten Eichentür, der einzigen Trennung zwischen der Sakristei und dem Kirchenschiff.

Bald stand die ganze Sakristei in Flammen, und die beiden einzigen, die das hätten bemerken können, waren Hochwürden und

Theresia. Der Pfarrer aber erholte sich eben bei einem ausgiebigen Bad in der Badewanne von den Folgen des prozessionsbegleitenden Wolkenbruchs, und die Pfarrersköchin gönnte sich einen ausgedehnten Mittagsschlaf. So viel Aufregung heute, und sie war ja auch keine 90 mehr.

Die Flammen in der Sakristei aber nagten hungrig und gierig an der schweren Eichentür.

6 | EIN PROSIT DER GEMÜTLICHKEIT

»Prost, Toni!« sagte der Hudlhubber Landtagsabgeordnete Ludwig Haderlein, hob den Humpen und drosch ihn derb auf den seines Gegenübers ein. Der Landwirt Anton Entleitner, der unter anderem hervorragende Hudlhubber Himbeeren anbaute, was ihm den Spitznamen Himbeer-Toni eingebracht hatte, sagte nichts. Er konnte Haderlein nach wie vor nicht sonderlich leiden, aber er fühlte sich ihm ein Stück weit verpflichtet.

Denn Entleitners Reichtum beruhte nicht auf dem Anbau von Himbeeren allein, sondern hatte sich über die Jahre auch ob seiner vorzüglichen Kenntnisse im illegalen Hanfanbau gemehrt. Als er polizeirelevant aufflog, hatte der Landtagsabgeordnete das Kunststück vollbracht, die Drogendelikte zwei Profikillerinnen in die Schuhe zu schieben, die es vor einer Weile dank einer für den Himbeer-Toni höchst glücklichen Fügung in die kleine Gemeinde verschlagen hatte. Und Entleitner kam vergleichsweise glimpflich mit einer Bewährungsstrafe davon, weil das Gericht ihn als Opfer einer Erpressung, nicht aber als Drogenbaron wahrgenommen hatte.

Wobei sich die Bayerische Justiz sonst ja nie irrt, schon gar nicht, wenn Politiker im Spiel sind. Insofern war dieser unglückliche Einzelfall in der Gesamtbilanz der Bayerischen Justiz völlig zu vernachlässigen.

Die beiden Profikillerinnen hatten zwar versucht, den Justizirrtum aufzuklären, aber von Leuten wie ihnen ließ sich die Justiz von Haus aus nicht gern aufklären.

Und der Himbeer-Toni sowie der Landtagsabgeordnete Haderlein hatten in diesem Fall an der Aufklärung von vornherein kein Interesse. So war aus einem Justizirrtum die reine Wahrheit geworden.

Haderlein hatte all das selbstverständlich nicht uneigennützig eingefädelt.

Er hatte einen Plan, bei dem ihm der Himbeer-Toni helfen sollte: Er wollte als der beste Bierbrauer aller Zeiten in die Geschichte eingehen, und er brauchte den Entleitner, um seinen »Luckivator« – das Bayerische Reinheitsgebot aus dem Jahr 1516, wie er sich ausdrückte, »zeitgemäß maßvoll erweiternd« – zu vollenden.

Sein Plan sah so aus: Er würde dem Bier sogenannte Flavonoide beimengen, das sind die besonders gesunden Himbeerbestandteile. Und zwar so, dass sie ihre Wirkung im Brauprozess behielten. Ja, ganz sicher würde er in die Geschichte eingehen. Und wenn es schon mit der großen politischen Karriere nichts geworden war ...

Was das justizielle Risiko anging – einmal ist keinmal, fand Haderlein, und wo heutzutage Autobauer millionenfach jahrelang unentdeckt bei ihren Abgaswerten schummeln konnten, was war dagegen eine kleine Bierpanscherei?

Haderlein war Realist genug, seine Chancen richtig einzuschätzen: Er war Anfang 40, die dritte Wiederwahl hatte er zwar geschafft, war jedoch Hinterbänkler geblieben – er würde im Maximilianeum für immer ein kleines Licht bleiben.

Was für ein Gedanke: ein Bier, das nicht nur süffig ist, sondern vor allem lebensverlängernd! Gesund war Bier ja eh. Das wussten schon die erfahrenen bayerischen Mönche. Die Andechser. Die Franziskaner. Und all die anderen auch.

Haderlein sah sein Konterfei schon als Büste in der ewigen Walhalla in Donaustauf, jener bayerischen Gedenkstätte für die großen deutschen Persönlichkeiten. Er, der Landtagsabgeordnete aus Biberg, Seit' an Seit' mit Max von Pettenkofer, Jean Paul, Johannes Brahms, Heinrich Heine, Albert Einstein und Gregor Mendel.

Seine Familie würde stolz auf ihn sein.

Auch wenn es in seiner Familie nicht mehr sehr viele gab, die stolz auf ihn sein könnten, genau genommen war der Großvater der einzige noch lebende Verwandte, und der hatte inzwischen Jopi Heesters überlebt.

Egal.

Du kannst nicht alles haben, das Glück, den Sonnenschein – so hatte es schon der gute Roy Black selig singen müssen, und so war es ja auch, aber ein bisschen Glück, ein bisschen Sonnenschein, warum sollte ihm das nicht vergönnt sein?

Haderlein musste an einen Satz des Hudlhubber Ortsphilosophen Matthias Kronleichter (1726–1754) denken: »Mögest du auch einen Schritt zurück thun – auf dass es dennoch eyner auf dem Weg zum Ziele sey!« Eben.

Und dass die Idee eigentlich nicht die seine war, sondern dass es ausgerechnet eine rote Socke war, die ihn darauf gebracht hatte, der Landtagskollege Knapp-Meier, oder genauer gesagt, dessen Gattin, war ein weiterer Wermutstropfen, mit dem er sehr gut leben konnte.

Er hatte also allen Grund, mit dem Himbeer-Toni kräftig anzustoßen, nachdem die erste Maische nach dem neuen Verfahren eben im Läuterbottich gelandet war.

Jetzt hieß es: Abwarten und Bier trinken.

Haderlein hatte vor einigen Jahren auf dem Anwesen der Familie in Biberg eine ziemlich, genau genommen: eine vollkommen illegale Brauerei gebaut, er dachte gar nicht daran, seine Brautätigkeit jedes Mal im Hauptzollamt zu melden.

Viel zu viel behördliches Gschiss.

Und damit kannte er sich ob seines Hauptberufs nun wirklich aus – all die viel zu hohen Kosten während des Entstehungsprozesses, so üppig war sein Abgeordnetensalär nun auch nicht, dass er sich die ganz großen Sprünge leisten könnte. Zumal allein schon sein Bentley den einen oder anderen Extra-Euro verschlang, aber der gehörte ebenso zum Image wie die beiden – in den Kotflügeln versenkten – ausklappbaren Standarten: die bayerische und die europäische Flagge. Dazwischen gab es für ihn sowieso nichts. Wenn jemand »Berlin« sagte, dann zitierte er immer abgewandelt »Asterix und der Arvernerschild«: »Berlin? Wo ist dieses Berlin?«

Nicht ganz so teuer war das LED-Laufband in der Heckscheibe des Bentley gewesen, auf dem er Nachfahrenden (vor ihm Fahrende waren nie lange vor ihm Fahrende) signalisieren konnte, wer gerade Vorfahrt hat, weil er wirklich richtig wichtig ist: er nämlich, der »Abgeordnete im Einsatz«.

Deshalb hatte Haderlein auch kein Problem damit gehabt, die Hudlhubber Wasserversorgung illegal anzuzapfen, um ausgiebig mit seinem Bier experimentieren zu können. Was waren schon ein paar hundert Hektoliter im Vergleich zur daraus eines Tages erwachsenden kollektiven Volksgesundheit durch den »Luckivator«!

Und dass aus diesen Kanälen ab und an auch ein paar zehntausend Liter reinsten Hudlhubber Gemeinschaftswassers in seiner Landwirtschaft landeten, nahm er billigend in Kauf – schließlich würde ja am Ende der große Gewinn für die Menschheit stehen.

Und ein bisschen was konnte die Menschheit schließlich auch dazutun.

Haderlein musterte das Testgebräu, das auch schon mit Hudlhubber Brauwasser hergestellt worden war. Nicht schlecht, aber noch nicht reiner Wahnsinn, wusste er, und mit weniger als der perfekten Perfektion wollte er sich nicht zufrieden geben.

Sie würden schon noch ein bisserl experimentieren müssen.

Aber eines Tages, da würde er sie alle fertig machen, mit seinem

»Luckivator«, und niemand würde wissen, wie er das schaffte. Außer ihm, dem Himbeer-Toni und ein, zwei eingeweihten Brauern.

Er würde es noch allen zeigen.

Und das genau in dem Jahr, wo alle feierten, dass im benachbarten Ingolstadt anno 1516 das Bayerische Reinheitsgebot ausgerufen worden war.

Ha!

Und: Pah!

7 | TEE TRINKEN

Bettina reiste mit leichtem Gepäck.

Sie wollte nur für ein paar Tage raus, da fiel ihr ihre Nichte Steffi ein. Die beiden mochten sich schon immer, auch wenn sie sich nicht allzu oft trafen. Ab und zu telefonierten sie, und meistens endeten die Gespräche damit, dass Steffi ihre Tante zu sich einlud.

»Schau halt mal raus zu uns, wenn du die Nase voll hast von der Stadt«, pflegte sie gebetsmühlenartig zu wiederholen. Und doch war die Hudlhubber Postlerin einigermaßen überrascht, als jetzt das Telefon geklingelt hatte und Bettina die Einladung mir nichts dir nichts einfach so annahm.

»Ja freilich passt es mir, komm einfach!«, rief sie in den Hörer, und Bettina war sicher, dass diese Freude echt war. Dass Fronleichnam war, das hatte Bettina nicht auf dem Schirm, wohl aber Steffi, und sie bat um Verständnis, dass sie sich erst nach der Prozession mit ihr treffen konnte, manche Dinge sind in Hudlhub nicht verhandelbar.

Tradition, zum Beispiel.

Jetzt aber holte sie ihre Tante in der Wirtschaft ab.

Steffi war dem Regenschauer nicht entkommen, und sie wollte Bettina nicht ungeföhnt begegnen, drum hatte es ein paar Minuten länger gedauert.

Alles kein Problem.

Auch wenn Bettina inzwischen allein im Wirtshaus wartete; die Jungs vom Feuerwehrtrupp hatten sich schon verzupft, samt Charlie und Max. Charlie hatte ihr noch angeboten, sie eben zu Steffi zu begleiten, aber sie hatte es nicht eilig.

Bettina fühlte, dass Steffi sich über ihren Besuch freute. Die Umarmung war lang und fest, dann hängte sich Steffi die Tasche der Tante um, keine Widerrede. »Pack mers!« Fanny winkte ihnen von der Theke aus nach.

Steffi nutzte die Gelegenheit, der Tante aus der Stadt ihre Heimat zu zeigen, und sie ließ keine Gelegenheit aus, Hudlhub so nah an der Gegenwart wie nur möglich zu präsentieren.

»Hier wohnt unser Feuerwehrkommandant, der Franz«, sagte sie beispielsweise, »der hat sich gerade von seiner Frau getrennt, weil sie eine Affäre hatte. Und da vorne, in dem Haus mit den Säulen, da wohnt der Bürgermeister, er hat die allerbesten Drähte in alle bayerische Behörden, wenn man irgendwas braucht, kennt er immer jemanden, der jemanden kennt. Ach ja, und hier, das ist das Haus vom Meierbauern, eine tragische Geschichte, vom eigenen Bulldog überrollt, da kannst nichts machen. Und die Frau vom Huberbauern, die hat der ...«

»...Viehhändler gebracht ...«, fiel Bettina ihr ins Wort, »weiß ich doch längst.«

Steffi stutzte, dann lachte sie – ein einziger Besuch in Adelheid Kirchmairs Dorfwirtschaft, und schon war Bettina mittendrin. Sie war gerade nicht ganz bei der Sache, weil ihnen eine überaus anmutige blonde Frau mit auffallend heller Haut entgegenkam, die viel zu städtisch für Hudlhub wirkte.

»Servus, Steffi!«, sagte die Blonde und zeigte beim Lächeln zwei perfekte Zahnreihen, die schon so manchen »Bild«-Leser kirre gemacht hatten, als sie noch Spielerfrau im Bundesligazirkus war. Ehe sie sich in den Himbeer-Toni verliebt hatte, war sie einige Male freizügig abgelichtet worden, und die »Bild«-Zeitung hatte ihr den Spitznamen »Elfenbeinprinzessin« verliehen.

Jetzt aber lebte die Elfenbeinprinzessin hier, in Hudlhub, wo alles ein paar Nummern geerdeter und authentischer war als in der Glamourwelt da draußen. Deswegen musste man ja seine Klasse nicht aufgeben, fand die Elfenbeinprinzessin.

Steffi lächelte ihr freundlich zu, BFFs würden sie beide nicht werden, nachdem sich Charlie die Blonde – wenn auch nur aus der Ferne – anfangs doch etwas zu genau angesehen hatte.

»Wer war das denn?«, fragte Bettina, als die Elfenbeinerne außer Hörweite war, und Steffi erklärte es ihr.

Schließlich kamen sie bei ihr zu Hause an, und es dauerte nicht lange, bis Bettina sagte, was Sache ist. »Frank und ich, wir haben

Streit. Wir streiten schon lang! Jetzt ist das Maß voll! Alles, was er will, ist zu viel!«

»Das kenne ich«, sagte Steffi und machte Chai-Tee. »Wie lang seid ihr inzwischen zusammen, acht Jahre?«

»Neun. Eine halbe Ewigkeit. Wir lieben uns, aber irgendwie ist ... in letzter Zeit ... ich weiß nicht ...«

Steffi sagte erstmal nichts, sie ließ die Worte im Raum stehen, brachte Bettina Tee, beide lümmelten sich in die bequemen Sitzkissen, die Steffi in ihrem Wohnzimmer ausgebreitet hatte.

»Jetzt lass dir mal Zeit, komm erstmal an, fühl dich wohl bei uns, dann sehen wir weiter«, sagte sie.

»In Ordnung«, erwiderte Bettina, »du hast recht.«

Die beiden nahmen einen tiefen Schluck und genossen die Wärme, die durch den Körper lief, sich zügig ausbreitete, und schließlich alles vereinnahmte, was sie zu fassen bekam. Dann lehnten sich beide entspannt zurück, schlugen die Beine übereinander, und als sie merkten, dass sie beide dasselbe taten, mussten sie lachen.

Bettina spürte, wie es ihr schon viel besser ging.

8 | LOCHFRASS

Auch die Sakristei der Kirche Zur Heiligen Mutter Gottes Verkündigung erwärmte sich zusehends.

Genau genommen stand hier alles in Flammen, und es war nur noch eine Frage der Zeit, bis sich die Flammen durch die alte, schwere Eichentür, die sie noch vom Kirchenschiff trennten, hindurchgearbeitet hatten.

Der Lochfraß schritt unweigerlich voran.

Hochwürden hatte im Pfarrhaus gegenüber sein erwärmendes Bad beendet, und er war gerade dabei, seinen tiefenentspannten, müden, hochgeschossenen, blassen, asketischen Körper abzutrocknen, da fiel sein Blick hinaus aus dem Fenster. Sofort erkannte er die Lage, rannte, wie der Herr ihn geschaffen hatte, hinaus in den Gang, wo das Telefon stand, nicht ohne mit der linken Schulter den Türstock zu rammen, aber für Schmerzen war jetzt keine Zeit, er wählte die 112.

Es dauerte eine halbe Ewigkeit, bis jemand ranging. Das sechste Freizeichen.

Das siebte Freizeichen. Das achte Freizeichen. Das neunte Freizeichen.

Vor den hochwürdigen Füßen bildete sich eine kleine Wasserlache. Das zehnte Freizeichen.

Das elfte Freizeichen.

Ich weiß ja, dass die Kirche in Jahrhunderten denkt, und das ist irgendwie auch gut so, aber bitte nicht auch die Feuerwehr, dachte er.

Dann hob jemand ab. Endlich.

»Leitstelle, was kann ich für Sie tun?«, fragte eine mürrische Männerstimme.

»Feuer!«, sagte der Pfarrer.

»ZEFIX«, brüllte der Mann in der Leitstelle. Das verwirrte den Pfarrer.

»Wieso, Zefix'?«, fragte er erschrocken.

»Weil ich mir gerade meinen frischen, heißen Kaffee über die Tastatur geschüttet habe, UND JETZT«, brüllte der verdiente und sehr langjährige Leitstellenmitarbeiter Walter Nieder-Rühmlich wieder,

»LÄUFT MIR DER SABBER ÜBER DIE HOSE! ZEFIX TUT DAS WEH!«

Weil er ein Profi war, versuchte er sich flugs zu sammeln.

»... aber das tut jetzt nichts zur Sache«, murmelte er in sein Headset. »Entschuldigung! Sie sagten gerade etwas von einem Feuer ...?«

»Ja, es brennt, hier bei mir, in der Sakristei!«

»Sie wollen damit sagen, dass eine Kirche brennt? In Bayern? IST DAS ÜBERHAUPT ERLAUBT?«

»Das weiß ich doch nicht!«, erwiderte der Pfarrer, und er spürte, wie sich der Schmerz in der linken Schulter ausbreitete und er auch deswegen zunehmend ungehalten war, zumal er endlich nachsehen wollte, was da drüben in seiner Kirche los war. Zu allem Überfluss kam jetzt auch noch die Haushälterin auf den Gang getrottet, einigermaßen überrascht, den Pfarrer einmal von dieser Seite zu sehen. Theresia war zwar alt, aber sie war nicht so weltfremd, dass sie nicht gewusst hätte, dass derartige Anblicke im Leben vieler Haushälterinnenkolleginnen etwas sehr Normales waren. Bei diesem Exemplar hier allerdings nicht.

Theresia Wagenbauer blieb entsprechend einigermaßen gelassen, dachte aber gar nicht daran, sich pikiert abzuwenden. Sie hatte ja auch schon viel gesehen, in ihrem langen, langen Leben, das sich zusehends dem Ende entgegen neigte. Sie ahnte noch immer nicht, dass inzwischen ihr letztes Stündchen geschlagen hatte.

»Wo also brennt's denn nun genau?«, fragte der Leitstellenmitarbeiter.

»In Hudlhub! Die Sakristei steht in Flammen! In der Kirche Zur Heiligen Mutter Gottes Verkündigung! Kirchweg 1 – für Ihr Navi!« Der Pfarrer war jetzt wirklich angemessen ungehalten.

»Hudlhub?«, fragte Walter Nieder-Rühmlich nach. »HUDL-HUB? ICH GLAUB'S JA NICHT! Jahrzehntelang taucht das

Kaff nie bei uns auf, und jetzt zweimal in so kurzer Zeit – erst ein SEK–Einsatz wegen dieser ‚Kill Bill'-Tussis UND JETZT BRENNT AUCH NOCH DIE KIRCHE! Ja, sag mal, was ist denn bei euch los! Ich geb' gleich Alarm – aber vorher muss ich noch eins wissen: Wer genau sind denn Sie eigentlich?«

»DER PFARRER!«, brüllte jetzt der Pfarrer, mittlerweile in einem Zustand maßloser Ungehaltenheit angelangt und derart Respekt einflößend, dass Nieder-Rühmlich sich am anderen Ende der Leitung erst einmal bekreuzigte.

»Der Pfarrer. Jawohl. Verzeihung, Hochwürden«, sagte er unterwürfig. Dann legte er auf und setzte den Rettungsapparat in Gang.

Als letzter in der Kette wurde auch der Feuerwehrtrupp von Hudlhub informiert.

9 | ALARM

Kommandant Franz löste sofort Sirenenalarm aus.

Er wusste: Auf seine Männer kann er sich verlassen.

Sekunden später stoben sie alle auf das Feuerwehrhaus zu, rissen die Uniformen vom Nagel, sprangen rein und machten sich fertig. Ludwig brachte gerade den Motor des feuerroten Porsche-Bulldogs, Jahrgang 1956, in Gang, gerade wollte er die feuerrot angestrichene Güllepumpe anhängen, die er und die anderen neulich zum Feuerwehrspritzenwagen umgemodelt hatten, eine Spezialkonstruktion, die sie selbst entworfen hatten und die hinten, am Ende des Hängers auch noch Platz für die Tragkraftspritze TS8 hatte, mit der sie einst von der Gemeinde ausgestattet worden waren.

Da kam der Max daher.

»Halt, Ludwig!«, brüllte er von seinem aufgemotzten John Deere herunter. »Vergiss den Porsche!« Ludwig wusste, dass er recht hatte, hier war etwas im Gange, das nicht warten konnte, und der John Deere war mindestens dreimal so schnell wie der heiß geliebte Porsche-Bulldog mit seinen 33 PS unter der Haube. Deshalb diskutierte er nicht.

»Passt, Max!«, sagte Ludwig, stellte den Porsche wieder ab und packte die Anhängerkupplung der Güllepumpe.

»Nur her da!«

Der Pfarrer war derweil die Treppen heruntergerannt. Theresia stand wahrscheinlich immer noch im Gang neben dem Telefon. Der Pfarrer hatte jetzt keine Zeit für seine Köchin. Sie war alt genug, um sich selbst zurechtzufinden. Mit fast 100 konnte man das von ihr durchaus erwarten.

Er sprintete durch den Gang, er hätte gar nicht gedacht, dass er noch so schnell laufen kann. Im Theologiestudium hatte er nicht zu denen gehört, die beim Sport als Letzte gewählt wurden, das half ihm jetzt. Zwar touchierte er mit der eh schon pochenden linken Schulter auch noch den Haustür-Türstock, egal.

Der Körper hatte längst die Adrenalinund Endorphinund Wasauchimmersonstnochausschüttung erhöht. Ein schneller Antritt, und schon stand der Pfarrer vor seiner glühenden Kirche. Er überlegte fieberhaft, was nun zu tun war.

Keinesfalls würde er die Tür zur Sakristei öffnen. Mehr Sauerstoff, das würde alles nur noch schlimmer machen. Aber was war mit dem Hauptschiff? Der Pfarrer schickte ein Stoßgebet los und riss die Kirchenpforte auf. Bitte, Herr, lass die Flammen nicht längst dort angekommen sein. Es gab keine Stichflamme. Der Pfarrer nahm sich ein Herz und ging hinein. Die schwere Kirchentür fiel hinter ihm ins Schloss und er verschaffte sich ein Bild von der Lage.

Das heißt, er musste gar nicht viel schauen, er konnte die unfassbare Hitze spüren, bis hierher, bis zum Eingang. Hinten, beim Altar, streckte die Eichentür gerade im Kampf gegen die Flammen aus der Sakristei final die Waffen, und die gludernde Lot, wie es seit Edmund Stoiber auf Ministerpräsidentenbairisch korrekt heißt, züngelte hinein ins Hauptschiff.

Ministerpräsidentenbairisch, übrigens eine über Jahrzehnte liebevoll von nahezu allen Vertretern dieser Spezies aufrechterhaltene echte Sprachbereicherung mit Ansätzen zur wirkungsvollen Verbesserung der Lebensqualität. Nimmt man nur den Hinweis des Kurzzeitpräsidenten Beckstein, Günther, aus Franken, der die Volksseele verinnerlicht hatte und aussprach, was jeder gescheite Bayer eh längst wusste: dass nämlich zwei Maß Bier die Norm für einen rundum gelungenen Oktoberfestbesuch war – so viel brauchte man mindestens, um sich die Geruchsmischung aus Pisse und Kotze auf dem schmucklosen, kalten, vermüllten und entsprechend unwirtlichen Theresienwiesenasphalt schönzusaufen –, und wie anders sollte man danach noch heimkommen, als im eigenen Gefährt? Das war ja im Idealfall sowieso aus bayerischer Produktion und somit besonders fortschrittlich und sicher.

So muss sich die Sahara zur Mittagszeit anfühlen, dachte Hochwürden. Als er zum Altar gehen wollte, rannte er gegen eine Wand. Die Hitze, sie verpasste ihm eine regelrechte Watschen. Atemberaubend. Hochwürden schnappte nach Luft, er riss einen Arm hoch, um das Gesicht zu schützen und ging weiter.

Von draußen drang der zunehmende Lärm der vorrückenden Rettungskräfte an sein Ohr. Gespenstisch. Dieses von der Hitze in Watte gepackte, immer lauter werdende Tatütata von allen Seiten – gespenstisch. Gerade, weil es ja im Gotteshaus, in seinem Gotteshaus, sonst immer so still war, außer die ganze Räusperei während der Fürbitten. Der Pfarrer hatte sich über die Jahre daran gewöhnt, obwohl er am liebsten mit einem jeden dieser Hüstel-Kandidaten ein seelsorgerisches Einzelgespräch führen würde.

Es hat etwas zu bedeuten, wenn man Stille nicht erträgt.

Der Appetit der Flammen war unersättlich.

Hochwürden erkannte, dass sich das Feuer mit rasender Geschwindigkeit ausbreiten würde. Er packte die Feuerlöscher im Altarraum, drei Stück waren hier deponiert, und einen nach dem anderen sprühte er leer.

Zwecklos.

Kaum ein paar Tropfen auf den heißen Stein.

Und es wurde alles immer schlimmer, Hochwürden sah es kommen: Die Läufer!, fuhr es ihm in den Kopf.

Tatsächlich waren alle Gänge der Kirche Zur Heiligen Mutter Gottes Verkündigung mit schallschluckenden Teppichen belegt. Ihm war klar: Sie würden die Flammen in Windeseile verbreiten, obwohl sie sehr wohl der Norm der neuesten Brandschutzverordnung aus dem Jahr 2008 entsprachen, die Kirchenverwaltung war da keine Kompromisse eingegangen.

Dass der Mesner die Teppiche aber gerade vergangene Woche erst geschäumt und sie mit alkoholhaltigem Pflegemittel eingelassen hatte, hebelte die Vorgaben der Brandschutzverordnung aus.

»Wer hätte denn ahnen können, dass es ausgerechnet jetzt zu einem Feuer kam, es hat doch noch nie bei uns gebrannt!«, würde er später bei einer Vernehmung zu Protokoll geben.

Die Madonna!, dachte der Pfarrer jetzt. Sie war das Schmuckstück der Ortskirche, einst hatte sie eine bitterliche Träne geweint, und damit war Hudlhub zum Wallfahrtsort für Zehn-, ach was, für Hunderttausende Gläubige geworden. Jetzt, wo es allen Grund gegeben hätte, weinte sie nicht, dachte der Pfarrer.

Er liebte diese Figur, die Milde in ihrem Blick gab ihm viel. War sie noch zu retten?

Der Pfarrer ging zu ihr, stellte sich zwischen den Hochaltar, der sie trug, und den Altartisch. Die beiden sahen sich tief in die Augen, und für einen Moment vergaß er das Chaos um sich herum. Ihm entging, dass Dachbalken über ihm nicht mehr nur bedrohlich knacksten.

Das Geräusch holte ihn zurück in die Gegenwart, er schaute nach oben – und was er sah, ließ sein Blut in den Adern gefrieren: Einige Steine lösten sich aus den Gewölberippen, das würde Konsequenzen haben. Die Statik, sie würde gleich nicht mehr funktionieren, dachte der Pfarrer, die Decke, sie würde gleich abstürzen.

Was tun? Der Pfarrer war verzweifelt. Und es ging schon los. Oben bröckelte der Putz, weitere Steine aus den Rippen stürzten herab, einer traf die Madonna auf dem Hochaltar am Hinterkopf, sie begann zu kippen. Langsam, ganz langsam – und doch kam die fast drei Meter hohe Figur in Bewegung.

Die Madonna zögerte noch kurz, als überlegte sie, ob es richtig war, was sie gleich tun würde.

»Oh mein Gott!«, stöhnte der Pfarrer, er sah sich um – es gab kein Entrinnen. Um ihn herum Flammen, überall die Steine und der Putz von oben, dazu erste Stücke der Balken. Und die Madonna, sie kippte immer weiter. Zunächst langsam, wie in Zeitlupe, dann immer schneller.

Der Pfarrer fiel auf die Knie, er versuchte, sein Haupt mit den Armen zu schützen. Dann sah er, wie die Madonna auf ihn zukam.

Noch einmal trafen sich die Blicke.

Ihrer entschuldigend, seiner voller Verzweiflung.

Ihrer nun voller Barmherzigkeit und menschlicher Wärme, seiner in höchster Not.

Er versuchte, sich wegzuducken, aber sie erwischte ihn. Traf ihn am Kopf, Hochwürden war sofort bewusstlos.

Die Madonna aber ging nicht zu Boden. Ihre Füße verharrten auf dem Hochaltar, die Stirn schlug hart auf dem Tisch des Herrn auf, so schwebte sie nun größtenteils frei im Raum.

Unter ihr das Häuflein langes Elend, zusammengekauert am Boden, während die Zerstörung weiterging.

Und die Flammenhölle um die beiden herum öffnete ihren Schlund.

10 | WER LANGE FACKELT

Der Feuerwehrtrupp von Hudlhub war als erster am Einsatzort. Max' John Deere war wirklich schnell.

Kommandant Franz agierte ruhig und besonnen, und seine Männer taten, was getan werden musste: Sie bauten zwei Schlauchleitungen auf, eine von der Tragkraftspritze aus, die sie am Hydranten anschlossen. Noch schneller war die umgebaute Güllepumpe im Einsatz, die selbst Wasser an Bord hatte. Im Nu schoss der Strahl aus dem Rohr, das Meik souverän auf die Sakristei richtete – natürlich waren auch diese paar Liter bei einem solchen Einsatz nur ein Tropfen auf den heißen Stein.

Besser als nichts.

Immer mehr Einsatzfahrzeuge trafen ein, da näherte sich auch schon die Drehleiter der Stützpunktfeuerwehr, eine allein würde gar nicht ausreichen.

Die Flammen schlugen schon aus dem Dach der Sakristei, züngelten wie betende, sich verzehrende Hände gen Himmel, hinauf zum Herrn, wie auf einem Gemälde, das Michelangelo Buonarroti und Claude Monet gemeinsam geschaffen haben könnten. Doch die Hilfskräfte hatten keine Zeit, die bizarre Schönheit des Schreckens aufzusaugen.

»Wasser marsch!« – der ach so wichtige Befehl wurde in Rekordzeit abgesetzt, aber – oh weh – was da aus den Leitungen kam, war der Rede nicht wert.

Ein Mitleid erregendes Rinnsal von einem Strahl, kaum fingerdick.

»Da hat ja meine Oma mehr Druck auf der Leitung!«, stellte der Max fest und schüttelte erst den Kopf und dann den Schlauch, in der Hoffnung, dass da womöglich ein Knick den Wasserfluss hemmte. Wobei auch er wusste, dass Knicke in Feuerwehrschläuchen per DIN-Norm 14811 von vorneherein ausgeschlossen waren. Und was nicht sein darf, das kann nicht sein.

So hatte es ja schon Christian Morgenstern in seinem Gedicht von der »Unmöglichen Tatsache« festgestellt.

Trotzdem.

»Kein Löschwasser!«, meldete ein Feuerwehrkommandant nach dem anderen in sein abhörsicheres – wehe, da lacht jetzt jemand bei der NSA – digitales Behördenfunkgerät. Und sie waren sauer. Richtig sauer. Wenn ein Feuerwehrmann etwas nicht leiden kann, dann, wenn er keinen Druck auf der Leitung hat.

»Was ist da los?«, brüllte ein Kommandant nach dem anderen, und die Kameraden überprüften fieberhaft alle Systeme. Einige rannten los, um neue Leitungen aufzubauen.

Hinten, auf der anderen Seite der Kirche Zur Heiligen Mutter Gottes Verkündigung befand sich schließlich ein Weiher, leider war er nur schwer zugänglich. Da musste man sich erst einmal rambomäßig mit einer Machete durchs Dickicht schlagen. Und genau das taten sie auch. Die Männer packten sich Hackebeile und was die Rüstwagen sonst noch hergaben, und legten los wie die Feuerwehr. Nur das mit dem Herzeigen des verschwitzten, aufgepumpten Oberkörpers, das konnte Rambo noch besser.

Franz entdeckte die Pfarrersköchin in der Tür zum Pfarrheim, sie wollte ihm offenbar etwas sagen. Doch das fast hundertjährige, zarte, piepsige Stimmchen hatte keine Chance gegen die Geräuschkulisse rundherum. Allein die Lautstärke, die vom Knacken des Feuers ausging, war gewaltig.

»...«

»Was ist?«, brüllte Franz und machte ein paar Schritte auf sie zu. Er konnte sehen, dass die Köchin leichenblass war. Sie schien etwas sehr Wichtiges loswerden zu wollen.

»...«

Er hörte immer noch nichts. Franz rannte rüber und beugte sich zu ihr herab. Theresia war in den vergangenen Jahrzehnten gehörig eingelaufen. Andere ältere Hudlhubber kannten sie noch als junge, stattliche Frau mit über 1,70 Körpergröße, jetzt war sie – wenn überhaupt – noch gute 1,50.

»Was ist los?«, sagte Franz, jetzt ganz nah und sofort wieder leise und ruhig.

»Der Pfarrer ...«, stammelte Theresia.

»Ganz ruhig!«, sagte Franz und legte seine Hände auf ihre zerbrechlichen, gebeugten Schultern. Er hatte das Gefühl, als berühre er ein Blatt Papier, das beim leisesten Hauch davonfliegen würde.

»Was ist denn mit dem Pfarrer?«

Da sah ihn die Pfarrersköchin aus ihren kleinen, über die Jahre glasig hell gewordenen Augen mit einem Blick unendlicher Verzweiflung an: »Der Pfarrer ... er ist da drin ... und ...!«, sagte sie und deutete mit ihrem knochigen, krummen, fleckigen Zeigefinger auf das Gotteshaus. Franz hielt sie ganz vorsichtig fest und fixierte sie: »... und was, Theresia?«

»... und ich glaube«, fügte sie an und senkte die Augen, »ich glaube, er ist nackert.«

Die letzte Information wiederum war Franz in diesem Moment völlig wurscht.

»Wir holen ihn da raus!«, versprach er dem Mutterl, löste die Hände von den Schultern, kontrollierte kurz, dass sie ohne seinen Halt nicht davonflog, rannte los und gab die Information an seine Männer weiter. Max, Charlie, Ludwig, Meik, Hans und wie sie alle heißen – sie alle rissen entsetzt die Augen auf.

Der Pfarrer.

Alle hatten sie ihn in ihr Herz geschlossen, diesen wundervollen, beeindruckenden Mann. Sie mussten ihn da rausholen. Aber wie?

Noch immer war das kein nennenswerter Strahl, der aus den Schläuchen kam, irgendwo auf dem Weg zur Kirche musste ein Leck im Wassernetz sein, das den Druck nahm.

Keiner hier ahnte, dass es der Landtagsabgeordnete Ludwig Haderlein war, der sich gerade wieder einmal am heimischen Hof in Biberg ausgiebig und ausschweifend bei der Allgemeinheit bediente. Und der seinerseits ahnte nicht, was er gerade anrichtete.

Während alle noch überlegten, was denn nun zu tun wäre, rannte Charlie zum LF16, das der Sakristei am nächsten stand, er koppelte mit rasender Geschwindigkeit alle Schläuche ab.

»Heee!!!«, brüllte einer der Kameraden der Stützpunktfeuerwehr.

»Spinnst du? Was machst 'n da?« Charlie ignorierte den Mann,
sprang auf den Bock, löste die Handbremse und legte den Rück-
wärtsgang ein.

Er holte Anlauf. Dann der erste Gang. Vollgas.

Und ohne noch länger zu überlegen, bretterte er mit dem
Feuerwehrfahrzeug auf die Kirche zu. Charlie wusste natürlich,
dass die Sakristei nachträglich angebaut worden war, er kalku-
lierte damit, dass die Wände nicht so stark, nicht so standhaft
waren wie die des Kirchenschiffs. Er würde die Tür zur Sakristei
öffnen, indem er sie rammte. Er würde ein bisschen Mauerwerk
mitnehmen, es würde schon gut gehen. Er würde da irgendwie
reinkommen, er würde den Pfarrer aus dieser Flammenhölle befreien.

Charlie ließ das Lenkrad los, senkte den Kopf, verschränkte
die Arme vor dem Brustkorb ohne den Fuß vom Gaspedal zu
nehmen.

Der Aufprall war schrecklich.

»Was macht der denn da?«, brüllte einer draußen.

Und: »Ist der denn verrückt?« In dem allgemeinen Tohuwabo-
hu gingen diese Rufe allerdings völlig unter.

Charlie spürte, wie sein Körper in den Gurt gerissen wurde,
wie sein Gesicht im Airbag landete. So eine Mords-trummbock-
fotzen hatte er seit seinen Schülertagen nicht mehr bekommen.

Er sammelte sich kurz, ja, er lebte noch.

Die Scheibe war zersplittert, das Dach eingedrückt. Aber das,
was er erreichen wollte, war ihm gelungen: Das Führerhaus stand
in der Sakristei. Nicht sehr weit, aber doch weit genug, um, wenn
es jetzt noch gelänge, die Beifahrertür zu öffnen, ins Gebäude
vorzudringen.

Er entriegelte die Tür, sie klemmte.

Charlie legte sich quer auf die Sitze, um mit beiden Füßen von
innen gegen die Tür treten zu können, schon beim ersten Mal
gab sie nach. Er kletterte raus, die Trümmer am Boden benutzte
er als Treppe.

Der Pfarrer war hier nicht.

Charlie sah sich um. Soviel war klar: Raus kam er auf demselben Weg nicht mehr, das LF16 hatte sich total in der Wand verkeilt.

Egal.

Er musste sehen, dass er ins Hauptschiff kam, vielleicht war der Pfarrer dort. Über ihm brannte der Dachstuhl, die Hitze war unerträglich. Unten am Boden hatte die Sakristei nicht mehr viel aufzubieten, was Flammen genährt hätte.

Charlie hielt einen Arm vor den Mund, um in all dem beißenden Qualm wenigstens ein bisschen Sauerstoff zum Atmen herausfiltern zu können. Jetzt erst nahm er wahnsinnige Schmerzen am ganzen Körper wahr, wahrscheinlich hatte er sich irgendwas gebrochen oder zumindest angeknackst. Er konnte überhaupt nur den linken Arm bewegen. Da war was kaputt.

Na, liebe Ärzte, da habt ihr nachher ein bisschen was zu tun, dachte Charlie.

Er erahnte den Durchgang zum Hauptschiff, die Reste der Tür hingen wie bröckelige Grillkohle an den Scharnieren.

Nur ganz kurz fragte er sich, was er denn für ein Idiot war, und wie er nur so dämlich sein konnte, so etwas zu tun. Dann musste er an Steffi denken, seine Steffi, die Frau, die er in den letzten Monaten lieben gelernt hatte, und er hasste es, dass er gerade das Wort »letzte« gedacht hatte.

Das kam ja überhaupt nicht infrage.

Aber den Pfarrer, diesen feinen Menschen, so jemanden lässt man nicht im Stich.

Charlie stand jetzt im Kirchenschiff.

Das Bild, das sich ihm bot, war erschreckend. Angst einflößend. Wenn ein so riesiges Gebäude einmal brennt, dann sind das Dimensionen, die sich ein einfacher Mechatroniker nicht im Traum vorstellen kann. Die Kirchenbänke standen in Flammen, überall das Knacken von Holz, das brachiale Dröhnen der Zerstörung. Und beißender, rauchiger Nebel.

»Herr Pfarrer!«, wollte Charlie brüllen. Das führte zu nichts, außer zu einem Hustenanfall. Später, im Krankenhaus, würden sie ihn wahrscheinlich auch wegen einer Rauchvergiftung behandeln müssen, mutmaßte Charlie. Steffi war bestimmt ganz schön sauer. Zu spät, darüber noch nachzudenken. Er war jetzt hier.

Und er versuchte, sich wieder auf seine Mission zu konzentrieren. Verdammt, hier drin war wirklich fast nichts zu erkennen.

Steffi, dachte er wieder, und er schämte sich, dass er das große Glück seines Lebens auf diese Weise aufs Spiel setzte. Immerhin wusste er, wie sehr auch Steffi Hochwürden respektierte, gerade nach der Geschichte mit den »Kill Bill«-Tussis. Sie würde ihm verzeihen.

Wenn denn nach dieser Aktion noch etwas von ihm übrig sein würde, dem man etwas verzeihen könnte.

Was war das? Regen? Charlie war von Wasser getroffen worden. Ah, die Kameraden hatten die Maschinerie endlich in Gang gebracht. Gott sei Dank. Hoffentlich wird die Leinberger-Madonna nicht nass, sonst weint sie wieder, wie seinerzeit, dachte Charlie, und musste, soweit er dazu in der Lage war, bitter über den eigenen Scherz lachen.

Dann fiel es ihm ein.

Die Leinberger-Madonna. Natürlich.

Es waren etliche Meter bis dorthin. Charlie musste glühende Trümmer des Chorgestühls zur Seite räumen, er trat es mit den Füßen weg, bei jeder Bewegung des Körpers schmerzte die Schulter. Von oben prasselte immer mehr Wasser auf ihn herab, was gut war und schlecht zugleich. Mehrfach glitt er aus, es wurde rutschig, hier drin – und er spürte die wohlige Kälte. Gegen den beißenden Rauch half das nichts, der forderte seinem Körper einen erschütternden Hustenanfall nach dem anderen ab.

»Hochwürden!«

Und der nächste Hustenanfall. Tatsächlich. Da lag er.

Noch ein paar Schritte, dann hatte Charlie es geschafft.

»Hochwürden!« Keine Reaktion.

Der Pfarrer wäre längst von herabfallenden Trümmern erschlagen worden, hätte sich nicht die Leinberger-Madonna in dieser absurden Pose schützend über ihn geworfen. Charlie konnte kaum glauben, was er sah, wie diese riesige Figur zwischen Hochaltar und Gebetstisch zu schweben schien und den Pfarrer behütete.

Charlie beugte sich zu Hochwürden herab. »Herr Pfarrer!« Der gab keinen Mucks von sich.

11 | NACKERT, ODER?

Das Chaos draußen, vor dem Gotteshaus, war kaum geringer als drinnen.

Hunderte Feuerwehrleute, Rettungssanitäter, Polizisten tummelten sich mittlerweile auf der Wiese vor der kleinen Hudlhubber Kirche, jeder einzelne gab sein Bestes, keiner wollte tatenlos zusehen, und doch waren alle entsetzt darüber, was da gerade geschehen war. Schnell hatte sich herumgesprochen, was passiert war. Das LF16 war in die brennende Sakristei gerast – unvorstellbar, wer war denn dieser Selbstmörder?

Irgendwie gelang es den Kameraden immerhin, endlich Druck auf die Leitungen zu bringen, von hinten, vom Kirchweiher her, aber das genügte noch lange nicht. Gott sei Dank stand noch nicht das ganze Gotteshaus in Flammen, aber doch erhebliche Teile.

»Wo ist Charlie?«, fragte Franz auf einmal seine Männer, ein furchtbarer Verdacht keimte in ihm auf – alle zuckten die Schultern, und sie begannen zu ahnen, was ihren Kommandanten umtrieb. Doch nicht Charlie! War er es, der ...?

Und unwillkürlich machten sie ein paar Schritte auf das Gotteshaus zu.

»Jessas. Maria!«, sagte Franz, obwohl er eigentlich kein besonders gläubiger Mensch war. Schon gar nicht, seit er wusste, dass seine Frau ihn betrogen hatte.

Den Blitz und den unmittelbar darauf folgenden Donner, der sich oben am Himmel entlud, nahm er im ersten Augenblick gar nicht wahr, so paralysiert war er.

Den gleich darauf einsetzenden Regen aber schon.

Es waren dieselben riesigen, weintraubengroßen Tropfen, die vorhin schon die Fronleichnamsprozession ruiniert hatten. Im Gegensatz zu vorhin kamen sie jetzt gerade recht. Wie ein Tropenregen stürzten unfassbare Wassermassen auf das Gotteshaus und auf die Rettungskräfte herab. Binnen Sekunden konnten alle sehen, wie die Flammen erstickten. Sie hatten nicht den Hauch einer Chance gegen diese himmlische Gewalt.

Das Feuer streckte die Waffen.

Es war merkwürdig, aber für die Rettungskräfte war dieser Regenschauer eine kleine Offenbarung, alle genossen sie die Kühle des Moments, und als der Schauer aufhörte zu schauern, erschauerten die Rettungskräfte.

Der ganze Lärm der Katastrophe, er wurde von einer alles vereinnahmenden Stille abgelöst. Ein paar Aggregate waren noch zu hören, die gleichmäßig ihren Dienst taten, das Knacken von eben verbranntem Holz, sonst nichts.

Dann richteten sich alle Augen auf die Kirchenpforte, sie wurde von innen aufgeschoben. Ein Feuerwehrmann drehte sich mit dem Rücken voran langsam heraus, und er trug einen leblosen Körper über der linken Schulter.

»Nicht nackert!« Das waren die Worte, die Feuerwehrkommandant Franz in diesem Moment über die Lippen fuhren. Dabei war er gerade überhaupt nicht zum Scherzen aufgelegt.

»Nein, Hochwürden ist nicht nackert«, rief er und lachte laut und erleichtert und tief und kehlig los, während die Rettungssanitäter auf dem Platz als erste aus ihrer Erstarrung erwachten und zur Kirchentür sprinteten.

Sie versperrten ihm die Sicht, und so sah er nicht, wie Charlie samt Pfarrer zusammenbrach. Blut lief in Strömen über sein Gesicht, der Retter hatte sich bei der Rettung schwer am Kopf verletzt.

»Bewusstlos«, diagnostizierte der Sanitäter, der als erster bei Charlie und dem Pfarrer angekommen war. Der Hudlhubber Feuerwehr-mann hatte es genau bis hierher geschafft, und keinen Schritt weiter. Fachmännisch wurden beide versorgt und für den Transport ins Schrobenhausener Krankenhaus vorbereitet.

Der Feuerwehrkommandant hatte sich derweil, immer noch lachend, zu Theresia umgedreht.

»Nicht nackert!« Zu komisch.

Eine sehr, sehr alte, sehr kleine Frau lag regungslos am Boden. Und eine kleine, graue, sehr alte Katze leckte ihr die Wange.

12 | EINE TOURISTIN

Als das Sirenengeheul losging, schloss sich auch Steffi den Hilfs-kräften an.

In Hudlhub gab es zwar keine Frauen-Feuerwehrgruppe, obwohl das eigentlich gescheit wäre, denn viele der Männer im Dorf arbeiteten beim weltweit tätigen Spezialtiefund Maschinen-bauunternehmen in der Spargelstadt oder beim hippen Kinder-nahrungshersteller in der lebenswertesten Stadt des Universums oder auch beim Autofabrikanten mit Vorsprung durch Technik in Ingolstadt und waren tagsüber gar nicht da – außer an Feier-tagen oder an Wochenenden. Steffi war auch so dabei, als die gute Seele, als Frau für alle Fälle, als eine, die nicht lang fackelte, wenn es Arbeit gab. Hudlhub, das war für sie, die Zugereiste, die Rübergemachte, Heimat geworden – sie wollte ihren Teil zu-rückgeben.

Sie musste nicht viel sagen, Bettina wusste Bescheid, und der Rest ihres Chai-Tees würde jetzt wohl kalt werden.

Bettina aber tat es nicht den anderen Hudlhubbern gleich, die so-fort aufgesprungen waren, um zu sehen, was da draußen los war. Sie wollte sicherlich nicht als Schaulustige blöd herumstehen und den Rettungskräften die Arbeit erschweren.

In Hunderten Yoga-Stunden hatte sie gelernt, was für sie gut war, Virabhadrasana und Vrikshasana waren ihr längst in Fleisch und Blut übergegangen. Also nutzte sie die Gelegenheit, und machte ein paar Übungen.

Sie musste an ihren Frank denken, sie sah ihn regelrecht vor sich, wie er gerade mutmaßlich in einer weißen Feinrippunter-hose auf der Couch lag, dösend, während in der Glotze Sky vor sich hinbrabbelte, irgendein Fußballspiel gab es ja immer, und wenn gerade einmal tatsächlich nirgendwo in der Welt live ge-kickt wurde, dann gab es halt die Wiederholung einer glorreichen Partie, bei der sein Lieblingsverein in der Regel allerdings keine

Rolle spielte. Franks geliebtes St.Pauli-T-Shirt war ein Stück nach oben gerutscht und gewährte einen bemerkenswerten Einblick auf seinen über die Jahre erheblich angewachsenen, kuscheligen Ranzen.

Bettina betätigte die Kurzwahltaste an ihrem Smartphone, unter der seine Nummer eingespeichert war.

Sie wollte die vertraute Stimme hören, jetzt.

»Auf der Reeperbahn nachts um halb eins«, sang ein Smartphone irgendwo in einer Wohnung eines leicht übergewichtigen Kriminalkommissars in Münster, aber Frank grunzte nur kurz, mümmelte sich noch tiefer in der Couch ein und machte keine Anstalten, sich aus seinem Halbschlaf herausholen zu lassen. Vermutlich ging sein Nachbar gerade die Wände hoch, angesichts dieses Klingeltons, ein sehr sensiver Gerichtsmediziner, der zugleich sein Vermieter war.

Bettina seufzte, zuckte, ohne es selbst zu merken, die Schultern und entschied sich, eine Runde durch das Dorf zu drehen. Nur nicht dorthin, wo der Lärm war, wo anderen womöglich gerade Leid widerfuhr, dafür fehlte ihr die Kraft. Helfen würde sie sowieso nicht können.

Steffi hatte ihr einen Wohnungsschlüssel gegeben, so zog sie los.

Die Männer im einsatzfähigen Alter waren so gut wie allesamt unterwegs, einige Frauen, Kinder und Alte aber setzten fort, womit sie an diesem Fronleichnamsdonnerstag begonnen hatten.

Frau Haller stand noch im Feiertagsgewand im Garten und pflückte ein paar Himbeeren, die erste Sorte war schon fast reif, und der Hudlhubber Boden sowie das Mikroklima hier, im tiefen Tal, waren von jeher so beschaffen, dass sie besonders gut gediehen. Schon zu Zeiten, als die Römer Germanien besetzt hatten, waren die Hudlhubber Himbeeren legendär. Ein Soldat, der eigentlich Gärtner gewesen war, hatte damals die besonderen Eigenschaften erkannt, er hatte sich hier niedergelassen und die Qualität der Hudlhubber Früchtchen sprichwörtlich gemacht.

Bei der Bäckerei Huber war heute zu.

Der Bäcker selbst war nicht bei der Feuerwehr. Bettina entdeckte ihn in seinem Wintergarten, er sortierte etwas, wahrscheinlich Briefmarken. Mehrere Alben stapelten sich auf dem Tisch. Ein Hobby, das irgendwie auch aus der Mode gekommen ist, dachte sie, nachdem die Post heutzutage fast nur noch dazu da war, um Erfüllungsgehilfe des Versandhandels und der Werbeindustrie zu sein, sogar fast alle Rechnungen kamen ja inzwischen längst online. Der Hudlhubber Bäcker war ein Typ mit Zopf, ein wenig heruntergekommen von der Erscheinung. So jemand sammelt doch keine Briefmarken. Oder doch?

Als Huber Bettina entdeckte, stand er auf und kam zur Tür, offensichtlich langweilte er sich.

»Na«, sagte er und lächelte sie freundlich an, »wieder eine KaineggTouristin? Sie müssen die Hauptstraße hinunter, dann nach links in die Eichenstraße. Beim zweiten Feldweg rechts biegen Sie ab, dann gehen Sie immer geradeaus, bis Sie zum Hexenholz kommen. Gleich dahinter liegt dann die Dreieckswiese, auf der der Hof stand.«

Das war deutlich mehr Information als Bettina haben wollte. Genau genommen hatte sie eigentlich erstens überhaupt keine Information haben wollen und zweitens keinen Schimmer, wovon er überhaupt sprach.

»Sie sind der Bäcker Huber, oder?«, fragte sie.

»Das stimmt.«

»Kann ich mal Ihr Brezen-Rezept bekommen? Ich habe gehört, Sie machen die leckersten Brezen weit und breit!«, sagte sie und strahlte ihn keck an. Probieren kann man's ja mal.

»Oh, danke, aber dann wäre ich ja ganz schön blöd, wenn ich Ihnen es verraten würde.«

Bettina lachte. »Da haben Sie recht!«

Sie räusperte sich kurz. Hinter ihr brauste ein Feuerwehrauto vorbei. Der Einsatz. Anscheinend war es ganz schön heftig, wenn externe Einsatzkräfte hinzugezogen werden.

»Wissen Sie, warum die Feuerwehr ausgerückt ist?«

»Ich habe nicht die geringste Ahnung, aber glauben Sie mir, morgen, wenn wir geöffnet haben, werde ich die Geschichte ungefähr 200 Mal in allen Details und Farben zu hören bekommen. Deshalb habe ich es damit nicht so eilig.«

»Das kann ich mir vorstellen, Sie bekommen eine Menge Geschichten zu hören, oder?«

»Oh ja. Es heißt ja, die Friseure wüssten immer alles, aber ich kann Ihnen sagen: Sie haben ja keine Ahnung!« Huber lachte.

»Auch die Geschichte von Kainegg?«

»Ja, genau, Kainegg. Ist ja ziemlich berühmt geworden, die Geschichte.«

»Was ist denn das für eine Geschichte?«

»Sie kennen sie nicht? In der Nacht zum 5. November 1927 sind auf dem Einödhof sechs Menschen erschlagen worden. Erst vier Tage später wurde die Tat entdeckt, bis dahin war das Vieh am Hof weiter versorgt worden, so dass zunächst niemand etwas bemerkte. Wäre das Vieh hungrig geworden, hätte es so laut geschrien, dass man es wahrscheinlich bis hierher gehört hätte.«

»Und wer war's?«

»Das weiß man nicht«, sagte der Bäcker, »die Tat ist bis heute nicht aufgeklärt, das macht die Geschichte ja so spannend. Es gibt Dutzende Theorien, die sich um die Tat ranken, im Internet gibt es eigene Ermittlergruppen und sogar ein Kainegg-Wiki, unglaublich.«

»Aber hier in Hudlhub weiß man doch gewiss, was da los war.« Bettina hatte sich inzwischen auf einem der dekorativen, breiten Mauerpfosten abgestützt und es sich bequem gemacht, der Bäcker schlenderte auf sie zu.

»Was soll ich sagen, es gibt Vermutungen. Die gängigste ist, dass der Ortsvorsteher aus dem Nachbardorf, Vinzenz Wagenbauer, der Mörder war, denn er hatte vorübergehend ein Verhältnis mit der Bäuerin, Katharina. Man sagt, ihr kleiner, unehelicher Sohn, der Hans, wäre von ihm. Oder von ihrem Vater, mit dem sie ein inzestuöses Verhältnis führte.«

»Hoihoihoi«, sagte Bettina erstaunt, »das klingt aber abgefahren.« Huber nickte. »Und das ist es auch, was die Geschichte so spannend für Tausende Menschen macht. Katharinas erste Tochter, Lilly, stammte aus ihrer Kurzehe mit Kurt Harrer, dem ältesten von sechs Söhnen des Nachbarhofs. Kaum hatte er seine Frau geschwängert, schon zog er in den Krieg, wo er den ersten Winter nicht überlebte.«

»Welchen Krieg?«

»Den Ersten Weltkrieg, 1914 war das.«

»Dann wurde Lilly gerade mal dreizehn Jahre alt?«

»Ja, und ihr Bruder Hans zwei. Sie alle wurden in jener Nacht umgebracht, ebenso wie Katharina, ihre Mutter Kreszenz und ihr Vater Korbinian Burzler.«

»Das waren aber erst fünf Leichen.«

»Die sechste, das war die Magd Philomena Waldinger, die – und das ist kein Witz – erst am Abend vor dem Mord ihren Dienst in Kainegg angetreten hatte, am 4. November 1927. Als sie am nächsten Morgen erwachte, war sie tot.«

Bettina musste schlucken.

Immerhin ging es hier um einen echten Mord.

»Entschuldigung, das war wohl jetzt unpassend«, sagte Huber. Er war kurz abgelenkt, denn der Lärm, der vom Feuerwehreinsatz am anderen Ende des Dorfs drang, war jetzt von hier nicht mehr zu überhören. Es schien tatsächlich etwas Größeres zu sein.

Huber versuchte den Einsatz zu orten, aber der Schall spielte einem bei der Orientierung leicht einen Streich. Kam der Lärm wirklich von der Kirche, oder war das nur das Echo? Keine Ahnung. Huber wandte sich wieder seiner Gesprächspartnerin zu.

»Aber wissen Sie, wenn man die Geschichte so oft erzählt, wenn sie ein ganzes Bäckerleben lang Gegenstand von Spekulationen und Gerede ist, dann verklärt sich das. Und es ist ja immerhin schon bald ein Jahrhundert her. Aber ja, Sie haben recht, äh ...«

»Bettina«, half Bettina, »Steffis Tante.«

»Ah, von unserer Postlerin, wie schön!«, sagte Huber.

»Aber so eine Geschichte, die ist doch bestimmt schon verfilmt worden, oder?«, mutmaßte Bettina.

»Nun, es gibt ein Theaterstück über die Geschichte. Und Sachbücher. Und jede Menge Fernsehbeiträge – dass Ihnen da noch nie etwas begegnet ist. Einen Spielfilm und einen Roman gibt es aber noch nicht.«

»Also«, sagte Bettina, »doch, da klingelt schon was, irgendwann habe ich da schon mal was mitbekommen, den Namen Kainegg sowieso. Aber ich hab's nicht so mit Verbrechen. Wissen Sie, mein Partner ist Polizeihauptkommissar, da hatte ich eigentlich immer schon mehr Verbrechen zu Hause als mir lieb war. Aber diese Geschichte, das klingt ja echt unheimlich.«

»Das dürfen Sie glauben, Bettina«, sagte der Huber. »Stellen Sie sich vor, zwei Töchter des Ortsvorstehers, damals keine zehn Jahre alt, haben die Leichen von Kainegg gesehen. Eine lebt noch, die Pfarrersköchin – diese Bilder haben sie ihr Leben lang begleitet. Sie sprach immer wieder davon, wie schrecklich es damals für die Kinder war, damit zu leben, dass Tod, dass Mord für sie etwas Reelles geworden war, in einer Zeit, als es noch kein Fernsehen gab, kein Radio – die Menschen in Kainegg und drumherum wussten ja nicht wirklich viel von der Welt da draußen. Nur das, was sie ab und an im Wochenblatt zu lesen bekamen, und was die fahrenden Händler erzählten. Und die Soldaten, die den Krieg überlebt hatten, von dem die ganze Region sich gerade erholt hatte. Das waren ganz andere Zeiten.«

»Spannend«, sagte Bettina, die spürte, dass sie gerne mehr wissen wollte von der Geschichte.

Der Blitzeinschlag kam heftig und unerwartet, der Donner gleich hinterher erst recht. Unwillkürlich starrten beide nach oben. Alles schwarz.

Dann schüttete der Himmel tonnenweise riesige, warme, weintraubengroße Regentropfen aus – wie aus dem Nichts. Der zweite krasse Wolkenbruch an diesem Tag.

»Kommen Sie mit, Sie werden ja ganz nass!«, rief der Bäcker Bettina durch den Lärm des Unwetters zu.

»Nein, lassen Sie es gut sein, zu spät!«, rief Bettina zurück und lachte. Sie zog die Schuhe aus und genoss es, durch den warmen Regen nach Hause zu laufen, als Kind hatte sie das oft und gerne gemacht. Als sie bei Steffis Wohnung ankam, war sie frisch geduscht und hatte doch eine Dusche nötig.

Bevor sie in die Wohnung ging, verharrte sie einen Moment draußen, legte den Kopf in den Nacken und ließ es zu, dass die warmen Regentropfen ihr Gesicht massierten.

Dann war der Schauer auch schon wieder zu Ende, so schnell, wie er gekommen war.

Der Lärm vom Feuerwehreinsatz hinten, am anderen Ende des Dorfs, hatte auch aufgehört.

13 | ABGEORDNETER IM EINSATZ

Als Ludwig Haderlein am Kirchplatz eintraf, bot sich ihm ein Bild des Schreckens.

Der Hudlhubber Landtagsabgeordnete hatte ein untrügliches Gespür dafür, wann er wo zu sein hatte, und es war nur ein Anruf nötig, um herauszufinden, was los war. So hatte er sich dann auch gleich vom Entleitner Toni verabschiedet, seinen neuesten Lodenjanker übergeworfen, hatte die handgearbeiteten Knöpfe sorgfältig geschlossen und im Gang das zunehmend schütter werdende Haar zu einer zumindest ordentlichen Frisur zurechtgestrichen, war in seinen Bentley gestiegen und gab Gas.

Vorne, am Armaturenbrett, das mit echtem Wurzelholz verziert war, legte er einen Schalter um.

In seiner Heckscheibe leuchtete jetzt der Schriftzug »ABGE-ORDNETER IM EINSATZ«.

Die Standarten in den Kotflügeln fuhr er diesmal nicht aus. Als Politiker wusste Haderlein, wann er nach vorne preschen musste – und wann nicht.

Mit einem Blick erfasste Haderlein die Lage: Feuer in der Kirche, Sakristei ausgebrannt, Teile des Hauptschiffs eingestürzt, der Wolkenbruch hatte das Feuer gelöscht, Einsatzkräfte aus den beiden Nachbarstädten und den Nachbardörfern waren hier zusammengezogen worden. Vor dem Portal kümmerten sich Rettungssanitäter des Bayerischen Roten Kreuzes um zwei Männer – war der eine davon der Pfarrer? –, vor dem Pfarrheim erledigte der Totengräber seine traurige Pflicht, gerade hob er zusammen mit einem Mitarbeiter einen kleinen, eingefallenen Frauenkörper in einen Blechsarg.

Haderlein verhielt sich ruhig, wartete ab, bis die Krankentransporter samt den Verletzten abgerückt waren, dann ging er ein paar Schritte nach vorn.

Gerade noch rechtzeitig, wie er feststellte, denn der Bürgermeister hatte – am anderen Ende des Platzes, offensichtlich gerade Ähnliches vor, und dieser König der Kunstpausen ging selbst ihm auf den Senkel.

»Männer!«, brüllte Haderlein, und mit Genugtuung konnte er sehen, wie die Luft, mit der sich der Bürgermeister gerade für seine eigene Ansprache aufgeplustert hatte, wieder aus dessen dickem Körper entwich, was den Körper danach trotzdem nicht wirklich weniger dick aussehen ließ.

»Männer!«, brüllte er noch einmal, nachdem er sicher war, dass sich auch der letzte Polizist zu ihm umgedreht hatte, »ihr seid einfach großartig! Es ist immer wieder erstaunlich und unglaublich, was ihr zu leisten imstande seid. Euer Mut, eure Tatkraft, euer Einsatzwille sind ein Beweis dafür, wie eine Gemeinschaft, was sage ich: wie eine ganze Gesellschaft funktioniert. Und was sind das für Zeiten, in denen unsere katholischen Kirchen in Flammen aufgehen, o tempora, o mores. Ohne euch – was wären wir heute ohne euch! Schreckliches Leid ist uns heute ...«, dabei deutete er mit dem theatralisch ausgestreckten linken Arm dorthin, wo die Pfarrersköchin gestorben war, »... widerfahren, und noch schrecklicher wäre das Leid gewesen ...«, jetzt deutete er mit dem rechten Arm zum Kirchenportal, wo eben noch Charlie und der Pfarrer versorgt worden waren, »... ohne euren heldenhaften Einsatz. Ja, das seid ihr alle für mich, an diesem denkwürdigen Fronleichnamstag – Helden.«

Und er hob seine Stimme immer stärker an, ohne dabei schrill oder zu hoch zu werden, das Sonore im Klang bewahrend. Das war ihm in mehreren Seminaren der Hanns-Seidel-Stiftung in Wildbad Kreuth eingetrichtert worden, bevor der CSU die Miete dort zu hoch geworden war. Er nutzte dabei alle Resonanzräume, die das Gesicht hergab, die Stirnhöhlen, die Wangenknochen, so, wie es der HannsSeidel-Stiftungs-Schauspielcoach ihn gelehrt hatte.

»Ja, Helden seid ihr, und dieses Wort ist gewiss nicht zu groß, und es erfüllt mich mit Respekt und Stolz einer von euch zu sein.«

Haderlein holte kurz Luft, er wusste, dass er den Bogen auch nicht überspannen und seinen Auftritt nicht zu sehr ausreizen durfte, aber so lange der Bürgermeister immer noch rot angelaufen dastand wie ein Gockel, kurz davor, vor Wut zu platzen, bewegte er sich noch im grünen Bereich.

»Männer!«, sagte Haderlein noch einmal, und er breitete die Arme aus, als legte er sie auf die Schulter eines jeden einzelnen Helden, »einen solchen Tag sollten wir nicht einfach so verstreichen lassen, als wäre es irgendein Tag. Einen solchen Tag müssen wir zelebrieren, wir sollten unsere Gemeinschaft hochleben lassen. Darum lade ich euch für heute Abend, wenn all unsere Sachen verräumt sind, zu einem gemeinsamen Umtrunk bei unserer Wirtin ein. Und jetzt lasst uns unser gemeinsames Werk gemeinsam zu Ende bringen!«

Irgendwie hatte Haderlein nach dieser Ansprache erwartet, dass jemand klatschen würde, so wie in den Hollywoodfilmen: einer fängt an, langsam, dann steigen nach und nach die anderen ein, bis sich die aufgestaute Spannung schließlich in tosendem Applaus entlädt. Aber dazu kam es nicht.

Die Männer waren erschöpft, sie waren entsetzt und immer noch schockiert angesichts dessen, was hier eben passiert war. So machten sie sich wortlos zurück ans Werk und begannen mit den Aufräumungsarbeiten, mit der Feuerwache und was sonst noch so zu tun war.

Hernach noch ein Bier zu trinken, das war vielleicht gar keine so schlechte Idee.

Haderlein fasste alibimäßig bei zwei Schläuchen mit an, tat kurz so, als würde er sich an den Arbeiten beteiligen, dann verzog er sich in seinen Bentley. Nachher, am Abend, da würde er dann wieder dabei sein, bei der Wirtin.

Dann verließ Haderleins Achtzylinder leise blubbernd den Kirchplatz.

Der Abgeordnete beschloss, jetzt lieber nicht im Einsatz zu sein.

14 | SPITZ AUF KNOPF

Die Halbgötter sahen besorgt aus.

Und es war ein erschreckendes Bild, das sich ihnen bot. Schürfwunden, Blutergüsse, Verbrennungen zweiten und dritten Grades – das war nur das, was man äußerlich sah.

Es waren gleich sechs Ärzte, die hier – unterstützt von unzähligen Schwestern und Krankenpflegern – um das Leben von Charlie und das des Pfarrers kämpften.

Beide waren bewusstlos ins Kreiskrankenhaus der Spargelstadt eingeliefert worden.

»Beide tachykard, 1,2 Milligramm beim Feuerwehrmann und 2 Milligramm Zyanid pro Liter beim Pfarrer«, sagte der Anästhesist mit ruhiger Stimme.

Der Chefarzt zuckte zusammen. Bei 0,2 Milligramm wurde es schon problematisch, ab 5 Milligramm war überhaupt nichts mehr zu machen.

Das hier war richtig ernst.

Und noch wusste niemand, was da im Inneren auf sie wartete, bisher war es nur darum gegangen, die beiden zu stabilisieren. Brüche, innere Verletzungen, nichts war unmöglich.

Der Chefarzt legte seine Hand auf die Stirn des Pfarrers, der hier, in dieser Sekunde, um sein Leben kämpfte.

»Mensch, Hochwürden, was machen Sie denn für Sachen«, murmelte er.

Er kannte den Hudlhubber Pfarrer, hatte ihn einige Male erlebt, unter anderem bei der Beisetzung eines Bekannten, die für katholische Verhältnisse äußerst anrührend ausgefallen war – und ihn ins Herz geschlossen.

Dieser lange, manchmal etwas unbeholfen wirkende Schlacks, der nichts auszulassen schien, was auf sein Umfeld wie Slapstick wirken musste, der aber zugleich ein unwahrscheinliches Händchen dafür hatte, Menschen zu berühren, sie zu erfassen, sie mitzunehmen, der das Herz am rechten Fleck hatte und ein

59

wahrer Seelsorger war. Einer, der sich, wenn es sein musste, für andere aufopferte.

Und einer, für den man sich seinerseits aufopferte.

Gleich neben ihm lag sein Lebensretter.

Ohne ihn wäre der Pfarrer nicht mehr hier, sondern schon bei seinem Chef. So hatte es einer der Notärzte formuliert, ein erfahrener, nicht mehr ganz junger Mann in den besten Jahren, dessen Gesicht ein grauer Vollbart zierte; ein Hausarzt, der Hunderte Nächte seines Lebens dafür aufgewendet hatte, das umzusetzen, was er einst geschworen hatte, jenen hippokratischen Eid, den zwar kein Mensch mehr schwor, den er, der alte Humanist mit seinem großartigen Gedächtnis aber dennoch jederzeit hätte aufsagen können, im Original und in der Übersetzung – »Ich schwöre und rufe Apollon ...« – und den er vor allem verinnerlicht hatte.

Es war das große Glück von Charlie und dem Pfarrer, dass sie an diesen alten Fuchs geraten waren, der übrigens selbst weite Teile seiner Jugend in Hudlhub verbracht hatte, und deshalb noch mehr Bezug zu dem hatte, was da geschehen war.

Nun lag er da, angeschlossen an Maschinen, Schläuche, Messgeräte, der Feuerwehrmann, der bereit gewesen war, sein eigenes Leben wegzuwerfen, um den Pfarrer aus den Flammen zu holen, der sich etliche Brüche dabei zugezogen hatte, die Schulter bestand eigentlich nur noch aus Trümmern, und trotz dieser kaputten Schulter hatte er ihn rausgetragen, den Pfarrer, der immerhin einen halben Kopf größer war als er selbst.

Was müssen das für Schmerzen gewesen sein, als er ihn inmitten des Infernos aufhob, fragte sich der Chefarzt, als er sich nun ihm zuwandte. Immer wieder erstaunlich, wozu der menschliche Körper in der Lage war, wenn er funktionieren musste.

Welchen Preis würde er bezahlen müssen, dieser Karlheinz Wendler, den alle nur Charlie nannten?

Der Chefarzt wusste es noch nicht. Die Rauchvergiftung war heftig, Kohlenmonoxid, Zyanid, der Körper war nicht mehr in der Lage, genügend Sauerstoff aufzunehmen.

»S-Hydril bekommen sie schon?«, fragte der Chefarzt.

»Klar, einen ordentlichen Schluck«, sagte der Anästhesist, ohne die Besorgnis in seinem Gesicht abzulegen.

»Vorsicht mit der Gabe von 4-DMAP«, sagte der Chefarzt.

»Klar, Herr Kollege«, sagte der Anästhesist, »wir wollen doch keine Hypoxie. Wir führen bei beiden Isoamylnitrit zu, um die Methämoglobinbildung zu verbessern.«

»Klasse, Herr Kollege«, sagte der Chefarzt. »Wenn das nicht reicht, geben Sie Cyanokit oder im Zweifel auch Kelocyanor als Antidot. Das diskutieren wir noch mal, wenn es so weit ist.«

»Hydroxocobalamin ist in Deutschland noch nicht zugelassen«, sagte der Anästhesist.

»Na und?«, sagte der Chefarzt.

Die Verbrennungen waren nicht das Problem, bei beiden nicht. Aber Charlies Schulter. Er beriet sich mit seinen Kollegen. Wie lange könnte man warten? Wahrscheinlich war es vernünftig, die Knochen gleich zu richten und sich nicht auf das Schädel-Hirn-Trauma allein zu fokussieren.

»Wir warten zwei Stunden. Wenn er bis dahin nicht aufwacht, operieren wir«, sagte der Chefarzt nach einer intensiven Rücksprache mit dem neuen Unfallchirurgen, der erst vor ein paar Tagen seinen Dienst hier im Kreiskrankenhaus aufgenommen hatte, der Mann galt als echte Koryphäe seines Fachs, und er war auch der Grund, warum nicht der Transport in eine größere Klinik in einer der umliegenden Städte angeordnet worden war. Ihm traute man zu, die Situation so in Griff zu bekommen, dass man das Risiko eines Hubschrauberflugs mit bewusstlosen Patienten umgehen konnte.

Mit einer compressio cerebri, einer Hirnquetschung, war nicht zu spaßen. Und beide, sowohl Charlie als auch der Pfarrer, waren inzwischen zu lange bewusstlos, als dass sich das hier noch im harmlosen Bereich abspielte.

»Sollen wir Hirnsonden legen?«, fragte ein junger Kollege pflichtbewusst.

Wortlos gingen der Chefarzt und der Unfallchirurg noch einmal zu den Patienten, sachte hoben sie die Augenlider an, verglichen die Pupillen, keine Auffälligkeiten, beide Paare waren jeweils gleich groß. Der Chefarzt prüfte einige Reflexe, es waren schwache, aber es waren Reaktionen. Bei beiden. Hirnsonden zu setzen, das wäre ein weiterer belastender Eingriff.

Und es hatte beide eh schon heftig erwischt.

Beim Pfarrer war die Rauchvergiftung schlimmer, bei Charlie war es die Schulter. Wie schwer die Kopfverletzungen waren, das konnte zum jetzigen Zeitpunkt noch keiner sagen. Der Chefarzt warf noch einmal einen Blick auf die CTs, starke Einblutungen waren nicht zu erkennen. Er und der Unfallchirurg nickten sich kurz zu, sie waren sich einig.

»Zunächst nicht«, entschied der Chefarzt.

Charlie kam ihm irgendwie bekannt vor, er sah ein bisschen aus wie eine dieser Fernsehfiguren, die ihm neulich in der Talkshow von Markus Lanz begegnet war, dieser Gagschreiber, der unter anderem für das RTL-Dschungelcamp tätig war, Beisenstein oder so ähnlich, er war sich gerade nicht ganz sicher, und er hatte sein Smartphone nicht dabei. Er war jedenfalls ein sportlicher, durchtrainierter, muskulöser, dunkler Typ, dieser Charlie.

Und er war ein Held. Ein Held allerdings, dachte der Chefarzt, der um ein Haar auch ein toter Held hätte sein können.

»Tun Sie alles, was in Ihrer Macht steht, um diese beiden Männer durchzubringen«, wandte sich der Chefarzt an sein Team, »und ich meine: alles. Ich bleibe heute Nacht hier, aber ich habe noch jede Menge Bürokram, der auf mich wartet. Wenn Sie mich brauchen, holen Sie mich. Tag und Nacht. Wenn Sie irgendwelche Spezialisten anfordern wollen, ganz gleich wen, rufen Sie mich. Diese beiden Männer werden überleben. Wir brauchen sie auch morgen.«

Draußen, vor dem Eingang zur Intensivstation, begegnete ihm eine junge Frau, sie sah verstört aus. Er ahnte, wer sie war und ging auf sie zu.

»Kann ich Ihnen helfen?«, fragte er.

»Ich möchte zu Charlie«, sagte sie, leise, zärtlich, verzweifelt, voller Liebe, »er ist der Feuerwehrma...«

»Ich weiß, wer Ihr Charlie ist«, sagte der Chefarzt, »er hat heute Wundervolles vollbracht. Er hat ein Menschenleben gerettet, er hat sein Leben dafür aufs Spiel gesetzt.«

Er wusste nicht, warum er das tat, denn das war nicht seine Art, aber der Chefarzt nahm Steffi mit beiden Händen bei den Schultern, sie spürte die Wärme und die Ruhe, die er ausstrahlte, und das tat ihr gut. Mit großen Augen sah sie ihn von unten an, sie spürte, wie Tränen sich einen Weg über ihre Wangen bahnten.

»Wie geht es ihm?«

»Ihr Charlie lebt«, sagte der Chefarzt, »und das ist im Moment das Wichtigste. Er hat sich die rechte Schulter gebrochen, und er hat eine sehr schwere Rauchvergiftung. Und er ist noch nicht bei Bewusstsein. Meine Kollegen stabilisieren ihn gerade, und ich verspreche Ihnen: Sie tun alles, damit der Preis für seine Heldentat nicht zu hoch war.«

Steffi schluchzte.

»Hören Sie ... äh ...«

»Steffi ...«

»... Steffi. Der Pfarrer lebt, und Ihr Charlie lebt. Und auch wir wollen, dass das so bleibt. Und jetzt möchte ich, dass Sie nach Hause fahren, und dass Sie sich selbst ausruhen. Machen Sie sich nicht verrückt. Lassen Sie Ihre Telefonnummer da ... Sie sind verheiratet ...?«

»Nein, wir sind noch nicht sehr lange zusammen.«

»Lassen Sie sie dennoch da, und wir pfeifen heute, in dieser Situation, ausnahmsweise auf den Datenschutz – wir rufen Sie sofort an, wenn es etwas Neues gibt, okay?«

»Okay!«, flüsterte Steffi.

»Soll ich Sie nach Hause fahren lassen?«

»Danke, ich komme klar.«

Jetzt erst ließ der Chefarzt Steffis Schultern los, und er war ein bisschen von sich selbst überrascht, üblicherweise wahrte er etwas mehr Distanz. Aber diese Frau hatte eine außergewöhnliche Ausstrahlung.

Offensichtlich war sie etwas ganz Besonderes.

15 | KONTAKTSUCHE

Den Abend verbrachte Steffi zu Hause, mit Bettina. Es gab viel zu erzählen.

Natürlich ging es um das Drama am Kirchplatz, um den Tod der alten Dame, die Steffi so viel bedeutete. Sie war einfach immer da gewesen, und sie hatten einander in ihre Herzen geschlossen. Nie waren sich die beiden begegnet, ohne ein paar warme Worte zu wechseln. Wie konnte das alles nur passieren? So viele Fragen waren offen geblieben – wie war das Feuer überhaupt ausgebrochen? Was machte der Pfarrer im Hauptschiff? Wie konnte ihr Charlie nur so verrückt sein und das LF16 in die Sakristei brettern? Charlie, du Wahnsinniger, was hast du bloß getan! Wage es ja nicht, dich aus dem Staub zu machen. Verdammt, Charlie, Charlie ...

Steffi brach in Tränen aus, sie sackte, von Weinkrämpfen geschüttelt, zusammen, als die Anspannung – endlich – nachließ. Bettina stützte sie, hielt sie, schwieg, war einfach da.

Nach und nach fasste sich Steffi, sie setzte sich an ihren Lieblingsplatz, hockte sich mit angezogenen Beinen auf den Boden vor dem Heizkörper, sie trank Tee und schwieg.

Es dauerte eine Weile, dann konnten Steffi und Bettina wieder ein bisschen über andere Dinge reden. Steffi erzählte von ihrer Zeit auf der Popakademie, was sie dort gelernt hatte, und dass sie jetzt Sängerin in einer Band war, die ab und an auch auftrat. Bettina war neugierig darauf, zu erfahren, was ihre wunderbare Nichte aus ihrem Leben machte.

Und natürlich ging es um Frank, beziehungsweise um Bettina und Frank, wie ihre gemeinsame Zeit begonnen und was sich über die Jahre verändert hatte, wer nicht mit wem Schritt hielt, wann und wie wer welche Entwicklungsphase des anderen verpasst hatte, wie sie sich deshalb nach und nach auseinandergelebt hatten.

Es war längst Mitternacht, als die beiden entschieden, zu Bett zu gehen. Sie umarmten sich, und Steffi war froh, dass der Zufall es wollte, dass sie an diesem Abend nicht allein in ihrer Wohnung war.

Bettina hatte sich für die Nacht ihr extralanges Krümelmonster-TShirt übergestreift, eine Weile starrte sie auf ihr Smartphone, dann wählte sie noch mal seine Nummer. Sie strich das Haar auf der linken Seite, dort, wo sie immer telefonierte, hinters Ohr und wartete auf das Freizeichen.

Eine Wohnung in Münster.

Schick eingerichtet, neues Möbelhaus-Design, nicht zu abgehoben, aber auch nicht billig. Normalerweise war hier besser aufgeräumt, da hatte wohl jemand andere Dinge zu tun gehabt. Auf der breiten Kuschelcouch lag noch die Wolldecke, darunter hatte sich Frank vorhin eingemümmelt. Jetzt war er nicht zu Hause. Hier nicht, im Bad nicht, im Schlafzimmer auch nicht.

Tatsächlich war er vorhin auf einen Einsatz gerufen worden, vor lauter Eile hatte er sein Mobiltelefon liegen lassen. Das bimmelte jetzt.

Was heißt bimmeln?

Es trällerte »Auf der Reeperbahn nachts um halb eins« und ließ dabei ein Bild, das Bettina entspannt an einem Mittelmeerurlaubsabend im roten Abendsonnenlicht zeigte, aufleuchten.

Nach dem x-ten Läuten legte Bettina auf und atmete durch. Sie war etwas enttäuscht, aber sie kannte auch ihren Frank. Wenn er nicht ans Telefon ging, hieß das nämlich erst einmal gar nichts. Wahrscheinlich hatte er es wieder mal irgendwo verschusselt. Trotzdem hätte sie gern seine Stimme gehört, bevor sie ins Bett ging.

War ja nicht das erste Mal, dass es dazu nicht kam.

Bevor sie das Licht ausmachte, schrieb sie noch ein paar Gedanken ins Tagebuch. Einer davon war dieser: »Liebt er mich noch?«

16 | DER MOND TANZT

Dann war endgültig Nacht in Hudlhub. Alles schlief, bis auf die Feuerwache, die ihre Pflicht erfüllte. Alle anderen Feuerwehrleute waren schlicht kaputt. Bis in den Abend hinein hatten sie aufgeräumt, dann waren die meisten doch noch Haderleins Einladung zur Wirtin gefolgt, aber eher halbherzig, und am ehesten, um daheim nicht allein das heute Erlebte verarbeiten zu müssen.

Immerhin hatte Haderlein seine Beziehungen spielen lassen und wusste allerlei Neues, das er – in dieser Situation – ohne eine Spur der Selbstinszenierung weitergab. Dem Pfarrer ginge es soweit gut, er hätte wohl eine Rauchvergiftung erlitten, eine undefinierbare Schulterprellung, vor allem aber ein Mordstrumm von einer Beule als Folge eines Schlags gegen die Schläfe, den ihm die LeinbergerMadonna beim Umkippen verpasst hatte. Sicherlich hätte er auch eine Gehirnerschütterung, wie schlimm, das würde sich erst noch herausstellen.

Und es galt als sicher, dass der Pfarrer das Feuer nicht überlebt hätte, wäre nicht Charlie auf die wahnwitzige Idee gekommen, ihn da rauszuholen. Charlie sei ebenfalls bewusstlos, möglich, dass er zeitnah an der Schulter operiert werden würde, das war noch nicht so ganz klar.

Und Theresia Wagenbauer, die alte Dame? Sie war wohl einem Infarkt erlegen, der Stress, diese Situation war einfach zu viel für das alte Herz, für den alten Körper gewesen.

Keinerlei Angaben konnte Haderlein bisher zur Brandursache machen, die Kriminalpolizei tappte da noch völlig im Dunkeln; ebenso gab es keinerlei Angaben dazu, warum die Hydranten am Kirchplatz ihren Dienst versagt hatten – auf die Idee, dass er damit zu tun haben könnte, kam er ebenso wenig wie die Ministranten, die nur wegen der Aufregung des Tages, aber nicht wegen eines eventuell schlechten Gewissens, nicht gleich in den Schlaf gefunden hatten.

Noch einer schlief an diesem Tag sehr schlecht ein: der Bürgermeister. Er hätte ja so gerne auch eine Rede gehalten, aber die Gelegenheit wollte sich einfach nicht ergeben. Wo er sich doch so gerne reden hörte, und er fand, er könne das auch richtig ... (Kunstpause) ... gut. So ... (Kunstpause) ... richtig. Eindrucksvoll. (Kunstpause) Energisch. (Kunstpause) Nachhaltig. Kurzum: (extralange Kunstpause) unvergesslich. Aber es sollte einfach nicht sein, und weil das Abpassen der richtigen Gelegenheit so anstrengend war, hatte er gar nicht bemerkt, dass es am Ende elf Weizen waren, die er getrunken hatte, und die belasteten den gemeindeoberhäuptlichen Organismus noch eine ganze Weile.

Nur gut, dass er seiner Alten nicht in die Arme lief, als er nach Hause wankte, sie hätte ihm wieder eine endlose Gardinenpredigt gehalten.

So fand der Tag für den Bürgermeister dann doch noch ein halbwegs harmonisches Ende: An diesem Abend ging er nämlich ausnahmsweise ohne Mordgedanken (an seiner Angetrauten) ins Bett. Ist doch auch mal schön.

Dann lag die Nacht still über Hudlhub, jener beschaulichen Gemeinde, zwischen der Spargelstadt und der lebenswertesten Stadt des Universums im Herzen Bayerns. Vieles war wie immer, aber nicht alles. Zwei Mitglieder der Gemeinde lagen im Krankenhaus, ein weiteres in einem Blechsarg, dafür würde die versammelte Gemeinde am nächsten Abend bei einer Andacht, zelebriert von einem Pater des Klosters der Nachbargemeinde, vor dem halb zerstörten Gotteshaus beten.

Aber noch war es nicht so weit.

Unverändert war an diesem Abend in Hudlhub eigentlich nur eines: die Libido des Gockels der Meiers mit Namen Luigi, der wie immer nicht nur davon träumte, am nächsten Tag alle seine Ragazze gehörig ranzunehmen, sondern es auch tat.

Naja, vielleicht galt das auch für die Ruhe auf dem Hudlhubber Friedhof, auf dem ein ganzes Jahr lang niemand beigesetzt worden war. Und so lange die Leiche der Haushälterin nicht freigegeben würde, war auch hier alles wie immer.

All die schwarzen Grabsteine, die selbst das hellste Licht der Vollmondnacht zu verschlingen imstande waren, bis hin zum Grabstein der Kainegg-Opfer mit der Gänsehaut auslösenden Inschrift, die mit diesen Worten begann: »Gottloser Mörderhand fielen zum Opfer ...«. Ein einziger Grabstein leuchtete aus der Masse der schwarzen heraus, jener weiße, den die Familie Wagenbauer ihrem Vinzenz gesetzt hatte, den so viele für den Mörder von Kainegg hielten – um seine Unschuld zu untermauern.

17 | GUTEN MORGEN

Der Tag danach war in Münster kein Tag danach, sondern einer wie viele andere.

Frank stand gerade im Bad und rasierte sich. Elektrisch. Die Nacht war kurz gewesen, und deshalb verrichtete er seine alltägliche Pflichtübung einigermaßen unkonzentriert. Entsprechend dauerte sie länger als sonst. Irgendwann fiel der Blick auf seine Nasenhaare. Er würde sie wohl mal wieder stutzen müssen, schön war das ja so nicht, fand er. Aber das kitzelt immer so. Und überhaupt: Wann ist ein Mann ein Mann? Badapdaaadab, dabadab. Sein Rasierer war immerhin so laut, dass er den Handyklingelton locker einkassierte. Und so verzweifelt schreiend, rufend, fordernd das Bild von Bettina auch aufblinkte, die an diesem Morgen gleich nach dem Aufwachen einen neuerlichen Anlauf gestartet hatte, Frank an die Strippe zu kriegen – er kriegte es nicht mit. Vielleicht wollte er es auch genau so.

Als er später in die Arbeit ging, vergaß er das Teil erneut, kurz vor Mittag versagte der Akku schließlich seinen Dienst. Das Mobiltelefon schaltete sich ab, es hatte nicht einmal mehr genügend Saft, um noch einen letzten, herzzerreißenden Warnton zu röcheln.

Steffi wechselte eben noch die Akkus ihres Milchschäumers. Ein ganz tolles Ding war das, mit einem putzigen, kleinen Schneebesen am Ende eines langen Stücks Draht. Machte richtig schönen Milchschaum für eine hausgemachte Latte Macchiato, verbrauchte aber leider ziemlich viel Batterie.

Als Bettina reinschneite und sie gleich eine frische Tasse Milchkaffee auf dem Tisch auf sie warten sah, war sie erstmal glücklich.

Die beiden Dienst habenden Radiosprecher der äußerst bayerischen »Good Morning Bavaria How Are You Radio Show«, die, wie der Name schon sagte, den neuen Morgen begrüßten, waren auch ziemlich glücklich. Sie hatten sich den kleinen Gag erlaubt, »I got you, Babe« zu spielen. Als verantwortungsvoller Radio-DJ tut man das eigentlich nicht mehr, seit Bill Murray den Murmeltiertag im dazugehörigen Kinofilm ein ums andere Mal erneut erlebte.

Die beiden hatten ihren Spaß dabei.

Steffi war auch glücklich, zumindest teilweise, denn ihr erster Telefonanruf an diesem Morgen war von Erfolg gekrönt, sie hatte den Chefarzt an die Strippe bekommen. Charlie habe die Nacht gut überstanden, der Pfarrer auch, alle Medikamente hätten gut angeschlagen und beide seien zunächst außer Lebensgefahr. Sorge bereiteten aber immer noch die Schädel-Hirn-Traumata der Patienten. »Ich will Ihnen da nichts vormachen«, hatte der Chefarzt gesagt.

Wenn sie es niemandem verrate, dann könne sie heute Nachmittag im Krankenhaus nach ihm fragen, und er würde sie dann zu Charlie auf die Intensivstation bringen. Und nein, die könne er noch nicht verlassen, und eine Schulteroperation stehe auch noch an, aber erst am frühen Abend, und nein, sie müsse sich keine Sorgen machen, sie werde ihren Charlie schon in einem Stück zurückbekommen.

»Und? Gut geschlafen?«, fragte Steffi jetzt Bettina, die noch ein wenig zerknautscht aussah.

»Danke, prima!« Bettina quälte sich dabei ein Lächeln ab, das die Worte Lügen strafte. »Nein, stimmt nicht, die Stille hier muss man auch erstmal aushalten, in Münster ist es nicht so leise.« Steffi lachte.

»Und dann, als ich endlich eingeschlafen bin, fängt so ein dämlicher Gockel an zu plärren, als gäbe es kein Morgen mehr.«

»Ah, Luigi.«

»Luigi? Heißt er so? Dann werde ich mir einige sehr emotionale italienische Abschiedsworte draufschaffen und sie ihm morgen früh ins Ohr flüstern, bevor ich ihm den Hals umdrehe.«

»Sprichst du noch von Luigi oder schon von Frank?«, fragte Steffi und schaute Bettina keck an.

Die brachte nicht einmal den Anflug eines Lächelns hervor. »Wieso, macht das einen Unterschied?«, knarzte ihre Stimme, und sie schubberte sich mit dem Handballen unbeholfen die Stirn. Bettina sah wirklich von der Nacht gequält aus und sie war auch überhaupt noch nicht in der Stimmung, über Männer zu reden. Würde sie noch rauchen, hätte sie jetzt erstmal eine gequarzt, aber dieses Laster gab es nur noch als dunkle Erinnerung an frühere Zeiten.

»Komm Steffi, erzähl mal 'nen Schwank aus Hudlhub!«, sagte sie schließlich, um das Thema final zu wechseln.«

»Du meine Güte, so auf Knopfdruck fällt mir da gleich gar nichts ein.«

»Aber bei euch ist doch angeblich immer so viel los.«

»Sagt wer?«

»Der Feuerwehrmann mit dem Körper.«

»Ah, Max. Na, der muss es wissen. Ich nicht.«

»Dann erzähl mir halt von Kainegg.«

»Kainegg? So früh am Morgen? Kennst die Geschichte aus dem Fernsehen?«

»Neee, vom Bäckermeister, wie heißt er gleich?«

»Huber.«

»Richtig. Huber. Die Geschichte mit dem Mord, die kennen hier alle, oder?«

»Klar, wir leben damit, das war ja gleich um die Ecke.«

»Wer wohnt denn da jetzt, auf dem Hof?«

»In Kainegg, meinst Du? Niemand mehr. Da wollte niemand mehr wohnen. Der Hof wurde ein Jahr nach dem Mord dem Erdboden gleichgemacht. Übrigens fand man da erst die Tatwaffe, eine Ackerhaue, man nennt sie auch Reuthaue. Beziehungsweise, was man für die Tatwaffe hielt.«

»Wie meinst 'n das?«

»Naja, im Protokoll stand, dass die Opfer sternenförmige Löcher im Schädel hatten.«

»Als die Tatwaffe dann gefunden war, hat man doch sicherlich eines der Opfer exhumiert und einen Abgleich gemacht ...«

»Hat man nicht, weil die Köpfe der Toten nicht mit im Grab liegen.«

»Ach, nicht?«

»Nein, die Schädel waren zu einer Wahrsagerin geschickt worden – und sind dann verschollen.«

»Das wird ja immer besser.«

»Erfinden kann man so eine Story nicht, die würde einem keiner glauben.«

»Krass. Dann wurde der Hof also abgerissen.«

»Dem Erdboden gleichgemacht.«

»Und seither ist niemand auf die Idee gekommen, dort wieder ein Haus hinzubauen?«

»Nein. Hat ein ganz schlechtes Karma, die Dreieckswiese. Da wächst nichts mehr. Bis heute.«

»Unglaublich. Und weißt du, wer es war?«

»Ich?« Steffi lachte. »Die Wahrscheinlichkeit ist gar nicht so klein, dass ich in den vergangenen Jahren mal einen Brief mit Hinweisen auf die Tat ausgetragen habe. Aber ich mach ja die Post nicht auf. Die Leute sagen, dass es der alte Wagenbauer war, aber nach allem, was ich über die Jahre gehört habe, glaube ich das nicht.«

»Und warum nicht?«

»Nun, erstens war der Mann wohl starker Asthmatiker. Versuch mal, mit starkem Asthma sechs Menschen zu erschlagen.«

»Hab ich noch nicht probiert«, sagte Bettina und quälte sich ein Grinsen ab.

»Probier's nicht, aber vielleicht nimmst mal Anlauf und rennst mit voller Wucht gegen das Eck eines Türstocks...«

»... hatte ich eigentlich nicht vor ...«

»... aber wenn, dann glaube ich nicht, dass dein Kopf dann zertrümmert wäre, du hättest höchstens eine ordentliche Beule. Du musst schon richtig mit Kraft zuhauen, um einem Menschen den Schädel einzuschlagen. Und der Mörder hat das nicht einmal gemacht, sondern sechsmal.«

»Klingt plausibel.«

»Außerdem hat der Täter das Vieh ja weiter versorgt.«

»Und?«

»Naja, der Wagenbauer-Hof liegt etwa zwei Kilometer weit von Kainegg entfernt. Wie hätte er denn vier Tage lang unbemerkt zwischen den beiden Höfen hinund herpendeln sollen?

Das ist doch absurd. Zumal zwei Tage vor dem Mord sein eigenes, leibliches Kind, das er mit seiner zweiten Frau hatte, kurz nach der Geburt gestorben war. Und dann lässt er seine Frau alle paar Stunden mit welchen Ausreden auch immer zurück, um in Kainegg das Vieh zu füttern? Glaube ich nicht.«

»Glauben heißt nicht wissen.«

»Natürlich nicht, in Kainegg geht es aber ausschließlich ums Glauben, heute.«

»Wie meinst'n das?«

»Naja, es gibt ja nur ganz wenige Anhaltspunkte. Die Polizei hat damals ziemlich schlampige Arbeit geleistet. Sie hat keine Fingerabdrücke genommen, sie hat überhaupt nur fünf Fotos vom Tatort geschossen, die Ermittler waren nach wenigen Stunden einfach wieder verschwunden und haben die Geschichte als Raubmord abgehakt.«

»Na und?«

»Naja, wenn über 100 000 Mark in bar offen im Regal liegen bleiben – ist es das, was du dir unter einem Raubmord vorstellst?«

»Vielleicht waren ja vorher 500 000 dagelegen. Klingt zumindest komisch.« Bettina war inzwischen hellwach, und es ging ihr wie vielen vor ihr: Wer immer diese Geschichte hörte, begann im Kopf mitzuermitteln. Zu ungeheuerlich waren die Details.

»Und wer war es dann, wenn es der Wagenbauer nicht war?«, fragte sie schließlich.

»Oh mei, da gibt es viele Theorien. Nach dem Mord sind ja Dutzende Tatverdächtige verhört worden. Erst recht übrigens, als ein beachtliches Kopfgeld ausgesetzt worden war. Wer da schon wen verdächtigte – unglaublich. Eine Schwester denunzierte sogar ihren Bruder, und als ihr bewusst wurde, was sie da vor lauter Gier getan hatte, steckte sie sich in ihrer eigenen Küche selbst in Brand.«

»Das ist nicht dein Ernst.«

»Doch, wirklich. Das ist alles tatsächlich passiert.«

Bettina hatte ja schon viel gehört, und sie war mit einem Kriminalhauptkommissar zusammen, aber das. Sie schüttelte den Kopf.

»Krass. Total krass.«

Dann drückte sie wieder einmal die Wahlwiederholung auf ihrem Smartphone. Frank ging nicht ran. Also rief sie ihn im Münsteraner Polizeipräsidium an. Er sei auf Einsatz und nicht erreichbar, teilte ihr eine mitfühlend klingende Kollegin mit, Bettina kannte sie flüchtig, ab und an war sie auf ein Feierabendbier des Kommissariats mitgegangen, und die zierliche blonde Frau mit den großen Augen sah sie förmlich vor sich. Sie musste schlucken. Das war keine atmosphärische Störung, die sich nach ein paar Tagen verzog. Kein Tief Nadeshda, das auf das Hoch Karl-Friedrich folgte.

Frank hatte nicht ein einziges Mal versucht, sie seinerseits anzurufen. Dass er mal ein paar Tage abtauchte, das wäre nun nichts, was sie aus den Socken gehauen hätte, wenn er sich mal in einen Fall verbissen hatte ... Aber das hier... Mensch, Frank, du Stoffel.

Bettina fasste einen Entschluss.

»Steffi, ist es okay, wenn ich dir vielleicht ein paar Tage länger zur Last falle?«, fragte sie.

Und sie war froh, dass Steffi sich ganz offensichtlich richtig freute.

»Wie gern! Das ist wunderbar!«

»Na dann. Und Steffi, leihst mir mal dein Fahrrad?«

18 | DIE TIPPGEMEINSCHAFT

Bernd Zackig war irgendwie abgelenkt. Unfassbar, die Geschwindigkeit, mit der Lissy ihre Computertastatur herausforderte. Im Mailzeitalter, das dem Farbbandmesozoikum und dem Kugelkopfpaläozoikum folgte, kam es nicht mehr so oft vor, dass es lange Texte zu tippen gab. Der Schriftführer eines örtlichen Kriegerund Soldatenvereins schrieb aber immer noch mit seiner geliebten Kugelkopfschreibmaschine aus den 80er Jahren, und das in einer Zeit, wo sich schon Säuglinge Youtube-Videos ihrer Lieblingsserien auf Tablets und Smartphones herscrollen und -swypen.

Auf das Bearbeiten des Textes freute er sich weit weniger, denn diese Jahreshauptversammlungsbeiträge verstießen in der Regel gegen nicht weniger als mindestens 62 (ob ihrer Vielzahl niemals vollständig niedergeschriebenen) Regeln des kleinen Einmaleins' des Lokaljournalismus' – angefangen damit, dass sie meist chronologisch erzählt waren (ganz schlecht) anstatt von wichtig nach unwichtig (wie es sich gehört), weil Regularien wie Begrüßungen, Totengedenken und Vorstandsentlastung minutiös aufgezählt waren (fliegt alles raus), weil sie jede Menge umständliche Konstruktionen beinhalteten (»konnte übergeben«, »konnte gratulieren« – alles umfummeln: übergab, gratulierte), weil die Zeitenfolge meistens mindestens einmal gebrochen wurde (Es gibt in der deutschen Sprache diverse Vergangenheitsformen, auch welche für Vorvergangenheit), weil Dativ, Genitiv und Akkusativ (Was um alles in der Welt ist das?) ebenso bunt durcheinander geworfen wurden wie die Kommasetzung (Seit den diversen Rechtschreibreformen können die Deutschen ihre eigene Sprache nicht mehr schreiben), und weil meist am Ende das einzig Interessante kam, unter dem Punkt »Verschiedenes« – und das einzig Interessante gehört in einem Zeitungsartikel nach vorne und ist auch die Vorlage für die Überschrift (was die Vereine aber gar nicht mögen, die in der Zeitung das einzig Interessante am liebsten herunterspielen). Jede Menge Arbeit also.

Gerade hatte Bernd Zackig ein ganz anderes Problem zu lösen. Seine Leser wollten Hintergründe erfahren. Was war da los gewesen, in der Kirche? Wie ging es dem Pfarrer, und wie Charlie? Wie war es überhaupt zu dem Feuer gekommen? Fragen über Fragen, und das war nur die Spitze des Eisbergs.

Was ihn gerade vor allem interessierte, war dies: Wieso hatte er wieder einmal erst hinterher erfahren, dass da in Hudlhub was los war? Wieso gab es in der Spargelstadt keinen Alarm? Weshalb, wieso, warum? Einen Grund kannte er natürlich: Seit es den blöden digitalen Behördenfunk gibt, konnte er den Polizeifunk nicht mehr mitlaufen lassen, das war ein für allemal vorbei.

Immerhin hatte er inzwischen Fotos, die Stadtfeuerwehr hatte alles dokumentiert. Und als er auf Facebook die erste Info aufploppen sah, war er sogleich losgebraust, auf seiner Kreidler Florett, im Sauseschritt, dass es ihm seine langen, wenn auch vorne allmählich schütter werdenden Haare unter dem Helm heraus nach hinten wehte wie bei einem echten Leningrad Cowboy – nur eben umgekehrt.

So kam er rechtzeitig an, um Haderleins Rede mitzuerleben, und wie die arme, alte Theresia weggebracht wurde. Er hatte noch versucht, in die Kirche zu kommen, aber sie ließen ihn nicht. Keine Chance, sich ein Bild von der Verwüstung zu machen, ehe nicht die Kriminalpolizei mit ihrem Gutachten fertig wäre.

Genau genommen wusste Zackig, wie es innen aussah, es war ja nicht sein erster Brandort: Überall Dreck, am Boden ein schwarzgrau-weißer Berg aus Müll, Asche und Löschschaum, zu unkenntlichen Massen geschmolzene Kunststoffteile, und manchmal, da gab es auch skurrile Formen, fast wie nach dem elften September: Was von Möbeln übrig blieb, geriet bisweilen außer Form.

Zackig war gespannt, ob die Spurensicherung etwas finden würde, das Rückschlüsse darauf zuließ, was hier passiert war.

Später, in der Redaktion, telefonierte er sich die Finger blutig, bei der Polizei, im Krankenhaus, überall – aber keiner ließ was raus:

Herr Zackig, Sie wissen doch, die Ermittlungen laufen. Und der Datenschutz. Und überhaupt. Wir möchten Ihnen gerne etwas sagen, und ja, wir verstehen natürlich Sie und Ihre Leser, aber uns sind die Hände gebunden.

Am Endes des Tages hatte er diesen Kenntnisstand erreicht: Pfarrer und Charlie am Leben, mehr weiß man noch nicht.

Genug zu schreiben gab es auch so. Zackig wollte gerade loslegen, mit seiner ziemlich fixen Zwei-bis-drei-Finger-Technik, da nahm er Lissys rasendes Geklacker wahr. Vielleicht sollte er ihr den Text lieber diktieren? Oder doch mal einen Zehn-Finger-Kurs an der Volkshochschule buchen? Sein Blick wanderte die kahle Wand entlang, bis er beim Redaktions-Außerirdischen hängen blieb, einem aufblasbaren, grünen Männchen. Das hatte vor ein paar Jahren ein Kollege mitgebracht, als in der Nähe der Spargelstadt Kornkreise aufgetaucht waren. Über Nacht waren sie da. Und weil Kornkreise bekanntlich von Außerirdischen stammen, hatte er plötzlich einen Außerirdischen im Büro, den er dann auch fleißig in Szene setzte – weil er beknackte Aktionen, die den Alltagstrott durcheinanderbringen, mochte.

Wann immer es möglich war, ließ er das kleine grüne Männchen in den Tagen der Kornkreise auf ganz normalen Zeitungsfotos auftauchen: unscheinbar an Häuserecken, auch mal auf einem Gruppenfoto, bei Landschaftsaufnahmen – und selbstverständlich in einem der Kornkreise selbst. Ob das jemals einem Leser aufgefallen war? Er wusste es bis heute nicht.

Zackig überlegte, wo er eigentlich vorhin stehen geblieben war. Richtig, der Kirchenbrand. Zackig rief ein letztes Mal für heute im Krankenhaus an. Nein, keine weiteren Informationen.

Als er gerade zu tippen beginnen wollte, meldete sich Lissy zu Wort: »Fertig, Bernd!«

»Geht's nicht noch ein bisserl langsamer?«, knurrte er grinsend.

»Nein, Bernd, noch langsamer geht's nicht. Dafür bist schließlich du zuständig.« Zackig grinste, und hackte den Aufmacher in Rekordzeit in den Rechner.

19 | DER HUBERBAUER

Es war weiter von Hudlhub nach Kainegg als Bettina gedacht hatte. Oder aber, sie war das Radfahren einfach nicht mehr gewöhnt. Ihr Frank fuhr daheim, in Münster, sogar ausgesprochen viel Rad, sogar,
wenn er Verbrecher jagte. Sie nicht so.

Auf den ersten Metern fühlte sie sich noch ein wenig wackelig. So ist das, wenn man ein paar Jahre lang einen solchen Drahtesel nicht mehr bewegt, aber wie heißt es so schön: Radfahren verlernt man nicht.

Und Steffi hatte ihr sogar ein besonders schönes Exemplar zur Verfügung gestellt: ein gelbes, deutsches Postrad samt Riesenkorbaufsatz für die Werbesendungen und kleinere Versandpäckchen. Als Bettina sich dem Dienstgefährt gegenüber sah, staunte sie nicht schlecht. Gleich so viel Fahrrad, und so gelb. Aber: Das Dienstfahrzeug ließ sich erstaunlich leicht treten, es hatte eine sehr gut abgestimmte Gangschaltung, einen bequemen Ledersattel, was will man mehr?

So ging es hinaus aus Hudlhub, zunächst auf einem gut befestigten Feldweg durch die Flussauen, dann, nach einer leichten Anhöhe vorbei an zwei Bauernhöfen.

Sie war flott unterwegs, aber längst nicht so forsch wie der Mountainbiker, der sich mit einem Mordstempo von hinten näherte. Der Sportler ging kurz aus dem Sattel, ein schneller Antritt, dann fühlte sie nur noch seinen Windschatten – und wie er verschwand.

Bettina war nicht ganz sicher, ob sie ihren Augen trauen sollte – der Mann auf dem Mountainbike, er hatte definierte Arme und Beine, und er atmete so leicht als wäre dieses Tempo nichts für ihn. Er machte sich mit seiner Kleidung zum Werbeträger für so ziemlich alle Ersatzteillieferanten der Radsportwelt, aber seine Haut war mindestens so faltig wie die Schluchten des Kaukasusgebirges. Dieser Mann war – locker – 75, wenn nicht 80 Jahre alt.

Erstaunlich, dachte Bettina.

Das muss die gute Hudlhubber Luft sein. Sie beschloss, Steffi nachher unbedingt zu fragen, ob es hier einen Radsportler im Urgroßvateralter gab. Ihr Frank wäre dem Mann jedenfalls nicht nachgekommen, und der war immerhin amtierender Polizeihauptkommissar.

Wahrscheinlich hat der Mann von klein auf die guten Hudlhubber Himbeeren gegessen.

Oder so.

Bettina schüttelte die Gedanken an den alten Hudlhubber, der sie abgeschüttelt hatte, ab.

Sie strampelte in ihrem Tempo weiter, und sie spürte, wie gut ihr das tat. Die frische Landluft, die Bewegung, so wohl hatte sie sich lange nicht mehr in ihrer Haut gefühlt. Im Vorbeifahren beobachtete sie den Hirsch und das Reh, wie sie sich zärtlich beschnupperten. Sie machte einen Bogen um zwei Igel, die gerade unvorsichtigerweise am Rand des Feldweges hormongeschwängert übereinander herfielen. Wie machen es eigentlich Igel?, fragte sich Bettina, und sie beschloss, das nachher im Internet nachzulesen. Jetzt abzusteigen und einfach zuzuschauen, das war ihr viel zu indiskret.

Bettina trat etwas fester in die Pedale, sie genoss den Wind, der ihre schwarze Mähne nach hinten blies, sie fühlte sich frei, sie bemerkte erst jetzt, dass sie laut lachte. Bis ihr eine Mücke in den Hals flog. Oder eine Fliege. Jedenfalls bekam sie einen schrecklichen Hustenanfall.

Rechts neben der Straße befand sich ein Bauernhof, er war in fröhlichen Farben gestrichen. Bettina hatte von Steffi erfahren, dass die unverputzte Scheune des Anwesens aus Steinen des Kainegg-Hofs nach dem Abriss gebaut worden war. Dann ging es an ein paar Feldern vorbei, bis sie schließlich zu einem Wäldchen gelangte. Hier galt es eine ordentliche Steigung zu bewältigen, Bettina spürte sie in den Schenkeln.

Die brannten schon, auch wenn sie das Wort »brennen«, nach dem, was gestern in Hudlhub passiert war, gar nicht erst denken wollte.

Das Wäldchen westlich eines weitläufigen Hügels, auf dem sich einst, vor Hunderten von Jahren, ein Schloss befunden haben soll, auch das hatte Steffi ihr beim Frühstück erzählt, hieß Hexenholz. Von dessen Nordseite war es dann nicht mehr weit bis zur Dreieckswiese, auf der der Kainegger Hof gestanden war.

Ein paar Hundert Meter dahinter tauchte Gröbern auf, in dem Vinzenz Wagenbauer einst Ortsvorsteher gewesen war. Sie kannte sich inzwischen echt gut aus, fand Bettina.

Das Postrad stellte sie direkt bei der großen Wetterfichte ab. So einen Ständer hatte sie bisher nur bei Motorrädern gesehen. Wie wohl der amtliche Name dafür war? Ein Ex-Freund hatte beim Nachschub für die Bundeswehr gearbeitet und nachhaltig behauptet, man könne in den Listen Begriffsfolgen wie diese finden: Birne (Obst), Birne (Glüh-). Ähnliches traute sie der Deutschen Post AG als ehemaligem Bundesunternehmen durchaus auch zu.

Amtsdeutsch war ja eine feine Sache, und gerade in letzter Zeit, nachdem sie ihren Job als Bürokauffrau verloren hatte, weil ihr dämlicher Chef seinen lange Jahre florierenden Laden wegen einer für ihn viel zu jungen Schnalle an die Wand gefahren hatte, musste sich Bettina ja des Öfteren mit Amtsdeutsch herumschlagen, beim Arbeitsamt. Pardon, das durfte sie ja nicht mehr sagen. Im Amtsdeutsch hieß das jetzt auch anders.

Jedenfalls beendete Bettina den Anhaltevorgang mit dem ehemals behördlichen Postrad vorschriftsmäßig unter Zuhilfenahme der Untergrundstabilisierungseinheit gemäß der Bundesvorschriften Nr. 4711, Absatz 29, Buchstabe a) bis e) fach- und artgerecht, ging dann ein paar Schritte gen Osten, ließ sich in die Dreieckswiese fallen, zückte ihr Smartphone und probierte es erneut.

Wahlwiederholung. Ach, Frank.

Bettina war derart in Gedanken versunken, dass sie zunächst gar nicht bemerkte, dass sie nicht allein war.

»Das ist schon ein Drama, gell?«, sagte jemand.

Bettina erschrak fürchterlich und sprang auf.

»Wie bitte?«, rief sie.

Vor ihr stand ein alter Mann, der deutlich zu klein für sein Gewicht war. Er trug einen über die Jahre ranzig gewordenen, ehemals schwarzen Sonntagsanzug mit dazugehörigem Tweed Player Wollfilzhut. Beides wollte so gar nicht zu dem braunen Ramschtischpullover passen, mit dem seine Frau ihn aus dem Haus gelassen hatte. Seine Füße steckten in bunten Sportschuhen, und zwar solchen mit diesen lustigen Sohlen, die an den Seiten leuchten, wenn man sie belastet.

Der alte Mann sprach ungerührt weiter, dabei stützte er sich mit den beiden fleischigen Händen, die man bekommt, wenn man ein Leben in der Landwirtschaft verbringt, auf seinen Wanderstock, der von unten bis oben mit Metallzeichen versehen war. Am Wandertag des Burschen- und Wanderervereins Aresing hatte er demnach schon teilgenommen, und auf Schloss Neuschwanstein war er auch schon gewesen.

»Zwei Kinder hat er erschlagen, der Lump«, sagte er.

Bettina nickte und entspannte sich. Dieser Mann würde ihr nichts zuleide tun.

»Und Sie sind ...?«

»Huber heiß' ich«, sagte der Mann, »in Hudlhub nennen s' mich den Huberbauern.«

Aha. Der Huberbauer. Bettina versuchte sich nichts anmerken zu lassen.

Zu spät.

»So, dann hat Ihnen die Steffi schon alles erzählt? Da, kommen S' her und schaun S' mir mal tief in die Augen, beide noch drin. Und hier ist mein Ehering, alles in bester Ordnung.«

Bettina war jetzt völlig perplex. Er wusste, dass sie bei Steffi lebte. Der Huberbauer schien Gedanken lesen zu können. Unglaublich, diese Hudlhubber.

»Mei, bei uns bleibt nicht viel geheim, so groß ist unsere Gemeinde nicht«, sagte der Huberbauer und lachte. »Und wenn Sie mit dem Postrad unterwegs sind, dann muss ich nur noch eins und eins zusammenzählen. Schließlich habe ich mir heute morgen in aller Herrgottsfrüh wie immer meine zwei frischen Brezen für mein Weibi und für mich geholt, gell? Und beim Bäcker, da kennt man sich aus.«

Jetzt war Bettina alles klar.

»Ja, dann also Grüß Gott, Herr Huber, freut mich, Sie kennenzulernen.«

»Ja, und mich auch, Fräulein Bettina.«

Fräulein. So hatte sie schon lange niemand mehr angesprochen. Stand das Wort eigentlich noch im Duden? Wie sollte man das der neuen Generation übersetzen? Ische? Chica?

»Und, Herr Huberbauer, was treibt Sie denn heute hierher?«

»Mei, wissen S', das Elend am Kirchplatz, das habe ich mir heute nicht anschauen wollen, das würde mich zu sehr ins Herz treffen. Der arme Herr Pfarrer – ein wunderbarer Mensch. Und die Theresia, die habe ich ja mein ganzes Leben schon gekannt, das tut mir schon wirklich in der Seele weh. Aber man muss ja in Bewegung bleiben, und deshalb bin ich jetzt hier. Gehirnjogging, verstehn S'? Ich wüsste ja auch gern, wer es war.«

»Wer was war?«

»Fräulein Bettina, jetzt stellen Sie sich nicht dumm, weswegen sind Sie denn wohl hier? Sie sind doch auch schon vom Kainegg-Virus befallen.«

Bettina senkte die Augen gen Boden. Sie wusste, dass er recht hatte.

»Und da sind Sie bei Weitem nicht die Erste. Vielen geht es so. Und obwohl ich hier mein Leben lang schon lebe, kann ich Ihnen auch nicht sagen, wer es war. Aber ich kann Ihnen zumindest erzählen, wie es passiert ist.«

»Und wie ist es passiert?«

20 | WAS GEHT AB

Die Ministranten hatten heute frei. Unfreiwillig. Keine Kirche, kein Dienst.

Merkwürdig war das. Irritierend war das.

Denn die Jungs waren es gewohnt, klare Strukturen zu haben. Aufstehen, waschen, anziehen, frühstücken, zur Schule gehen, lernen, Hausaufgaben machen, ein wenig sporteln, ministrieren, zu Abend essen, noch ein wenig im Netz surfen, schlafen. So war man aufgeräumt, weg von der Straße, machte keinen Unsinn und wurde zu einem wertvollen Mitglied dieser Gesellschaft, die heutzutage ganz andere Botschaften für ihren Nachwuchs bereit hielt als noch vor ein paar Jahren. Rente kriegt ihr sowieso nicht, signalisierte diese Gesellschaft. Sichere Jobs haben wir nicht, signalisierte diese Gesellschaft, höchstens Zeitverträge mit Kündigungsschutz bis zum Monatsende, ein bisserl Flexibilität müsst ihr schon einbringen, signalisierte diese Gesellschaft. Also seid brav, fügt euch ein, dann habt ihr zumindest den Hauch einer Chance, vermittelte diese Gesellschaft. Und wenn ihr das nicht glaubt, dann schaut nach Spanien oder Griechenland, was die für eine hohe Jugendarbeitslosigkeit haben. Also seid dankbar, dass es euch so gut geht und muckt nicht auf. Solche Sachen signalisierte die Gesellschaft.

Und jetzt standen sie da, die vier Hudlhubber Ministranten, Tim, Leon, Jan-Eric und Ferdinand, wollten ministrieren, weil jetzt die Zeit fürs Ministrieren gewesen wäre, und es gab keine Kirche mehr, in der man etwas hätte ministrieren können. Abendmesse ersatzlos gestrichen. Was tun?

Dann trafen sich die Ministranten halt so, und zwar so, wie es ja nun auch wirklich sehr viel einfacher geht. Warum die Beine belasten?

Leon: Und?

Jan-Eric: Haut schon hin

Tim: Ich mach mir Sorgen um den Pfarrer

Ferdinand: Und um Charlie

Jan-Eric: Das tun wir doch alle

Leon: Und die arme, alte Theresia

Ferdinand: Oh ja, wir vermissen sie

Jan-Eric: Sie war ja eigentlich immer schon da

Tim: So lange ich denken kann

Leon: Ich kann mir Hudlhub gar nicht ohne sie vorstellen

Jan-Eric: Wer kocht denn jetzt für den Pfarrer das Essen?

Tim: Ach, da findet sich schon wer

Leon: Hauptsache, deine Mama macht es nicht

Tim: Was soll das denn heißen

Leon: Du sagst doch selber immer – so ein Fraß

Tim: Also gut, meine Mama scheidet aus

Jan-Eric: Denkt ihr schon wieder ans Essen?

Ferdinand: Hab ich was verpasst?

Jan-Eric: Wie verpasst?

Ferdinand: W-Lan-Ausfall. Router down.

Jan-Eric: Kauft euch halt mal einen gscheiden

Ferdinand: Wir ham einen gscheiden. Aber manchmal

Tim: Wir könnten uns ja auch treffen

Leon: Wie treffen?

Ferdinand: Wie treffen?

Jan-Eric: Wie treffen? Wir sind doch hier

Tim: Na, analog

Leon: Wie analog?

Ferdinand: Wie analog?

Jan-Eric: Wie analog?

Tim: Na, so draußen halt

Jan-Eric: Du meinst, ohne fatzbook oder whatsapp oder insta?

Tim: Ja klar, analog. Sag ich doch

Leon: Spinnst jetzt? Da muss man in realtime antworten

Jan-Eric: Du meinst: reden? So was Verrücktes

Leon: Mein Opa hat das gemacht, am Stammtisch

Ferdinand: Aber wir leben doch in zivilisierten Zeiten

Leon: Mir ist das zu blöd, ihr reaktionären Kacker. Ich bin raus

Jan-Eric: Mensch Ferdinand, jetzt hast ihn verschreckt

Ferdinand: Wieso denn ich? Das war doch Tim

Tim: Was kann ich denn dafür?

Jan-Eric: Er ist doch eh so geknickt

Tim: Leon? Geknickt? Warum?

Ferdinand: Du weißt wieder mal gar nichts

Jan-Eric: Nein, er weiß wieder mal gar nichts

Tim: Was weiß ich nicht

Ferdinand: Dass Theresia Leons Urgroßoma ist

Jan-Eric: War

Tim: Was, echt? Das ist ja noch furchtbarer

Jan-Eric: Allerdings

Ferdinand: Allerdings

Tim: Ich muss jetzt trotzdem weg. Abendessen

Ferdinand: Du Armer

Tim: Verdammt, hör auf, auf Mama rumzuhacken

Leon: Warum?

Tim: Darum

Jan-Eric: Da schau her, der Herr Oberministrant ist ein Muttersöhnchen

Tim: Bin ich gar nicht

Leon: Ist er gar nicht, Jan-Eric

Jan-Eric: Ist er gar nicht

Tim: Jetzt benehmt euch mal

Leon: Wir benehmen uns immer,

Tim. Und nur, wie wir wollen

Jan-Eric: Wir sind hier nicht in der Kirche, du hast uns überhaupt nichts zu sagen, Tim

Ferdinand: Wolltest du nicht abendessen?

Leon: Genau, Oberministrantenfraß: Manna und Myrrhe

Tim: Jetzt hört endlich auf, ihr Deppen

Jan-Eric: Kann man Myrrhe überhaupt essen?

Leon: Mir doch wurscht, mit Ketchup wird's schon gehen. Davon hat Tims Mama ja immer reichlich daheim

Jan-Eric: Aus gutem Grund

Tim: Ihr seid so gemein, das, wenn ich dem Pfarrer sag

Jan-Eric: Ja, genau, das machst, dann wirst Hauptministrant

Leon: Oder Ministrantenminister

Ferdinand: Oder Kanzlerministrant

Tim: offline

21 | WAS DER HUBERBAUER SAGT

»Nun, als erstes hat er die Katharina erschlagen«, sagte der Huberbauer, und er genoss es, eine derart aufmerksame Zuhörerin zu haben. »Mit einer sogenannten Reuthaue. Das ist so eine Art Hacke, und am Stil hat er eine große Schraube angebracht. Damit hat er seinen Säuen auf den Schädel gedroschen, wenn die Zeit zum Schlachten war. Da waren sie gleich bewusstlos. Und dann hat er ihnen die Kehle durchgeschnitten und sie ausbluten lassen.«

Bettina war einigermaßen entsetzt. Gruselig. »Wie, und die Katharina auch?«

»Nein, natürlich nicht. Die hat er erst gewürgt, und dann hat er sie erschlagen. Sieben Hiebe auf den Kopf. Da war alles hinüber.«

»Und hat sie sich denn nicht gewehrt?«, fragte Bettina erschüttert.

»Nein, hat sie nicht. Das hat die Obduktion eindeutig bewiesen. Deswegen glauben ja viele, dass sie den Mörder gekannt hat. Wie sonst hätte er ihr so nah kommen können, dass er sie am Hals packen konnte? Vielleicht wollte sie ja schreien. Jedenfalls war sie dann wohl bewusstlos, und er muss wie ein Wilder auf sie eingedroschen haben.«

Bettina fröstelte es, und das an diesem traumhaften Frühsommertag. »Aber das ist ja furchtbar.«

»Und es kam noch schlimmer«, sagte der Huberbauer, und er sagte es genüsslich. »Vom Lärm aufgeschreckt, ging dann Katharinas Mutter in den Stadel, die Kreszenz. Sie war als nächstes dran. Und dann die kleine Tochter von der Katharina und ihrem Mann Kurt Harrer. Sie erwischte er nur zum Teil, das Kind muss einen fürchterlichen Todeskampf geführt haben, es riss sich die eigenen Haare vor Schmerzen büschelweise aus. Erst nach Stunden starb dieses unschuldige kleine Mädchen voller unmenschlicher Schmerzen.«

»Das hält ja keiner aus, hören Sie bitte auf, Herr Huber!«

»Aber die Geschichte ist noch nicht zu Ende. Denn dann war der Bauer, der alte Burzler, dran, er trug als einziger schon das Nachtgewand, offensichtlich war er schon früh ins Bett gegangen. Auch erschlagen. Und dann ging der Mörder ins Haus. Da brachte er dann die Magd um – und den gerade erst zweijährigen Buben, den Theo.«

»Wie kann man denn einen Zweijährigen erschlagen, was war denn das für ein Mensch!« Bettina war fassungslos.

»Ja, das fragen sich viele bis heute.«

»Und dann war Ruhe in Kainegg?«

»Dann war Ruhe. Der Mörder deckte seine Opfer zu, damit er sie nicht ansehen musste. Den kleinen Theo und die Magd mit Tüchern, Kleidung und die anderen im Stall mit einer Tür.«

»Und wann wurde die Tat entdeckt?«

»Vier Tage später. Aber etliche Menschen waren in dieser Zeit auf dem Hof, der Postbote, fahrende Händler, schließlich ein Maschinist, der seit Tagen den Auftrag hatte, das Stromaggregat auf dem Hof zu reparieren. Als er eintraf, war niemand daheim – und seinerzeit hat man niemals einen Hof unbeaufsichtigt gelassen, nicht einmal am Sonntag zum Kirchgang.«

»Und dann?«

»Dann hat er den Stall aufgebrochen und das Stromaggregat repariert. Und als er damit fertig war, war er nicht mehr allein.«

»Er ... hat den Mörder gesehen?« Bettina war so gespannt, dass sie die Frage fast schrie.

»Wohl kaum. Der Spitz der Burzlers stand da plötzlich, ihr süßer, kleiner Hofhund. Angebunden an die Haustür.«

»Ja, wo kam der denn her?«

»Das ist eine der vielen ungelösten Fragen.«

»Jedenfalls ging der Mechaniker nach getaner Arbeit in den nächsten Ort, um zu sagen, dass das Stromaggregat wieder funktioniert. Und als er nach einer Weile wieder zurückkehrte, um seine Sachen zu packen und das Werkzeug zu verladen, da lag der Hund im Sterben – auch erschlagen.«

»Das Morden ging weiter.«

»So war es.«

Bettina wusste nicht mehr, wo ihr der Kopf steht. Was für eine Geschichte!

Was für ein Verbrechen!

Was für ein krasser Mordfall!

Sie hatte Tausende Fragen. Weitere Antworten gab es zunächst aber nicht. Denn der Huberbauer vermittelte Aufbruchstimmung.

»So, meine Liebe, jetzt muss ich aber gehen. Ich hab nämlich Zucker, müssen Sie wissen. Und deshalb muss ich regelmäßig etwas essen. Ich habe nämlich eine klare Vorstellung davon, wie ich aus dieser Welt scheiden möchte«, sagte der Huberbauer.

»Nämlich?« Bettina war neugierig.

»Ich möchte an meinem 90. Geburtstag erstochen werden.«

»Warum das denn?«, fragte Bettina irritiert und ihr entging nicht, dass der Huberbauer keine Mine verzog.

»Weil ich mich im Puff vorgedrängelt habe.«

Dann drehte er sich um, und ging. Und jedes Mal, wenn er auf seinem Holzbein auftrat, leuchtete der bunte Turnschuh besonders bunt. Was für ein Abgang, dachte Bettina.

Bettina holte ein Blatt Papier aus ihrer Tasche, die sie wie immer umgehängt hatte, und machte sich ein paar Notizen, damit sie noch durchblickte.

Korbinian und Kreszenz Burzler, Landwirte in Kainegg, Eltern von Katharina

Katharina heiratet 1914 Kurt Harrer, der im selben Jahr in Frankreich fällt (vielleicht)

Katharina hat zwei Kinder, Lilli (Jahrgang 1914) und Theo (Jahrgang 1925)

Vinzenz Wagenbauer ist der Bauer aus dem Nachbarort, der ein Verhältnis mit Katharina hat und Theo als Sohn anerkennt

Philomena Waldinger ist die Magd, die am 4. November 1927, am Tag vor dem Mord, nach Kainegg kommt

Sie schaute auf ihr Smartphone, es war tatsächlich längst nach Mittag. Zeit, zurückzuradeln. Und sie wollte sich eben auf Steffis Postrad schwingen, da kam der Huberbauer noch einmal zurück.

»Wissen S', ich erzähl Ihnen noch etwas, aber das machen wir vorn, bei der großen Wetterfichte, beim Kainegger Gedenkstein.«

Bettina lachte und stellte das Postrad wieder auf den Motorradständer.

»Herr Huberbauer, ich kann nicht glauben, dass Sie Ihr Leben lang hier leben und nicht wissen, wie es wirklich war«, sagte Bettina, und sie glaubte zu sehen, wie ein Lächeln die Lippen des Gegenübers umspielte. »Sie müssen doch einen Verdacht haben.«

Der Huberbauer sagte nicht gleich etwas.

Nebenan ackerte ein Traktor, eines dieser neumodischen Riesengeräte mit Schiffsmotoren, die so gewaltig sind, dass sie einen Hektar in zehn Minuten bearbeiten. Bettina war beeindruckt, der Huberbauer auch.

»Ah, ein Tschondärä«, sagte er. Mit Landwirtschaft wie er sie kannte, hatte das nichts mehr zu tun. Der Fortschritt war nicht aufzuhalten.

»Ein – was?«, fragte Bettina.

»Ein Tschondere«, wiederholte der Huberbauer wie selbstverständlich, diesmal aber etwas deutlicher. Und erst als der Bulldog näher kam, verstand Bettina, was er meinte: Tschondere, das stand vorn auf der Motorhaube in zwei englischen Worten zu lesen, zumindest so ungefähr.

Bettina mochte diesen Tag wirklich.

»Viele sind verdächtigt worden«, sagte der Huberbauer schließlich.

»Dutzende wurden verhört. Alle waren es – und keiner.« Bettina ließ nicht locker.

»Wer zum Beispiel?«

Der Bulldog kam immer näher, und es war offensichtlich, dass es sich nicht um einen Scheinriesen handelte wie bei »Jim Knopf«, sondern um ein echtes Ungetüm: Je lauter es wurde, umso gigantischer wurde es auch. So was muss man auch beherrschen können, dachte der Huberbauer, der, als er jetzt weiter erzählte, seine Stimme merklich anheben musste, um sich noch verständlich zu machen.

»Viele meinen ja, dass Katharinas Ehemann, Kurt Harrer, nicht im Ersten Weltkrieg in Frankreich gefallen war, sondern dass er sich vielmehr aus dem Staub gemacht hat, und dass er sich bis nach Russland durchschlug, wo er sich als Söldner anheuern ließ. Und als er nach Kainegg zurückkam, da konnte er das Sodom und Gomorrha nicht ertragen, den Inzest, die Existenz des kleinen Theo und ich kann mir schon vorstellen, dass ...«

Was der Huberbauer jetzt noch erzählte, konnte Bettina nicht verstehen. Der Bulldog war inzwischen unmittelbar vor ihnen angekommen, die Hydraulik fuhr die Pflugscharen hoch, und das Fahrzeug wurde elegant auf der Straße gedreht, um den nächsten Ackerabschnitt anzugehen.

Die Höllenmaschine machte dabei wirklich einen Höllenlärm.

Aber dem Bulldogfahrer passte die Linie noch nicht ganz, er setzte noch einmal kurz zurück.

»Heee! Obacht!«, brüllte der Huberbauer, der kommen sah, was gleich passieren würde, aber was konnte das alte Stimmchen schon gegen die größte John-Deere-Zugmaschine ausrichten, die es aktuell zu kaufen gab, mit 670PS in Kombination mit dem neuen e18-PowerShift-Getriebe mit Efficiency Manager.

Der Kainegger-Gedenkstein hatte nicht den Hauch einer Chance. Dabei hatte der Bürgermeister gerade erst aus eigener Tasche einen neuen Kerzenhalter bezahlt.

Der war jetzt auch platt, und das würde ihn ärgern. Der Huberbauer ahnte, wie sich das anhören würde, wenn er in den nächsten Wochen wieder und wieder von diesem Zwischenfall berichten würde: »Der von mir bezahlte (Kunstpause) Kerzenhalter (Kunstpause), der seit noch gar nicht so langer Zeit (besonders lange Kunstpause) den Gedenkstein von Kainegg (Kunstpause) vervollständigte (Kunstpause), kam dabei ums Leben.«

Stimmte ja auch.

Denn der Stein fiel nicht nur um, er fiel regelrecht in sich zusammen. Und der Kerzenhalter des Bürgermeisters lag ganz unten.

Um es genau zu sagen: Er fiel geräuschlos in sich zusammen, denn das Getöse des Megabulldogs war viel lauter. Nur die Platte mit der berühmten Inschrift, die blieb ganz. »Gottloser Mörderhand ...« – das war immer noch perfekt zu lesen.

Der Fahrer hatte immerhin bemerkt, dass etwas nicht stimmte, er fuhr ein paar Meter vor und stellte seine Monstermaschine ab. Diese Ruhe! Dann öffnete sich die Luke in ungefähr drei Metern Höhe und der Fahrer sprang mit einem eleganten, katzenhaften Satz heraus.

Bettina gefiel, was sie sah.

Der Bauer sah nicht so aus, wie sie sich Landwirte klischeehaft vorstellte, sie hätte sich da eher am Huberbauern orientiert. Der Kerl trug vielmehr ein Muskelshirt, und das konnte er sich weiß Gott leisten, seine Oberarme waren dicker als ihre Oberschenkel. Sie hatte ihn schon mal gesehen – einer der Feuerwehrler, die in der Wirtschaft beim Schafkopfen waren, es war Max.

Als er die Bescherung sah, die er angerichtet hatte, kratzte er sich kurz am Kopf und sah die beiden Zuschauer irritiert an. »Hoppala«, sagte er.

»Von wegen hoppala«, fuhr ihn der Huberbauer an. »Zefix Max, pass halt auf! Wie gehst du denn mit unserem heiligen Gedenkstein um!« Und er bekreuzigte sich sicherheitshalber gleich zweimal.

Kopfschüttelnd und voller Verachtung drehte sich der Huberbauer auf dem Absatz um und humpelte von dannen, und die Absätze seiner Sportschuhe leuchteten nicht mehr in Pink und Petrol, sie glühten.

22 | EINE ART ÜBERRASCHUNG

Am Nachmittag kamen die Jungs vom Feuerwehrtrupp von Hudlhub wieder am Feuerwehrhaus zusammen. Der Tag nach Fronleichnam war ein Brückentag, die meisten hatten heute frei.

»Und? Wie schaun mer aus?«, fragte Ludwig.

»Gut schaun mer aus«, sagte Hans. Alle versuchten, sich nicht zu sehr herunterziehen zu lassen, auch wenn die Sorge um Charlie und den Pfarrer groß war.

»Genau!«, sagte Meik. Er nestelte gerade am Motor des Porsche-Bulldogs herum, versorgte alle Schmiernippel, checkte alle Flüssigkeiten und was sonst noch so zu tun war.

Kommandant Franz wusste Neues aus dem Krankenhaus.

»Ich habe heute mit dem Arzt gesprochen, Charlie wird nachher noch an der Schulter operiert, er ist soweit stabil. Dieser verrückte Hund. So ein Wahnsinniger.«

»Er hat dem Pfarrer das Leben gerettet«, sagte Ludwig.

»Das hat er«, nickte Franz.

»Wer zahlt eigentlich das kaputte LF16?«, fragte Meik voller Sorge.

»Sicher nicht Charlie«, erwiderte Franz, der genau verstanden hatte, was Meik meinte. »Darum werden sich jetzt die Behörden und die Versicherung kümmern. Was ist ein gerettetes Menschenleben gegen ein kaputtes Fahrzeug?«

»Eben!«, sagte Ludwig. »Und der Pfarrer?«

»Ist definitiv außer Lebensgefahr«, berichtete Franz, »es wird seine Zeit dauern, aber er wird wieder ganz der Alte sein.«

»So tollpatschig wie immer«, lästerte Ludwig und lachte.

»Na, das hoffe ich doch!«, lachte Franz.

»Mit dem Herzen am richtigen Fleck«, sagte Hans.

Meik fluchte kurz, während er mit einem 37er Maulschlüssel irgendwo am Porsche herumfuhrwerkte, und das Getriebe mit einem reichlich Furcht einflößenden Geräusch antwortete, so als wäre etwas a) irreparabel zerstört oder b) irgendetwas eingerastet, was schon lange nicht mehr da war, wo es hingehört.

Meik gurrte ein zufriedenes Geräusch, es war wohl b).

»So!«, sagte er dann noch, und die anderen grinsten sich unwillkürlich an. Meik spürte, dass das Schweigen, das gerade entstand, irgendwie mit ihm zu tun hatte. Er schaute in die frechen Gesichter, hob beide Hände und fragte nur: »WAS?«

»Du hast ,so' gesagt!«, sagte Ludwig.

»Ja, und?«

»Was sagst du immer, wenn jemand ,so' sagt?«, setzte Ludwig nach.

Meik sah ihn nur verständnislos an, er zuckte erneut fragend mit den Schultern.

»Du merkst das selber gar nicht, wie?«

Meik zuckte noch mal mit den Schultern. Dann traf ihn sein Lieblingssatz als volle Breitseite: Wer sö socht, hat noch nüschd gedon.

»Ach, das«, sagte Meik und zog einen beleidigten Flunsch, der nur noch von Max getoppt wurde.

Der kurvte nämlich gerade um die Ecke. Mann, war der mies drauf.

23 | VERZWEIFELND

Das hat sich alles ganz anders angehört. Wenn unsere Väter und Großväter uns von »ihrem« Krieg erzählt haben, dann war das heldenhaft, aufregend, kameradschaftlich. »Ihr« Krieg, der 1870/71er, das ist nicht unserer. Sie haben noch keine Maschinengewehre gehabt, sie sind noch nicht von Fluggeräten angegriffen worden. Die Nächte in den Schützengräben, die grausamen Gefechte, die zerrissenen Körper, davon haben's uns nichts erzählt.

Von unserem Krieg wird man ganz andere Geschichten erzählen. Meine zum Beispiel.

Man wird erzählen, dass man mein Leiche gesehen hat.

Man wird von einem grausamen Gefecht erzählen, bei dem so viele junge Männer gestorben sind.

Diejenigen, die überlebt haben, der Hahn und der Bickler und hoffentlich viele andere auch, sie werden daheim berichten, wie sie aus dem Schützengraben geklettert sind, um einen Kameraden zu retten, den Kainegger, der sich freiwillig gemeldet hat, um dem Sodom und Gomorrha auf dem Hof, in den er eingeheiratet hat, zu entfliehen. Sie werden berichten, dass sie den Kainegger aufgefunden haben.

Tot. Mit gespaltenem Schädel.

Sie werden aber nicht berichten, dass meine Erkennungsmarke nur achtlos und eilig hingeworfen auf meiner Brust lag. Vielmehr werden sie sagen, dass sie an meinem Hals baumelte. Und sie werden auch nicht erzählen, dass der Körper, auf dem die Marke lag, bis zur Unkenntlichkeit verstümmelt war.

Denn dann täten sie einen fahnenflüchtigen Kameraden verraten. Dann täten sie mich zum Gejagten machen, und das werden sie nicht tun.

Sie werden für mich lügen, wenn es sein muss, ihr Leben lang.

Und, weiß Gott, hoff ich, dass ihr Leben lang ist, dass sie es nicht bereuen, geblieben zu sein. Ich wünsch ihnen eine gesunde Heimkehr, denn sie sind meine Kameraden.

Aber wir sind auf andere Weise Kameraden als unsere Väter und Großväter im 1870/71er Krieg. Wir werden hier abgeschlachtet wie Vieh.

Wir sind machtlos gegen die Übermacht der Technik.

Wir haben Stunden im Schützengraben gekauert, unendliche, unerträgliche Stunden.

Ich muss hier weg, kann hier nicht bleiben. Das ist nicht mein Krieg. Ich lass mich nicht abschlachten.

Nie im Leben hätte ich es allein gewagt, mich davonzustehlen aus diesem Wahnsinn.

Ich bin doch nur ein einfacher Bauernbursch. Ich bin nichts als ein Mensch vom Land.

Was hab ich mit diesem Krieg zu schaffen? Nichts.

Was ist geblieben von der Ehre auf dem Feld, von der mir meine Väter und Großväter erzählt haben?

Nichts.

Was also soll ich hier?

Und was erwartet mich daheim, selbst wenn ich überleb? Tatsächlich die schönste Frau weit und breit.

Eine Frau, um die mich jeder beneidet.

So viel Schönheit, wie ich sie mir niemals erträumt hätt.

Aber, jetzt, wo ich wenige Monate mit ihr verheiratet bin, weiß ich, dass ich sie niemals für mich allein haben werd.

Immer werd ich sie teilen müssen, mit ihm, dem anderen Mann, der schon immer da ist – und das ertrag ich nicht.

Deshalb hab ich gehen müssen.

Deshalb hab ich mich für das Feld der Ehre gemeldet. Aber das hier ist kein Feld der Ehre.

So will ich nicht, so kann ich nicht leben.

Dann hab ich den anderen getroffen, im Schützengraben. Einen aus dem Sudetenland. Er sagt, er kennt die Welt.

Viel besser als ich, und das ist leicht. Ich glaub ihm. Dieser Krieg ist auch nicht sein Krieg.

Also sind wir gegangen, haben wir unsere Erkennungsmarken

verstümmelten Toten angehängt, und gemeinsam werden wir uns durchschlagen ins gelobte Land.

Die Schweiz ist unser gelobtes Land, dort sprechen sie unsere Sprache, dort hat der Sudetendeutsche Verwandtschaft, die uns weiterhelfen wird. Und wer weiß, was dann ist. Vielleicht bleiben wir dort. Vielleicht geht die Reise weiter. Wir wissen es nicht.

Wir werden dort zunächst in Frieden leben. Ohne diesen Krieg, der nicht der unsre ist.

Dort wird man uns nicht dafür bestrafen, dass wir diesen Kampf nicht mitkämpfen wollten.

Dort wartet auf uns ein neues Leben.

Ich aber werd hier beerdigt sein.

Ich bin gefallen, für all diejenigen, die mir bisher etwas bedeutet haben.

Sie werden damit leben müssen, dass ich für die nicht mehr leb. Ich bin tot.

Jetzt kämpf ich für mein neues Leben.

24 | WAS DER HUBERBAUER DENKT

Es ist nicht so, dass der Huberbauer mit Jubel, Fanfaren oder auch nur einem Cheerleader-Pompom-Tanz willkommen gehei-ßen worden wäre, als er daheim eintraf – lange nach der ge-wohnten, für seinen Zuckerspiegel so essenziellen Essenszeit.

»Dass du dich überhaupt noch heimtraust!«, sagte Frau Huber. Sie trocknete gerade das Geschirr ab. Die Tür zur Wohnstube stand noch auf, sie hatte gerade gesaugt, obwohl das gar nicht nötig war, denn wie es sich gehörte, war der Raum seit Sonntag nicht betreten worden. Das Leben spielte sich, wie schon seit Urzeiten, ausschließlich in der Küche ab. Hier stand auch der kleine Fernseher, der immer lief, Frau Huber war RTL2 verfallen, alle anderen Programme waren ihr egal. Gerade lief die Wiederho-lung von »Berlin – Tag & Nacht«, und die Welt der Frau Huber war fast in Ordnung.

Ihr Mann ließ sich zunächst wortlos ächzend auf den ange-stammten Platz direkt unter dem Kruzifix im Herrgottswinkel auf der Eckbank plumpsen und nahm hin, was jetzt gleich auf ihn einprasseln würde.

»Wie oft hab ich dir schon gesagt, was für ein unvernünftiges Mannsbild du bist. Wenn du nur ein bisserl Resthirn hättst, dann tätst dich sicherlich nicht so aufführen. Oder hast eine Andere? Dann zieh doch aus, geh doch, pack deine Sachen und mach dir eine schöne Zeit mit diesem – Flitscherl, oder was auch immer du dir da an Land gezogen hast. Hab schon gehört, dass du dich heimlich mit einer anderen Frau triffst. Und darüber vergisst du gleich die wichtigen Dinge, die ich dir ...« Undsoweiterundsofort.

Der Huberbauer blendete sich an dieser Stelle aus, er kannte das ja alles längst. Ein wenig aufbrausend war es ja schon, sein Weibi, gell? Aber irgendwie mochte er ja auch genau das an ihr, ihre Leidenschaft, er hatte das schon richtig gemacht, dass er mit ihr zusammengeblieben war.

Trotz allem.

So wartete er die Viertelstunde ab, bis sein Weibi fertig war, entschuldigte sich artig, gab ihr zweimal recht, und dann schnurrte sie schon fast wieder wie ein Kätzchen und stellte ihm einen Teller mit (fast) frischen Krautwickeln hin, so, wie der Huberbauer sie am liebsten

mochte: mit besonders viel Majoran und Speck sowie Salzkartoffeln als Beilage. Hmmmm, lecker!

Sein Weibi war schon recht so, wie sie war!

Und als er sein gutes, verspätetes Mittagessen genossen hatte, konnte er seinem Weibi auch von der Begegnung mit Bettina berichten, ohne dass sie gleich wieder aufging wie eine Furie.

»... und dann habe ich ihr die Geschichte von Kurt Harrer erzählt, wie er sich nach Russland durchgeschlagen hat, und dass viele glauben, dass er es war.«

»Und du hast ihr nicht gesagt, was für eine völlig hirnrissige Idee das ist, Haserl? Wieso sollte er zwölf oder dreizehn Jahre nach dem Krieg nach Hause zurückkehren und alles auslöschen? Warum gerade da? Das gibt doch gar keinen Sinn! Wo man doch weiß, dass er schon 1917 am Pfaffenhofener Viehmarkt gesehen worden ist, weil er sich auf dem Feld in Frankreich mit einem Sudetendeutschen zusammengetan hat und in die Schweiz geflohen ist! Drei Jahre blieb er dort, unter falschem Namen, ehe er sich auf den Weg nach Russland machte – via Pfaffenhofen. Wieso hat er sie da nicht umgebracht, wieso weitere zehn Jahre später, geh, Haserl, das ist doch alles ein Schmarrn, oder?«

»Ja, Weibi, da hast recht!«

»Und überhaupt: Wenn er zurückgekommen wäre, dann hätte er sich doch bei seiner Familie gemeldet. Und das wäre niemals verborgen geblieben. Ausgeschlossen, dass da nicht einer geredet hätte! Oder?«

»Da hast recht, Weibi!«

»Und das hast ihr alles nicht gesagt?«

»Nein, habe ich nicht. Sie muss doch nicht alles wissen, oder? Es gibt einen Teil Wahrheit für die Touristen, und alles andere, das ist eben nicht für die Touristen.«

»Mei, bist du gemein, Haserl«, sagte die Huberbauerin und

strahlte ihr Haserl an. »Ein richtig gscherter Lackl bist.« Richtig stolz war sie.

»Ach, Weibi, du kennst mich doch!«

»Eben. Und dass du mir trotzdem nicht mehr so viel mit andern Frauen sprichst.«

»Jawohl, Weibi. Wenn du das sagst.«

»Da schau, wie es anderen Männern ergeht, die nicht brav sind«, sagte Weibi und deutete auf den Fernseher. Da lief immer noch »Berlin – Tag & Nacht«.

So also sah das wahre Leben da draußen in der Hauptstadt aus, staunte der Huberbauer.

25 | DER STEIN DES WEISEN

Max würdigte die anderen keines Blickes, holte sich ein Bier, machte es auf, ohne erkennbar ein Werkzeug benutzt zu haben, und ging vor dem aktuellen Kettensägenkalender, der wie jedes Jahr das Feuerwehrhaus zierte, in Position. Kettensägenkalender waren vielleicht nicht die tollsten aller denkbaren Kalender, aber immerhin wurden die Geräte ausschließlich von jungen, hübschen und vor allem nackten Damen präsentiert, was ja auch logisch ist, weil Kettensägen nun mal vor allem von jungen, hübschen und zwingend nackten Damen verwendet werden. Damit sich die Kette nicht im Rock verfangen kann. Und umsonst waren sie auch. Die Kalender, versteht sich.

Max widmete sich dem aufgeschlagenen Monat, die Dame war braungebrannt, knackig und schön anzusehen. So musste er wenigstens niemandem in die Augen schauen. Er nahm einen sehr langen und sehr tiefen Schluck, und alle warteten auf den Rülpser, der nun eigentlich traditionell folgte, aber der blieb aus.

Wäre das ein Spielfilm, dann wäre es die Gelegenheit, die einzelnen Gesichter in Großaufnahme auf der Leinwand zu zeigen, wie in »Spiel mir das Lied vom Tod«, die Anfangsszene am Bahnhof. Ludwig hätte womöglich die Fliege ignoriert, die es sich auf seiner Nase bequem machte, und Max hätte mutmaßlich ein leichtes, nervöses Zucken im Auge oder mit dem Mundwinkel nicht unterdrücken können. Es mag ein Zufall gewesen sein, dass Meik gerade jetzt seine Bluesharp aus der Hosentasche zog und ein paar Mundharmonikariffs blies. Manchmal schreibt das Leben die wunderbarsten Geschichten.

Dann wurde Meik unterbrochen. Patsch. Ludwig hatte die Fliege erschlagen.

Triumphierend hielt er sie am verbliebenen Flügel hoch, sah sich um, und wartete auf die in solchen Momenten traditionellen, lautstarken Respektsbekundungen, auf irgendeinen

Ausdruck des Erstaunens ob der rasanten, wenn nicht Douglas Adams'schen lächerlichen Geschwindigkeit aus »Per Anhalter durch die Galaxis«, mit der er zugeschlagen hatte.

Niemand reagierte. Nichts war heute wie sonst. Ludwig ärgerte das ein wenig.

Dann brauchte er eben ein anderes Opfer, und da war es ja auch schon, breitschultrig, aufgepumpt und hochgradig auf den Kettensägenkalender fokussiert.

»Da schau her, der Herr Grabsteinschänder.« Ludwig war für die ganz harten Sprüche zuständig, wenn Max selbst einmal ausfiel. Max sah sich die Kettensäge genauer an. Noch ein Wort, Ludwig, dachte er. Aber er bremste sich. Dann murmelte er etwas, das so klang wie »Ich hab mich nur um ein paar Zentimeter verschätzt, und dann habe ich ...« Und er murmelte noch irgendetwas weiter, das keiner der anderen so ganz genau verstand.

»Hast du was?«, hakte Ludwig gnadenlos nach.

»Habe ich«, sagte Max und senkte kleinlaut ohne sich umzudrehen den Kopf, »den falschen Gang erwischt.« Er ahnte, was jetzt kommen würde.

»Da schau her, der feine Herr, hat er nicht richtig geschaltet.«

»Weißt du eigentlich, was Zwischengas ist?«

»Haben wir in der Fahrschule nicht aufgepasst? Dann schalt doch mal den Rückfahrscheinwerfer ein.«

»Vielleicht hättst mal besser die Kolbenrückzugsfedern betätigt.«

»Hast dein Blut wieder da gehabt, wo es beim Denken nicht hilft?«

»Ja, Max, überleg mal, warum 90 Prozent der Hausfrauen Automatik fahren!«

Das ging eine Weile so weiter, dann versuchte Ludwig, zwei Gänge zurückzuschalten. »Hat wohl einen ziemlichen Schepperer gmacht«, raunzte er. »Aber das ist ja bloß ein Stein. Den kann man richten ...«

»Na logisch«, sagte Meik.

»... aber die Hudlhubber Seele nicht«, frotzelte Ludwig weiter.

»Geh, Ludwig, jetzt reicht's wieder«, sagte der Franz, und

wenn der Franz ein Machtwort sprach, dann war es ob seiner natürlichen Autorität auch eins.

Und Max war froh, dass er den Kameraden gerade nicht in die Augen sah, sondern auf den inneren Werten von Miss Juni verharrte.

Die Scham, die Wut, sie war ihm ins Gesicht geschrieben.

26 | WER ZU SPÄT KOMMT

Lissy tippte wieder. Genau genommen tippte sie sich heute den Wolf. Über die Jahre hatte sie es gelernt, Zeitungsartikel abzutippen und gleichzeitig mit jemandem am Telefon über etwas völlig anderes zu reden, und das tat sie gern und ausgiebig. Man muss das verstehen, so ein Arbeitstag hat halt nur acht Stunden. Zwischendurch hatte sie auch noch die Zeit, den Pappaufsteller von Edmund Stoiber in der Redaktion unter die Lupe zu nehmen, und sich zu fragen, wer da wohl wieder Darts gespielt hatte. Da waren doch neue Löcher auf der Stirn.

Als Zackig reinkam, beendete sie das Telefonat zeitnah.

Der Herr Lokalredakteur war eh geladen, das sah sie schon daran, wie er die Tür aufmachte. Achtlos warf er die Fototasche auf den Tisch, er schmiss seinen Schimanski-Sommerparka so über die Stuhllehne, dass sich früher oder später garantiert einer der Bommel der Verschlussschnüre in den Schreibtischstuhlrollen verfangen würde, was zu einer kompletten Blockade der Rollen führte. Zackig würde sich dann grummelnd und noch unwirscher auf den Boden werfen, um die Bommel mühsam auszufädeln.

Und wie er wieder aussah. Unrasiert und fern der Heimat, dachte Lissy. Heute erfüllte er wieder einmal alle Journalistenklischees, die es so gibt.

»So ein Scheiß!«, sagte Zackig, und Lissy wies ihn zurecht.

»Bernd, so was sagt man nicht.«

»Und wie man das sagt. So ein Mist. So ein Mistmist!«

»Was ist denn, Bernd?«

»Alles schon weg.«

»Ja, was denn?«

»Ich war zu spät, zefix!«

»Ja, wo denn?«

»In Kainegg.«

»Ja, warum denn?«

»Jetzt bist dann gleich alle W-Fragen durch: Wer wann wie wo was warum. Sollen wir tauschen?«

»Kannst denn so schnell tippen wie ich?«

»Auch wieder wahr.«

»Und was war jetzt in Kainegg? Gibt's da schon wieder ein Jubiläum?«

»Nein, gibt es nicht. Da ist einmal etwas los in diesem Nest, und dann sagt's dir keiner«, grummelte er.

»Ja, und was war denn nun los?« Lissy gab keine Ruhe.

»Mei, die haben das Marterl zusammengefahren.«

»In Kainegg?«

»Ja, wovon rede ich denn die ganze Zeit. Das Marterl mit dem Gedenktext. Gottloser Mörderhand und so weiter. Beim Ackern. Und ich war nicht dabei. Was meinst, wie das die ganze Internetforengemeinde wieder beschäftigen wird.«

»Du meinst, bloß wegen dem Marterl?«

»Das ist nicht irgendein Marterl, und das ist nicht irgendein Mord, Lissy! Da gibt es genügend Leute da draußen, die machen fast nichts anderes mehr, als zu versuchen, diesen Fall zu lösen. Alles haben sie schon herausgefunden. Die Lebensgeschichten aller Beteiligten und auch aller Unbeteiligten. Wer warum wie viel geerbt hat und was er ...«

»... oder sie ...«

»... natürlich, Frau Emanze, oder sie – damit gemacht hat. Alles haben sie ermittelt, nur den Mörder nicht. Kainegg, das ist eine ganz große Geschichte, Lissy. Sogar Geisterjäger sind da schon unterwegs. Zwei verschiedene, konkurrierende Gruppen. Ich war ja zufällig beim letzten Todestag draußen, am 5. November. Du, da haben sie Zelte aufgebaut, damit ihre Messgeräte nicht nass werden, wenn es einen Regenschauer gibt.«

»Wer sind ‚sie‘, Bernd?«

»Na, die Geisterjäger. Da waren nicht nur die Geisterjäger Bayern, sondern auch noch die bayerischen Ghosthunter, oder umgekehrt, ist ja auch wurscht. Das war jedenfalls wie bei der judäischen Volksfront und der Volksfront von Judäa ...«

»Du meinst, wie in ‚Das Leben des Brian'«

»Ja, was denn sonst, Lissy? Und was sie nicht alles gemessen haben! Eine Geisterjägerin stand da und rief: ‚Katharina, kannst du mich hören?'«

»Und? Hat sie sie gehört?«

»Ja, was weiß denn ich, Lissy? Gesagt hat sie jedenfalls nichts, die Katharina. Das einzige, was ich dann gehört habe, war das Rauschen der elektrischen Feldmessungen.«

»Und wie klang das?«

»Wie wenn Darth Vader eine fette Bronchitis hat. Jedenfalls kannst du daran sehen, dass dieses Verbrechen hier bei uns vor der Haustür Hunderte, Tausende Menschen in halb Europa über Jahre beschäftigt. Sag mal, wo lebst du eigentlich?«

»Im Jetzt, Bernd.«

»Ganz bestimmt, Lissy. Und wenn jetzt der Gedenkstein weggeräumt wird, dann werden sie einen Racheakt vermuten, oder sie werden darin einen Hinweis auf den Mörder sehen. Und wer weiß, vielleicht kommt am Ende wirklich noch einer genau deswegen drauf, was warum wie war und vor allem wer.«

»Und jetzt hast kein Foto.«

»Ja genau, Lissy, jetzt habe ich kein Foto, weil ich das wieder viel zu spät erfahren habe und in zwei Stunden ist Feierabend und dann muss die Zeitung fertig sein. Aber das ist mir jetzt wurscht, ich schreib jetzt trotzdem was, und auf dem einzigen Foto, das ich im Archiv habe, da ist der Gedenkstein noch drauf, wie er in aller Pracht dasteht. Da schreib ich dann drunter: ‚So sah er aus, als er noch ganz war', oder wie?«

»Ja genau, Bernd, so machst es!«

»Und jeder, der die Zeitung aufschlägt, sieht, dass ich nicht dabei war, als das Marterl dem Erdboden gleichgemacht wurde? Zefix!«

Und er haute in die Tasten. Weil er es ganz eilig hatte, nahm er heute ausnahmsweise sogar zu den beiden Zeigefingern den rechten Mittelfinger dazu.

27 | ABLASS

Bettina beschloss, noch etwas zum Naschen für nachher einzu-
kaufen. Steffi war wieder bei Charlie im Krankenhaus, und wer
weiß, ob sie noch zum Einkaufen kommen würde. Also schaute
sie eben beim Bäcker vorbei, den kannte sie ja auch schon vom
Gespräch am Fronleichnamsumzug.

In seinem Laden sah er noch unwirklicher aus. Der Zopf, die
krumme, lange Nase, irgendwie hing er wie ein nasser Sack in
seinem Kaufmannskittel. Aber backen, das konnte er wie kein
Zweiter. Bettina erkundigte sich nach den bayerischen Namen für
Dinge, die in Münster ganz anders hießen. Kipferl, das hatte sie
nun wirklich noch nie gehört. Und Krapfen. Und – sie brachte
das Wort kaum über die Lippen: Schmoiznulan. Das war allerdings schon ganz spezieller Hudlhub-Speak. Es dauerte nicht lange, da waren sie schon wieder beim selben Thema angekommen.

»Oh, das Zeiserl hatte Geld, viel Geld«, sagte der Bäcker, »der
Hof war ihr überschrieben, die Kainegger verfügten über erhebliche Barschaften. Das war schon ein kleines Vermögen, das da
vererbt wurde. Zur Zeit der Tat planten sie einen Erweiterungs-
bau, den hätten sie wahrscheinlich locker bar bezahlt. Auf einem
Foto von damals kann man die Tragpfeiler fürs Gewölbe sehen,
die schon angeliefert worden waren.«

Bäcker Huber packte zwei Stück Rhabarberkuchen ein, die
köstlich dufteten und erfrischend saftig aussahen.

Bettina reichte ihm einen Fünf-Euro-Schein, er bonierte und
gab ihr das Wechselgeld raus.

Frau Huber stand auch schon eine Weile in der Tür und lausch-
te den beiden. Optisch war sie das krasse Gegenteil ihres Mannes, nur ihre Körpergröße (etwas zu klein) und ihre Oberweite
(etwas zu üppig) hatten sie an einer weltweiten Modelkarriere
gehindert, sie war auffällig hübsch. Und freundlich obendrein.
Sie schaltete sich in das Gespräch ein, als würden sie, Bettina und
ihr Mann sich seit Jahren kennen.

»Zwei Tage vor der Mordnacht hat die Katharina gerade eine Spende gemacht. 700 Mark hat sie in der Kirche auf die Stufen zur Kanzel gelegt. 700 Mark, das war damals noch mehr Geld als heute 700 Euro wären. Viel mehr.«

»Für 700 Mark hättst ein neues Auto kaufen können, wenn es so was damals in Hudlhub gegeben hätte«, ergänzte ihr Mann nickend.

»Das war wirklich richtig viel.«

»Und weiß man, warum?«, fragte Bettina.

Frau Huber beugte sich vor, ganz nah an den Tresen und flüsterte fast, so geheimnisvoll fand sie die ganze Angelegenheit. »Wir haben schon oft drüber geredet, auch mit Kunden. Niemand hat dafür eine plausible Erklärung. Einer meinte mal, Katharina habe womöglich den Hof verlassen wollen, angeblich hätte sie eine Wohnung in München gesucht. In diesem Fall hätte diese Spende eine Maklercourtage sein können.«

»Vielleicht hat sie sich von etwas freikaufen wollen«, ergänzte der Bäcker, er beugte sich ebenfalls vor und flüsterte nur noch »von Schuld ...?«

»Ach geh, Ablasshandel ist doch schon so lang Geschichte«, sagte Ferdy Adler, der gerade in den Verkaufsraum getreten war, die Tür stand offen, deshalb ging die kleine Klingel oben nicht. Adler war Gemeinderat und in Sibirien ausgebildeter Schamane mit eigener Schwitzhütte und vor allem war er Geschichtslehrer an der Knabenrealschule in der Spargelstadt, er kannte sich also aus.

»Manchmal denke ich mir: schade eigentlich«, sagte der Bäcker und alle lachten.

Bettina aber spürte mehr und mehr, welche Faszination von Kainegg ausging.

Sie wollte noch mehr erfahren. Derart angefixt war sie, dass sie zeitweise vergaß, warum sie eigentlich hier war. Wer hätte das gedacht, dass die Auszeit bei der Nichte auf dem Land so derart spannend werden würde?

»Ich glaub ja, dass der damalige Pfarrer mehr gewusst hat«, sagte Frau Huber und legte erneut ihren geheimnisvollsten Blick auf. »Ich meine, die Geistlichen damals haben doch noch eine ganz andere Rolle gespielt als heute – irgendwem musste man doch das Herz ausschütten.«

»Aber er hat ja nichts sagen dürfen«, erinnerte sie der Lehrer. Er war der Sache natürlich längst nachgegangen. »Schriftliches hat er nicht hinterlassen, es gibt nur einen Eintrag im Sterbebuch. Und da hat der Pfarrer Roos als Todesursache reingeschrieben: Raubmord. Und beim kleinen Theo hat er noch dazu geschrieben: ‚illegitim'. Das ist alles. Ich hätte übrigens gerne drei Brezen.«

»Sehr gern«, sagte Frau Huber, »wie immer die helleren mit wenig Salz?«

»Ganz genau«, sagte Adler und lächelte.

»Aber der Pfarrer von damals hat doch mal einer überregionalen Zeitung ein Interview gegeben«, half Bäcker Huber.

»Stimmt«, bestätigte Adler, »und er sagte, der Mörder hätte ihm die Tat auf dem Sterbebett gebeichtet.«

Bettina stockte der Atem. Sie hoffte inständig, dass der Mann weiterreden würde. Er tat ihr den Gefallen.

»Und dann sagte er, dass das unters Beichtgeheimnis falle.« Ja, Pech gehabt, dachte Bettina.

»Apropos Pech gehabt«, sagte der Bäcker, »schon gehört, dass das Marterl umgeackert worden ist?«

»Nein!«, staunte Adler, »draußen bei der Wetterfichte? Ja hört denn diese Geschichte nie auf? Wer wollte denn die Geschichte diesmal beerdigen? Es gibt ja genügend Leute hier, die den Mord und alles unter den Teppich kehren wollen. Das war doch bestimmt Absicht.«

»Ich glaube eher, dass es ein falscher Gang war«, lachte Bettina, und der Lehrer sah sie fragend an. Bettina bändigte erstmal ihre schwarze Mähne hinter dem linken Ohr.

»Ich war dabei«, sagte sie dann.

»Die Tante unserer Postlerin«, half Huber erklärend, und Adler nickte ihr freundlich zu.

»Also mir sah der Bulldogfahrer eher so aus, als hätte er es etwas zu eilig gehabt und Mist gebaut.«

»Mei, dann muss es halt jemand neu aufbauen, das Marterl«, sagte der Lehrer.

»Wer das wohl wieder bezahlt«, sagte der Bäcker.

»Vielleicht findet sich ja ein Zeiserl, das ein paar Scheine auf die Kirchenmauer legt?«, scherzte der Lehrer.

»In diesen Zeiten, wo alles aus der Kirche austritt?«, sagte Frau Huber.

»Auch wieder wahr.«

»Aber ihr wisst doch«, sagte Adler grinsend, »den Sel'gen gibt's der Herr im Schlaf. Also schaun mer mal.«

28 | JETZT ABER ZACKIG

»So ein Mist, echt!«, grummelte Bernd Zackig immer noch schlecht gelaunt. Er war echt sauer. Da hätte doch wirklich mal jemand was sagen können. Er war Händewaschen, umgeben von den schönsten Fotos aus dem Redaktionsalltag, die immer dann ins Redaktionsklo gepinnt wurden, wenn der Mann von der Berufsgenossenschaft wieder weg war: Bilder von prämierten Kühen, sich gegenseitig die Hände schüttelnden Politikern. Hundertmal Haderlein. Dann ein legendäres Gruppenfoto eines Vereinsvorstands, bei dem zwar sehr viel Fußboden, dafür aber kein einziger Kopf drauf war – das ultimative Brustbild –, und das die Mitglieder dennoch gern in der Zeitung gesehen hätten. Hat sich leider nicht machen lassen; ein Proteststurm mit mindestens 20 Abokündigungsandrohungen war damals die Folge gewesen.

Auch ein Bild von den Chippendales, das hatte Lissy dazu gehängt. Zur Inspiration. »Treib doch mal mehr Sport«, das sagte sie ihm immer wieder, »dann schaust auch mal so aus.«

Bernd Zackig spritzte sich ein bisschen Wasser ins Gesicht.

»So ein Mist«, sagte er noch mal, »echt. Wenigstens ein gescheites Foto, das ist doch wirklich nicht zuviel verlangt. Zefix.«

Zackig nahm das geblümte Handtuch aus alten Redaktionsbeständen, hässlicher geht's kaum mehr, keine Ahnung, woher und aus welchem Jahrzehnt dieses Teil stammte, dann verließ er den Sitzungssaal, knallte die Tür, die überhaupt nichts dafür konnte, und ließ sie in ihrem Blütenweiß wieder allein.

Blütenweiß war auch die Schürze von Bäckersfrau Huber, die sich eben in die Ladentür gestellt hatte, um frische Luft zu ergattern und einen Blick auf die allmählich tiefer stehende Spätnachmittagssonne des Brückentags zu genießen.

Der Feuerwehr-Bulldog fuhr vorbei, diesmal mit einem konventionellen Anhänger statt der Güllepumpe. Ludwig saß am Steuer, die anderen hatten es sich in Uniform auf der Ladefläche bequem gemacht. Max winkte der Bäckersfrau zu, sie zeigte ihr Zahnpastawerbungslachen und winkte fröhlich zurück.

»Ja, was ist denn jetzt schon wieder?«, fragte sie, aber der alte Motor des Porsche-Bulldogs war viel zu laut, als dass sie irgendjemand hätte hören können.

Sie holten die Reste des Gedenksteins, aber woher hätte Sylvie Huber das auch wissen sollen?

29 | DORFPHILOSOPHIE

Der Rhabarberkuchen war wirklich köstlich. Jeder einzelne Bissen ein Genuss, saftig, mit nur einer ganz feinen, angedeuteten Säure, und keinesfalls zu süß. Zuviel Zucker war nicht gut, auch da waren sich die Hudlhubber einig. Und sie wollten schließlich gesund sterben. War ja auch viel schöner.

Schon der Hudlhubber Dorfphilosoph Matthias Kronleichter (1726–1754) hatte darauf immer wieder hingewiesen und dem Wert der Gesundheit im hohen Alter in seinem Spätwerk »Vom Kreuchen und Fleuchen« (1753) ein ganzes Kapitel eingeräumt. »So zog ich denn hinaus in die Auen, an eynem herrlichen Sommermorgen, und ich sah jenen alten Mann, mindestens 80 Lenze war er schon auf dieser Welt, ein wahrer Methusalem, ein Inbegryff der Gesundheyt und Vitalytaet. So wyll ich einmal seyn, dachte ich bey mir, und ich ging zu ihm, und fragte ihn, was es denn sey, das ihn treybet, was ihn so jung geblieben gemacht habe. Und er lachte mych an, mit seynem zahnlosen Grynsen, und er sagte etwas, das fortan meyn Lebensprynzip seyn werde: ›Schau stetig nach vorn, meyn junger Freund, schau dankbar zurück und ehrfürchtig nach oben. Speise gut und voller Freude und wenn dich die Wolllust überkommt, dann warte, bys es Vollmond wird, aber dann. Und so beschloss ich, es ihm fortan gleych zu tun. Der Schlaf fällt seyther in den Vollmondnächten aus, und ich byn jetzt schon gespannt, was ich davon haben werde.« Und so weiter, und so fort.

Genau genommen, war der Hudlhubber Dorfphilosoph Matthias Kronleichter (1726–1754) kein besonders begabter Schriftsteller; er hatte das Glück, der einzige seiner Zeit gewesen zu sein, und deshalb war er halt das Maß aller Dinge. So hatten seine Weisheiten nachhaltig Bestand, auch wenn sie unter anderem so klangen: »Und seyst du auch der Geringste, meyn Freund, fühle dich nicht unnütz, denn dienest du doch vielen noch als schlechtes Beyspiel.« Oder: »Eyn Bett im Kornfeld, das ist immer frey, und solange eyn jeder eyn Dach überm Kopf habe, möge niemand eyn Lied drüber schreiben.«

Steffi und Bettina saßen einfach nur da, kauten und schwiegen. So vieles, was sie bewegte, so vieles, was erst einmal eingeordnet werden musste. Charlies Operation, sie passierte jetzt. In diesem Moment. Steffi war nervös. Am liebsten wäre sie jetzt bei ihm, aber das ging ja nicht.

Die Frauen saßen sich gegenüber, beide, als der Kuchen fast vernichtet war, mit den großen Kaffeekelchen wärmend zwischen den Händen, die Ellenbogen aufgestützt. Selbst, wenn man es nicht gewusst hätte: Man konnte schon sehen, dass die beiden gleiche Wurzeln hatten.

Bettina versuchte, für etwas Ablenkung zu sorgen, nur Trübsal blasen, das machte ja auch keinen Sinn. Deshalb begann sie, ein wenig von den Gesprächen beim Bäcker zu erzählen. »... und dann haben sie alle gelacht. Der Bäcker und seine Frau. Auch der Lehrer. Ich frage mich: Darf man über so was lachen?«, sagte Bettina, »ich meine: Es geht hier immerhin um einen Mord. Das ist ja real passiert. Da sind Menschen grausamst ums Leben gekommen, sie sind erschlagen worden. Da gab es Trauernde, da gab es Schmerz und Leid.«

»Das ist schon richtig, was du sagst. Aber du darfst eines nicht vergessen: Das alles ist bald 90 Jahre her. Vieles verklärt sich. Und für die Menschen hier gehört die Geschichte seit Jahrzehnten zum Lebensalltag. Für viele ist das längst wie ein Krimi im Fernsehen geworden. Und im Fernsehen sterben jeden Tag Tausende Leute. Die Wahrnehmung hat sich ganz einfach verschoben.«

»Vielleicht ist es ganz gut, wenn man die Ernsthaftigkeit der ganzen Geschichte endlich ein bisschen aufbricht. Hier haben die Menschen lange genug unter der Geschichte gelitten. Man hat sich gegenseitig verdächtigt, man hat sich gegenseitig angeschwärzt. Weißt, da waren etliche aus der Gegend vor Gericht, teilweise im Gefängnis. Keiner hat dem anderen getraut, damals. Und noch Jahrzehnte danach.«

Steffi nahm einen großen Schluck Kaffee, dann tippte sie mit dem Zeigefinger die letzten Krümel des Rhabarberkuchens zusammen.

»Heute ist das alles schon ein ganzes Stück weit weg. Und das ist vielleicht auch gut so.«

»Es gibt ja auch viele lustige Kriegsfilme«, sagte Bettina, die etwas im Schilde führte.

»Die du und ich wahrscheinlich nicht ansehen«, meinte Steffi und lachte.

»Das stimmt. Ich mag Filme mit Robert Downey junior.«

»Du meinst ‚Iron Man‘?« Steffi prustete los.

»Du bist gemein«, sagte Bettina gespielt beleidigt, »du weißt genau, was ich meine.«

»Und ich mit Leonardo DiCaprio. Außer ...«

»... ich weiß schon: Titanic.«

»Weil ich Filme nicht leiden kann, in denen Leonardo DiCaprio stirbt.«

»Genau. So was muss man doch boykottieren.«

30 | DER BOMMEL HÄNGT

Die Redaktionsuhr zeigte: kurz vor 18 Uhr.

Und die Zeitung war immer noch nicht fertig.

Lissy tippte wie wild, sie musste heute mal wieder Überstunden machen. Bernd auch.

»So ein Mist. Kruzefix, was für ein Mistmist.«

»Hast du schon gesagt, Bernd, deswegen wird die Zeitung auch nicht früher fertig.

Das Telefon klingelte.

»Ja!«, sagte Bernd unwirsch. »Ja ... ja ... ja ... ja ... nein ... ja.« Er warf den Hörer in die Gabel, entwirrte wieder einmal die Bommel seiner Schimanski-Jacke aus den Rollen seines Bürostuhls, schnappte sich die Kamera und rannte Richtung Bürotür.

»Ich muss noch mal weg, Lissy. Kann dauern. Geh du mal heim, ich komm schon klar.«

Lissy machte eine Kaugummiblase. »Was gibt es denn?«

»Die graben gerade das Fundament vom Gedenkstein aus, jetzt wollen sie es wohl gleich richtig gscheid sanieren. Vielleicht gibt das wenigstens ein Foto her. So ein Mist, das.«

31 | AUF DREI

Die Feuerwehrler griffen beherzt zu.

Aber erst, nachdem sie den uralten Gag aus den »Lethal Weapon«Filmen angebracht hatten.

»Auf drei.«

»Also eins, zwei, drei – und dann, oder eins, zwei und ...«

»Drei!«, rief Ludwig, und alle wuchteten den Betonbrocken hoch, den sie gerade mit Schaufeln freigelegt hatten. Dann noch einen, schließlich noch einen.

Als sie fast fertig waren, näherte sich eine alte Kreidler Florett. Die Kameraden kannten dieses Gefährt: Bernd Zackig. Wieder mal zu spät.

»Schau mal, gleich frisst die Nase den Tankdeckel«, grinste Hans, »so tief liegt er drauf, auf seinem Bock. Wie ein echter Schluchtenflitzer.« Damit spielte er auf einen alten Spielfilm und die TV-Serie von Rüdiger Nüchtern aus dem Jahr 1979 an, über den Mopedkult. Jedenfalls hatte es Bernd Zackig richtig eilig.

»Heeee, wartet!«, brüllte er. Das taten sie dann auch.

»So ein Scheiß, ihr seid ja schon fast fertig. Ich brauch doch ein Foto. Zefix, warum hat mich denn keiner von euch angerufen?«, sprudelte es aus ihm heraus. »Na los, werft doch einen Brocken noch mal vom Hänger und legt ihn noch mal rauf – fürs Foto.«

»Du spinnst wohl«, sagte Max, begleitet von der dabei üblichen Fingerbewegung Richtung Schläfe.

»Grad du, Max«, sagte Zackig, da war Max kurz still. Dann nahm er all seine Kraft zusammen und warf einen der Brocken wieder runter. Das Fitnessstudio zahlte sich wirklich aus, das waren nicht nur Showmuckis.

»So, da hast es«, sagte er und sprang runter.

Die anderen stöhnten kurz, dann taten sie es ihm nach.

»Wie hätte er es denn gern, der feine Herr Redakteur?«, fragte Ludwig.

»Danke, Männer. Na los, stellt euch links und rechts hin, und runter in die Knie – und Drama, Baby, na los, gebt alles, dicke Backen machen, gescheit aufplustern... und ... nein ... nicht weg-drehen, ich brauch doch das richtige Fotolicht ... ja, super... und jetzt noch mal Drama, Baby!«

»Jetzt leck mich am Arsch!«, brüllte Max und gab dem Brocken so viel Schwung, dass er fast auf den Wagen flog. Krachend landete der Stein auf den Planken des Tragkraftspritzenanhängers.

»Knacks«, sagte die Platte mit der Inschrift, die bis zu diesem Augenblick heil geblieben war.

»Oh-oh«, sagte Ludwig.

»Hoppala«, sagte Max.

»Danke, Männer, ich muss weg«, sagte Zackig, sprang auf seine Florett und flog in derselben Schluchtenflitzer-Haltung von dannen, in der er gekommen war.

Franz sagte nichts.

Der Kommandant kniete dort, wo bis eben das Fundament war. Sein Blick war auf etwas Glänzendes gestoßen. Vorsichtig schob er etwas Erdreich zur Seite, und eine Blechkiste, so groß wie zwei Zigarettenschachteln, kam zum Vorschein. Behutsam reinigte er die Oberfläche. Da waren wohl mal Pfeifenreiniger drin gewesen. Er drehte sie hin und her, dann öffnete er den Verschluss, der Deckel schnappte auf.

»Ein Sterbebild«, sagte Franz, die anderen hatten sich längst um ihn versammelt.

»Das sind die Kainegger«, sagte Max.

»Aber da steht noch was, da hat jemand was draufgekritzelt«, sagte Ludwig und deutete mit dem Finger drauf.

Franz hielt die Kiste von sich weg, die Altersweitsichtigkeit begann, und die Arme wurden zu kurz.

»Lies vor, Ludwig«, sagte er.

»Strafe Gottes« – »Blutschande« – »1 Jahr«, entzifferte er die alte Schrift mühsam.

»Der arme Bernd Zackig«, sagte Max, »diesmal war er nicht zu spät, sondern zu früh.«

32 | BEKNACKTE NAMEN

Bettinas Smartphone hatte zurzeit nur einen Zweck: Auf Knopfdruck sollte es dafür sorgen, dass andernorts Musik angeht, idealerweise ein Hans-Albers-Klassiker. »Auf ... der ... Reeperbahn nachts um halb eins ... ob du'n Mädel hast oder ob keins«. Der blonde Hans, der auch mal Sherlock Holmes war (lange vor Robert Downey junior oder Benedict Cumberbatch), übrigens zusammen mit Heinz Rühmann als Doktor Watson, vernuschelte den Text immer aufs Übelste. Franks Handy war das allerdings völlig wurscht, es war so alt, dass es sowieso nur instrumental, monofon bimmeln konnte. Niemand hatte so was heute noch – außer Frank, dachte Bettina.

Er ging wieder nicht ran. Entweder mochte er die Musik so gern, dass er sie bis zu Ende hören wollte, oder er fand sein Handy nicht – oder er wollte nicht rangehen.

Bettina musste schlucken. Aber es kamen keine Tränen.

Sie war noch nicht bereit zu weinen, zu trauern. Nur die Beklemmung in ihrem Brustkorb spürte sie, und die raubte ihr den Atem.

»Immer noch nichts?«, fragte Steffi, die wohl sah, was Bettina da beständig tat. Wortlos schüttelte ihre Tante den Kopf. Steffi sah auf den bekritzelten Notizblock, der neben dem Smartphone lag. »Was machst'n da?«, fragte sie.

»Ach, ich weiß nicht so genau!«, sagte Bettina wieder und schob die Haare erneut hinter ihr Ohr. »Eure Kainegg-Geschichte, sie lässt mich nicht mehr los. Ich muss mir das aufschreiben, wie soll man sich das denn alles merken? Spannend.«

»Hast das Neueste schon gehört?«, fragte Steffi.

»Was ist denn das Neueste?«

»Der Max hat doch das Marterl zusammengefahren.«

»Den Gedenkstein, meinst du? Ach das.«

»Wieso ‚Ach das'?«

»Ach, ich war dabei.«

Steffi stutzte kurz. »Du kommst ja ganz schön rum.«

»Bei dem super Fahrrad ...«

»Und das mit der Kiste weißt du auch?«

»Kiste? Was denn für ne Kiste?«

»Aha. Als sie die Trümmer aufgeräumt haben, dabei kam eine Kiste zum Vorschein. Mit einem Sterbebild und handschriftlichen Anmerkungen. ,Blutschande' und so was.«

»Und wo genau lag die Kiste?«

»Direkt unter dem Marterl, unter dem Fundament.«

»Ist ja krass.«

»Sag ich doch. Wenn's so weitergeht, kannst gleich ein Buch über Kainegg schreiben.«

»Du Steffi, ganz ehrlich, ich hab schon drüber nachgedacht.«

»Hast du denn schon mal ein Buch geschrieben?«

»Naja, ein Buch noch nicht, aber Kurzgeschichten. Früher. Und ich führe Tagebuch, seit ich schreiben kann.«

»Na dann ...«

»Und ich hätte ja gerade Zeit«, sagte sie, mit einem sehr, sehr traurigen Blick auf das Display ihres Handys.

»Es gibt aber schon ein Buch über Kainegg, genau genommen sogar zwei, aber vom selben Autor, er hat sein erstes Buch Jahre später noch ergänzt.« Steffi ging zu ihrem Bücherregal, ein Griff und sie legte es Bettina hin.

»Macht nichts, im Fernsehen gibt's ja auch lauter Wiederholungen.«

»Und im Kino Remakes.«

»Man kann die Geschichte ja an einen anderen Ort verlagern.«

»Das kann man.«

»Und in eine andere Zeit.«

»Das stimmt.«

»Dann geht das schon. Mal sehen.«

»Du machst das schon.«

»Und wo kann ich mehr über das Sterbebild erfahren?«, fragte Bettina.

»Am besten gehst zur Zeitung. Da gibt's einen Reporter, Bernd Zackig heißt der. Den fragst.«

»Bernd Zackig. Was für ein beknackter Name.«

»Seinen Namen kann man sich manchmal nicht raussuchen, meine liebe Frau Hinkel.«

»Jedenfalls hat der auch schon mal wegen dem Kurt Harrer recherchiert, ob der wirklich gefallen ist, damals in Frankreich.«

»Mach ich.«

33 | RENNEND

Rennen muss ich. Laufen um mein Lebn.

So schnell ich kann. Ich muss dranbleiben an den andern. Meine Ohren pfeifen. Eine Mine.

Zu siebt sind wir davon, ich und der Sudetendeutsche und einige andere Kameraden, jetzt sind wir nur noch fünf, zwei von uns hat die Mine zerfetzt. Nix ist mehr übrig von ihnen, was man bestatten könnte. Der Sudetendeutsche ist noch ganz, Gott sei Dank, ohne ihn ... und wir müssen weiter, immer weiter.

Was, wenn sie uns erwischen? Ich trage die Erkennungsmarke eines Toten. Hab noch gar nicht geschaut, wie ich überhaupt heiße.

Was, wenn sie Fragen stellen?

Das darf nicht sein, ich muss rennen. Laufen um mein Leben.

Weg von hier, weg vom Feld, weg von meinem alten Leben, weg von meiner schönen Frau. Ich muss weg.

Muss immer weiter.

34 | BLICK INS ARCHIV

»Und waren Sie schon im Europäischen Spargelmuseum?«

Lissy betätigte sich heute zur Abwechslung mal als Fremdenführerin. Sie fand die Frau mit der kaum zu bändigenden schwarzen Mähne, die unbedingt den Herrn Lokalredakteur Bernd Zackig sprechen wollte, durchaus sympathisch, und weil ihr die 200 oder 300 EMails, die im Posteingang ihrer Bearbeitung harrten, keine Angst machten, nahm sie sich gerne ein paar Minuten Zeit.

»Was gibt es denn im Spargelmuseum zu sehen?«, fragte die Mähnenfrau amüsiert, »die Ware von gestern?«

»Eher von vorvorgestern, eingelegt in Formalin«, sagte Lissy, »zusammen mit den Leichen der örtlichen Kommunalpolitik im Keller.«

»Das klingt appetitlich. Und was noch?«

»Mei, Kunst halt und so. Der Warhol Andy, der hat ja nicht nur die Marilyn gemalt, sondern auch Spargel. Und wenn Tomatensuppe von Campbell Kunst werden kann, warum dann nicht auch Spargelcremesuppe von Knorr?«

»Jetzt bekomme ich gleich Hunger. Und das gibt es alles im Spargelmuseum?«

»Hm. So genau weiß ich das auch nicht, ich war noch nie drin.«

»Oh. Und wie lange gibt es das Spargelmuseum schon?«

»Ja, lassen Sie mich kurz nachsehen.« Lissy tippte die Suchbegriffe ins Archivsystem der Redaktion. »Ah, da haben wir es. Seit dem 13. Mai 1985. Schon eine ganze Weile. Naja, bis zur Rente werde ich es schon mal schaffen.«

»Da wär' ich mir nicht so sicher!«, sagte Bernd Zackig, der diesen Halbsatz im Unterbewusstsein aufschnappte, als er zur Tür hereinkam. »Guten Morgen«, sagte er, so freundlich er es mitten in der Nacht schon konnte, es war noch nicht mal halb elf am Montagmorgen – Journalistenunzeit.

»Morgen, Bernd!«, sagte Lissy.

»Und sonst so?«

»Du hast Damenbesuch?«

»Was, ich? Schon wieder? Alle 30 Jahre dasselbe«, knurrte er und warf seine Fototasche achtlos auf den Schreibtisch. »Und?«, wandte er sich dann der Frau zu, die irgendwas zwischen Ende 20 und Mitte 30 war und den Kampf gegen ihre Wallemähne offensichtlich aufgegeben hatte. »Was kann ich für Sie tun?«

»Ich interessiere mich für Kainegg.«

»Kainegg? Nie gehört!«, sagte er und grinste. »Und warum?«

»Weiß nicht«, sagte Bettina, die am Wochenende nicht nur mit Steffi einen Sightseeing-Ausflug nach München gemacht, sondern vor allem das Kainegg-Buch verschlungen hatte, das ein Münchner Journalist, der damals bei einer großen Boulevardzeitung arbeitete, Ende der Siebzigerjahre verfasst hatte, »die Geschichte klingt spannend. Gegenfrage: Warum interessieren Sie sich dafür?«

»Mei, wenn man hier lebt, kann man ja fast nicht dran vorbei. Und was genau wollen Sie wissen?«

»Ich wollte mal sehen, was Sie so in Ihrem Archiv haben. Ich würde zum Beispiel gerne mal ein Foto sehen, von den Opfern.«

»Da sind Sie nicht die Erste, und ich muss Sie da gleich mal enttäuschen – es gibt keins.«

»Wie, es gibt keins?« Bettina machte eine typische Handbewegung und schob die Mähne mit den Fingerspitzen hinter das rechte Ohr.

»Naja, was heißt gar keins. Es gibt schon welche, die die toten Körper zeigen, aber keine aus der Zeit, als sie noch lebten.«

»Aber die schöne Katharina war doch verheiratet, mit dem Kurt Harrer. Da muss es doch ein Hochzeitsfoto geben!«

»Ganz bestimmt sogar, aber die Nachkommen halten alles unter Verschluss. Ein Klassenfoto existiert, auf dem die kleine Lilly drauf ist.«

»Das ist doch schon mal was.«

»Wie man's nimmt«, sagte Zackig und klickte es an seinem Rechner her, den er nebenbei hochgefahren hatte. Die Schüler waren alle lieb zurechtgemacht. Viele von ihnen hatten merkwürdig erwachsene Gesichter, als stünden sie bereits mittendrin im Leben, als wäre ihnen eine verspielte Kindheit verwehrt geblieben. »Man müsste halt jetzt wissen, welches die Lilly ist.«

»Ach, weiß man nicht?«

»Tja, blöd, oder? Und weil man nicht weiß, wie ihre Mutter aussah, ist es auch nicht leicht, nach Ähnlichkeiten zu suchen. Immerhin haben Mitglieder eines der Kainegg-Foren im Internet das Foto ihres Vaters von seinem Sterbebild genommen und mit allen Köpfen verglichen. Demnach gäbe es physiognomische Ähnlichkeiten mit dieser Kleinen hier.« Er deutete in der mittleren Reihe auf das Mädchen ganz rechts.

»Das ist dünn.«

»Das Mädchen? Ja, es musste ja auch jeden Tag über zwei Kilometer zur Schule und wieder nach Hause latschen, im Sommer genauso wie im Winter.«

»Nein, Herr Zackig, ich meine die Beweisführung.«

»Ach so, allerdings. Entschuldigung, Frau ...« Zum ersten Mal schaute Zackig seine Besucherin genau an und sah ihr in die dunklen Feueraugen.

»Hinkel. Bettina Hinkel.« Sie streckte ihm die Hand hin.

»Und mein Name ist Bond. James Bond«, sagte er.

»Daran habe ich keinen Zweifel. Und Sie haben keine weiteren Fotos der Opfer ausgegraben, Agent Nullnullsieben?«

Zackig grinste. Er sah sie sich noch einmal genauer an. Dann sagte er: »Also gut. Schauen Sie hier.«

Wieder klickte er sich durch einige Dateien, dann öffnete er ein Bild vom Kainegger Hof, das Bettina noch nicht aus Steffis Buch kannte, das war keines der fünf Tatortfotos.

»Dieses Bild des Hofs hat ein Heimatforscher vor einer Weile bei Recherchen für die Hohenwarter Dorfgeschichte gefunden. Reiner Zufall. Es ist nicht datiert, aber schauen Sie hier, es sind Menschen drauf.«

Bettina beugte sich vor, ganz weit vor. Bernd Zackig konnte ihr Haar riechen. Roch gut. Bettina strahlte Wärme aus, wohlige Wärme.

»Ah ja, jetzt sehe ich sie. Aber erkennen kann man da nicht sehr viel.«

»So nicht«, sagte Bernd, »aber schauen Sie mal hierhin. Er klickte einen nachbearbeiteten Ausschnitt her. Jetzt konnte man die drei Personen besser erkennen, links ein älterer Herr mit einem Fahrrad, er hatte einen weißen, geschwungenen Schnauzer. »Das ist ziemlich sicher der Bürgermeister der Nachbargemeinde, der Abgleich war leicht, von ihm existieren Bilder«, sagte Zackig. Rechts vorne zeigte das Bild einen nicht sehr großen, älteren Herrn mit schütterem Haar und mürrischem Blick, hinten in der Tür stand eine weitere Person in einem Arbeitskittel und mit viel zu großen Schuhen.

»Wenn Sie mich fragen …«, sagte Zackig.

»… und ich frage Sie«, sagte Bettina, und sie blieb ungerührt in der viel zu großen Nähe zum fremden Mann, hielt den Blick aber auf dem Bild.

»… dann sind das Korbinian Burzler und seine Tochter Katharina.«

»Aber das da hinten in der Tür, das ist doch ein Mann.«

»Das sagen alle, aber wenn Sie genau hinsehen, werden Sie feststellen, dass das Gesicht eine hohe Stirn aufweist, dass sie zwar breite Schultern hat, aber eben eher die einer sportlichen Frau als die eines Mannes, und dass die Schuhe viel zu groß sind. Diese Frau trägt einen Männerarbeitskittel und Schuhe ihres Vaters, in die sie kurz geschlüpft ist, als Besuch vor der Tür stand. Und sehen Sie hier …« Zackig klickte eine weitere, noch stärkere Vergrößerung ihres Gesichts her, die reichlich unscharf und unkonturiert war, aber doch deutlich die Anmutung einer sehr schönen Frau mit einem sehr symmetrischen Gesicht, einer kleinen Nase, hoher Stirn und sich leicht abzeichnenden Wangenknochen zeigte.

»Das ist Katharina Harrer«, sagte Zackig mit dem Brustton der Überzeugung, und er konnte fühlen, dass Bettina tiefer und schwerer atmete.

»Und Sie sind sicher?«

»Was heißt sicher? Sagen wir so: Welchen Anlass könnte dieses Bild gehabt haben, wenn der Bürgermeister der Nachbargemeinde nach Kainegg kommt und einen Fotografen mitbringt?«

»Und?«

»Der 60. Geburtstag des Kainegger Bauern könnte ein Anlass gewesen sein – und der war im November 1923. Und sehen Sie hier ...«, er klickte wieder zurück zum Übersichtsbild, »... es sind nur noch wenige Blätter an den Bäumen, die Sträucher sind kahl – könnte passen.«

»Dann wäre dieses Bild also dreieinhalb Jahre vor dem Mord entstanden.«

»So sieht es aus.«

Bettina drehte ihren Kopf jetzt zu Zackig hinüber, ihre Münder waren wenige Zentimeter voneinander entfernt, und sie dachte gar nicht daran, zurückzuziehen. Zackig staunte. Mit einer solchen Begegnung am frühen Morgen hätte er auch nicht gerechnet. Eigentlich war sein Plan, heute zur Hudlhubber Kirche zu fahren, oder was davon übrig war. Vielleicht dürfte man inzwischen das Gebäude betreten, wenn die Kripo, die den ganzen Bereich abgesperrt hatte, mit ihren Ermittlungen fertig war. Er wollte seine Leser jetzt endlich mit Bildern aus dem Innern des Gebäudes versorgen. Das musste jetzt wohl warten.

Bettina richtete sich dann doch kurz auf, streckte den Rücken durch und ließ den Blick durch die Redaktion schweifen. Einen Moment blieb sie an Stoibers Pappaufsteller hängen, sah dem ehemaligen bayerischen Ministerpräsidenten kurz in die Augen und ahnte, woher die kleinen Löchlein in seinem Gesicht stammen könnten, sie war selbst eine leidlich gute Dartspielerin.

»Wollen Sie noch was wissen?«, holte Zackig sie zurück.

»Ich würde gerne mit Zeitzeugen reden«, sagte Bettina, »gibt es da noch welche?«

»Also, so ziemlich alle, die damals die Leichen gesehen haben, sind längst tot. Theresia Wagenbauer, die Pfarrersköchin, sie war damals draußen, in Kainegg, aber sie ist ja jetzt ...«

»Ich weiß.«

»Natürlich leben noch einige Menschen, die damals Kinder waren. Der Großvater vom Haderlein zum Beispiel.«

»Dem Abgeordneten?«

»Genau der. Aber Opa Haderlein hat Jopi Heesters schon überlebt, zu viel würde ich mir da nicht erwarten. Sie können ja mal klingeln, drüben in Biberg. Und es leben noch leibliche Kinder des Mannes, den viele für den Täter halten, der es aber nicht war: von Vinzenz Wagenbauer.«

»Wirklich?«

»Er hatte ja mit seiner ersten Frau Katharina sechs Kinder, weitere fünf mit seiner zweiten Frau Anna; ihr erstes gemeinsames Kind starb übrigens kurz vor dem Mord von Kainegg. Die Kinder haben ihr Leben lang unter den Verdächtigungen gegen ihren Vater gelitten und treten bis heute für die Anerkennung seiner Unschuld ein – ohne dabei selbst andere zu belasten.«

»Das zeugt von Größe.«

»Das finde ich auch. Wenn Sie mehr Informationen wollen, können Sie hier mit jedem reden, denn jeder hier hat eine Theorie, jeder weiß ein bisserl was. Nur nichts Genaues, das weiß niemand.«

»Na gut, dann werde ich das mal tun.«

»Und was machen Sie dann mit all Ihrem Wissen?«

»Vielleicht schreibe ich ein Buch drüber.«

»Da schau her, haben Sie denn schon mal was geschrieben?«

»Naja, das ist doch diese Sache mit den 26 Buchstaben, oder?«

»Okay, mehr Qualifikation braucht's eigentlich nicht.«

»Dann sind wir jetzt quasi Kollegen?«

»Schaut so aus. Aber jetzt, Frau Kollegin, sein S' mir nicht bös, ich habe noch eine Zeitung zu machen. Und drum muss ich jetzt nach Hudlhub fahren und die Kirche fotografieren, oder was davon übrig ist. Unsere Leser erwarten ...«

»... Fakten, Fakten, Fakten, das habe ich schon mal gehört.«

»Na dann.«

»Ach, aber bevor Sie gehen – wie war das denn mit dem Kurt Harrer? Ist der damals im Krieg in Frankreich. . .?«

»Ob er gefallen ist? Ich glaube das nicht. Seine Kameraden haben ihn damals nur nicht hingehängt. Es gibt da ganz andere Geschichten – und eine sehr bemerkenswerte Begegnung.«

35 | ZWEIFELND

Pfaffenhofen. Warum bin ich bloß daher? Hab heimkommen müssen. Habs sehen wollen.

Hab mein Bayern braucht.

Hab mich durchgeschlagen, bis hierher. Habs überlebt.

Und da bin ich jetzt, in Pfaffenhofen. Saumarkt ist.

Keiner wird mich kennen, mit meinem langen Vollbart. Drei Jahre ists her, seit ich von daheim furt bin, und jetzt bin ich der Familie so nah. Weiß gar nicht, wie ichs ihnen sagen soll, dass ich noch leb.

Wer es wohl noch geschafft hat? Was ist aus den Brüdern geworden, sind sie auch im Krieg?

Lebt überhaupt noch wer? Gibts unseren Hof noch?

Wie es wohl meiner Witwe geht? Ich werde mich nicht zeigen können, denn ich bin ein Fahnenflüchtiger. Warum bin ich hier überhaupt hergekommen, ich spiel mit meinem Leben.

Hoppla, jetzt bin ich mit wem zusammengerumpelt. Wer bist na du? Wie? Hausfelder? Nie gehört.

Ich, ich bin der Harrer aus Kainegg. Kennst Kainegg? Eine Landwirtschaft, gar nicht weit von hier, da hab ich gelebt. Aber ich hab da weg müssen, es hat mir da nimmer gefallen. Und jetzt überleg ich, ob ich da hingeh, oder ob ich's lieber sein lass. Der Krieg ist nicht zu Ende, und wenn sie mich finden, bin ich ein toter Mann.

Denn eigentlich bin ich ein toter Mann.

Meine Brüder würd ich so gerne wieder sehen. Ich möchte wissen, was aus ihnen geworden ist.

Aber das ist zu gefährlich.

Du, Hausfelder, kennst sie nicht zufällig, die Kainegger? Nein? So ein Pech.

Dann werd ich wohl weiterziehen. Nichts riskieren.

Zu gefährlich ist's hier für mich. Meine Reise muss weitergehen. Pfiat di also, Hausfelder.

36 | HOFFEN UND BANGEN

Steffi fuhr auch heute wieder nach der Arbeit ins Krankenhaus, so wie in den vergangenen Tagen auch. Diesmal war sie nicht allein da. Der alte Valentin Hausknecht war hergeradelt, er wartete vor der Tür, niemand wollte ihm etwas sagen, denn er war ja kein Verwandter. Dabei hatte Valentin Hausknecht Charlie seinerzeit gefunden, er war in einem Weidenkörbchen ausgesetzt worden. Er hatte ihn zwar nicht adoptieren können, er wurde nicht sein Pflegevater – und doch verband die beiden zeitlebens eine ganz besondere Beziehung.

Und jetzt stand er hier, wie ein Häuflein Elend, weil er nichts erfuhr, weil er ihn nicht sehen durfte.

Steffi sah ihn, ging auf ihn zu, streichelte ihm wortlos die Schulter. Dann sah sie, wie hinten der Chefarzt in den Gang trat. Er kam gleich auf sie zu.

»Hallo, Frau Bichler«, sagte er ruhig.

»Sagen Sie ruhig Steffi, Herr Doktor.«

Diesmal ließ er seine Hände vorsorglich in den Taschen seines weißen Kittels verschwinden. »Hören Sie, Steffi, Charlie liegt immer noch im Koma.«

Steffi schluckte. Sie hatte eigentlich andere Nachrichten erwartet. Am Freitag schon, nach der OP. Die war wohl gut verlaufen, und nach wie vor gab es keine Hinweise auf innere Verletzungen, aber Charlie wollte einfach nicht aufwachen.

»Darf ich zu ihm?«, fragte Steffi. Eigentlich ja nicht.

»Und wer ist dieser Herr?«, fragte der Chefarzt und schaute in Richtung Hausknecht.

»Valentin Hausknecht hat Charlie als Baby in einem Weidenkorb gefunden – und das ist ...«, fügte sie an, um einer logischen Reaktion vorzubauen, »... wirklich passiert, das ist kein Witz.«

»Kommen Sie«, sagte der Chefarzt, und machte auch ein Zeichen Richtung Hausknecht.

Es war ein furchtbarer Moment für die beiden, Charlie so zu sehen. Er war immer noch intubiert, er hatte Zugänge an beiden Armen und rundherum blinkten die Überwachungsgeräte. Die Schwestern reagierten freundlich und verständnisvoll, alle hier im Krankenhaus hatte diese Geschichte mitgenommen. Dezent ließen sie die drei allein.

Steffi warf dem Chefarzt einen fragenden Blick zu, er nickte. »Gehen Sie nur hin.« Er gab den Schwestern ein paar leise Anweisungen, dann verließ er die Intensivstation.

Steffi und Hausknecht aber standen an Charlies Bett. Wortlos.

Dort, wo zwischen all den Verbänden am Arm etwas Haut zu sehen war, legte sie zwei Finger hin, Hausknecht tat dasselbe auf der anderen Seite.

Charlie.

Steffi fühlte, wie ihr Tränen über die Wangen kullerten. Charlie.

Dann packte sie das schlechte Gewissen, und sie wandte sich kurz dem Pfarrer zu, der gleich im nächsten Bett lag. Auch er hatte die Augen geschlossen, er sah geradezu fröhlich aus, in hellblau, ruhig schlafend wie ein Baby, so fröhlich man aussehen kann, mit einem Tubus, der aus dem Mund herausragt und in einer der blinkenden Maschinen hinterm Bett endet. Auch er war noch nicht wieder aufgewacht.

Lächelte er etwa? Steffi war irgendwie ein Stück weit beruhigt, sie hatte das Gefühl, dass das schon werden würde, auch wenn die Lippen merkwürdig blau schimmerten.

Sie wandte sich wieder ihrem Charlie zu. Hausknecht ging es wie ihr.

Auch er hatte Tränen in den Augen.

37 | KEINE EXTRAWURST

Dienstag ist Sitzungstag im Maximilianeum, eigentlich ein Pflichttermin für Ludwig Haderlein. In dieser Sitzungsperiode gehörte er dem Ausschuss Kommunale Fragen, Innere Sicherheit und Sport an, und der war schon leidlich wichtig. Das Wichtigste für Haderlein an den Sitzungstagen war aber das, was er netzwerken nannte, und in gewisser Weise war das auch netzwerken. Aber so, dass es vor allem ihm diente.

Haderlein hatte sich lange und intensiv damit auseinandergesetzt, wie das System funktionierte, warum die Dinge so waren, wie sie waren. Er hatte seine Kontakte genutzt, um die Beziehungen zwischen Bayern und der Hauptstadt, zwischen der Hauptstadt und Europa, zwischen Europa und der Welt zu verstehen, die Mechanismen der Macht, das Zusammenspiel von Politik und Industrie, von Politik und Lobbyisten, von Politik und Kirche. Eines Tages begann er, das System zu verstehen. Was er noch nicht verstand, war, welche Rolle er in dem System spielen konnte.

Deshalb hörte er nicht auf, sich an Sitzungstagen mit Leuten zu treffen, die ihm irgendwann nützlich werden könnten; besonders gern machte er das im Hofbräuhaus.

Für heute hatte er alle Termine abgesagt, der Abgeordnete war daheim gefragt. Das Feuer in der Kirche, es hatte die Menschen bewegt. Und wenn die Menschen etwas bewegt, dann müssen die Politiker, die Leute also, die ihre Interessen vertreten, da sein. Wie damals Gerhard Schröder nach der Flut, in Gummistiefeln auf den Deichen. Und jetzt: Ludwig Haderlein im Lodenjanker in den Trümmern der Hudlhubber Kirche Zur Heiligen Mutter Gottes Verkündigung.

Haderlein hatte schon eine sehr genaue Vorstellung davon, wie das ablaufen würde, er an der Spitze einer Traube von Gläubigen, die das erste Mal seit dem Feuer die Kirche betreten, vielleicht funktionierte ja die Orgel noch, irgendjemand könnte sie vielleicht einem kurzen Funktionscheck unterziehen, Bachs Toccata und Fuge am besten. Und er, Haderlein, er würde das Leid und das Elend der Welt betrauern, er würde die Arme in die Höhe reißen und dann würde er, ja, dann würde er sich auf seine Improvisationskunst verlassen, ihm würde schon etwas Bedeutendes einfallen, das dem Augenblick gerecht wird. Und die Hudlhubber würden denken: Wann wird unser Haderlein endlich Minister, und wann der Erste unter den Ministern, denn das ist es, wozu er berufen ist.

Haderlein stellte den Bentley direkt vor dem Gotteshaus ab, marschierte schnurstracks auf den Eingang zu, aber er kam nicht weit. Ein Beamter stellte sich ihm in den Weg.

»Keinen Schritt weiter!«, sagte der Mann.

»Wissen Sie nicht, wer ich bin?«, erwiderte Haderlein.

»Doch, Herr Haderlein, Sie sind Landtagsabgeordneter, ich habe Sie gewählt.«

Guter Mann, dachte Haderlein. »Das freut mich sehr«, sagte er,

»und in dieser Funktion muss ich mir unbedingt selbst ein Bild von der Lage machen.«

»Das verstehe ich wohl, Herr Abgeordneter«, sagte der Kriminalbeamte freundlich, »aber wir können hier niemanden hereinlassen, ehe nicht die Untersuchungen der Spurensicherung abgeschlossen sind.« Nicht einmal den Papst, wollte der Beamte noch sagen, aber das verkniff er sich, deshalb war er ja Beamter. »Sie verstehen das sicherlich, Herr Abgeordneter«, schob er also hinterher.

»Selbstverständlich«, erwiderte Haderlein nicht minder freundlich, »nichts läge mir ferner, als Sie in Ihrer Arbeit zu behindern. Machen Sie weiter so!« Und er hob noch zwei Finger zur Stirn, um die lässige Version eines militärischen Grußes anzudeuten, machte auf dem Absatz kehrt, ohne das Gotteshaus auch nur eines weiteren Blicks zu würdigen, geschweige denn zu überprüfen, was denn überhaupt so an Wahlvolk, das ihn beim Einmarsch durch das Portal hätte begleiten können, anwesend gewesen wäre. Es hätte ihn enttäuscht, denn die Beamten wiesen alle Schaulustigen ab.

Haderlein wahrte die Haltung zumindest so lange, bis er die Tür seines Bentleys hinter sich verschlossen, ihn angeworfen und gen Hudlhubber Ortskern in Bewegung gesetzt hatte. Er platzte gleich. Er fühlte sich gedemütigt. Er fühlte sich entehrt. Wie konnten sie nur ihm, IHM, verwehren, was ihm, IHM, zustand!

Haderlein war nicht nur sauer, er war wütend, er könnte kotzen, zefix, was bildeten sich diese Würmer eigentlich ein? Jetzt hatte er doch extra lange gewartet, Fronleichnam war fast eine Woche her, und die feinen Damen und Herren Kriminalbeamten hatten noch immer nicht ihre Arbeit erledigt? Vielleicht war ja das etwas, was er einmal im Ausschuss Kommunale Fragen, Innere Sicherheit und Sport anbringen sollte, als Beispiel aus der Praxis, wo Kommunale Fragen hinter der Behäbigkeit des Beamtentums zurückstanden, wo die Innere Sicherheit bei diesem Schneckentempo des Vollzugs infrage stand, und Sport, naja, das passte gerade nicht so.

Das einzige, was seine Laune jetzt heben könnte, wäre – ja, was?, fragte sich Haderlein. Ein gepflegter Jagdausflug vielleicht? So ein ehrlicher Zwölfender vor seiner neuesten Jagdwaffe, einem Merkel Doppelbüchsdrilling mit Dreistellungsschieber, das könnte ihn auf andere Gedanken bringen.

Ja, das war eine gute Idee, fand Haderlein, und er fühlte, wie sich seine Stimmung spürbar hob.

38 | DER KERN IM APFELHAUS

Der Hudlhubber Dorfweiher ist ein kleines Schmuckstück. Rundherum sind hohe, alte Bäume gewachsen, etliche davon wird schon der Hudlhubber Dorfphilosoph Matthias Kronleichter (1726– 1754) gekannt haben, der der Nachwelt in seinem Alterswerk »Vom Kreuchen und Fleuchen« (1753) so manche bedeutende Erkenntnis hinterließ, die bis heute nachwirkt. »Mache einen Schrytt zurück, auf dass es doch eyner nach vorn seyn möge«, lautet einer der großen Sätze des Denkers, von dem überliefert ist, dass er seinen Geburtsort nie verließ; so sehr war er seiner Heimat verbunden, dass es ihn nicht einmal ins Nachbardorf zog. Böse Zungen behaupten, er sei einfach ein extrem fauler Hund gewesen, aber das ist historisch durch nichts belegt.

Eine Lieblingsweisheit des Feuerwehrtrupps von Hudlhub ist diese: »Wer seynen Verstand verloren hat, der muss zuvor nicht unbedingt im Besytze eines Ebensolchen gewesen seyn.«
   Definitiv Ausfluss eines ausgiebigen Aufenthalts des Philosophen am Hudlhubber Dorfweiher ist die folgende Erkenntnis, deren Deutungsvielfalt laut dem Landtagsabgeordneten Ludwig Haderlein die gesamte bayerische Geschichte speziell nach der Gründung der CSU beeinflusst hat: »Trage den Frosch zum Teyche, und siehe, er danket es dyr mit lautem Gequake, auf dass der Storch yhn fresse.«

Ja, der Hudlhubber Dorfweiher mit seiner kleinen Insel in der Mitte, zu der ein Steg führt, hat schon viel kommen und gehen sehen. Feste wurden hier gefeiert, Verluste betrauert, Kinder gezeugt, Abendessen gefangen – dieser Ort war von jeher das Ei im Hudlhubber Kuchen, der Kern im Hudlhubber Apfelhaus, die Sonne im Hudlhubber Universum.
   Welcher Ort also könnte besser sein für Bettina, um sich mit denjenigen zu treffen, die die Flamme der Neugier, die längst

entzündet war, weiter nähren konnten? Also nahm sie auf dem Bankerl Platz, dem die Gemeindeverwaltung in erst diesem Frühling eine nagelneue Sitzauflage spendierte. Sie hatte Strickzeug mitgebracht, mal sehen, ob sie es noch konnte. Dass sie einst in Geschichte, Erdkunde, Mathe und Physik nicht eingeschlafen war, hatte sie allein der Tatsache zu verdanken, dass sie einen Pulli nach dem anderen für kalte Winter hergestellt hatte, Mann, war das lange her. Sie beschloss, mit einem Schal anzufangen.

Es hatte sich längst im Dorf herumgesprochen, dass Steffis Tante da war und dass sie gerade Liebeskummer hatte. Das machte das, was sie vorhatte, leichter. Erstaunlich schnell war sie mittendrin im Smalltalk über Hudlhub, über den Pfarrer, die Fronleichnamskatastrophe, aber wenn sie das Thema Kainegg anschnitt, stieß sie zumeist auf eine Mauer des Schweigens. Geschickt führten die Hudlhubber, die an diesem Vormittag am Weiher vorbeischauten, das Gespräch mehr oder weniger direkt weg von diesem Thema.

Dafür war ihnen Bettina eine Nummer zu fremd.

Wie gerne hätte sie mit Steffi drüber geredet, aber Steffi war zunächst in der Arbeit und danach bei Charlie im Krankenhaus. Es würde eine Weile dauern, bis sie zurückkam.

Also machte Bettina genau das, was gerade dran war: Sie strickte.

39 | EINER WACHT AUF

»Nichts Neues«, sagte die Schwester zu Steffi.

Inzwischen brauchte es keinen Chefarzt mehr, sie durfte zu ihrem Charlie auf die Intensivstation, das war doch klar. Steffi streichelte ihm sanft über die Stirn. »Hallo Charlie«, flüsterte sie. »Charlie, ich bin hier.« Keine Reaktion.

So was passiert wohl bloß im Film, dachte sie. Da kommt die Heldin rein, sagt ein paar warme Worte, und das Opfer schlägt die Augen auf. Könnte alles so schön sein, wenn das wahre Leben ein Film wäre, dachte Steffi. Oder ein Buch. Andererseits – wie viele Filme gab es, wo das Opfer dann aufwachte und durch den ganzen Film hindurch weiterlebte, Höhen und Tiefen durchschritt – um am Ende festzustellen, dass das alles nur ein Wachtraum war, dass das Jenseits längst mit dem Diesseits getauscht worden war, und dass alles, was eben war, eben nicht wahr war. Lieber nicht, dachte Steffi.

Da raschelte doch was. Charlie?

Nein, Charlie raschelte nicht, und in diesem Augenblick war auch nichts anderes mehr zu hören als das Piepsen der Messgeräte. »Charlie?«, flüsterte Steffi noch einmal. Sie hatte sich wohl geirrt. Man muss ja auch ganz kirre werden, in dieser Umgebung, in diesem unseligen Zustand zwischen Hoffen und Bangen, in dem nicht viel anderes bleibt, als zu warten, Tee zu trinken, zu beten.

Da.

Da war es wieder.

Jetzt war sie ganz sicher.

Da raschelte jemand, und wenn es nicht Charlie war, dann konnte es nur – der Pfarrer sein.

Steffi drehte sich um.

Und tatsächlich kam Leben in die Apparaturen, an die Hochwürden angeschlossen war.

Auch in den Pfarrer selbst.

Er hatte die Augen geöffnet, und er versuchte die Hände zu bewegen. Das war das Rascheln. Aber mit Bewegen war nichts. Die Arme waren am Bett fixiert, damit er sich seinen Tubus nicht selbst versehentlich herausreißen konnte.

Steffi rief eine Krankenschwester. Die nahm den Pfarrer gleich bei der Hand, drückte sanft zu, und tatsächlich: Er drückte zurück. Die Schwester sah auf das Beatmungsgerät, 2,9 Liter Atemluft pro Minute; noch ein bisschen mehr, dann würde sowieso der Weaningprozess einsetzen, samt der automatischen Tubuskompensation.

»Er wacht auf«, sagte sie, lächelte Steffi an und piepste den Oberarzt an.

»Herr Pfarrer!«, flüsterte Steffi, und sie konnte fühlen, wie dicke Tränen über ihre Wangen liefen. Wenn doch jetzt nur noch ihr Charlie ...

40 | EIN RADLER ZUR RECHTEN ZEIT

Es ging ihr nicht mehr so leicht von der Hand wie damals, das Stricken.

Bettina konnte sich noch gut daran erinnern, dass auch die Jungs eine Zeit lang Strickzeug in die Schule mitbrachten, weil sie sich zurückgesetzt fühlten. Die Mädels durften im Unterricht stricken, sie ihrerseits aber nicht Karten spielen – obwohl sie es mehrfach ausprobiert hatten. Was also blieb den Jungs anderes, als es den Mädels gleichzutun?

Ein kurzer Crashkurs bei den Mamas musste genügen, zwei links, zwei rechts, eins fallen lassen – und schon begann das große Strickvergnügen, das sich allerdings für die Herren der Schöpfung sehr bald als nicht übermäßig vergnüglich herausstellte: Sie bekamen nämlich schmerzhafte Krämpfe in den Händen.

Schmerzen bereitete das den Mädels auch, allerdings im Zwerchfell.

Bettina grinste, als sie von der Erinnerung an diese Zeit eingeholt wurde. Und dann erging es auch ihr so: Die Hände wollten bald nicht mehr. Aber sie hatte Glück. Ein Radfahrer näherte sich dem Dorfweiher, herausgeputzt, als hätte er sich auf der Tour de France verfahren. Irgendwo hatte sie ihn schon mal gesehen, den Mann. Richtig, der Alte, der sie am Freitag auf dem Weg zum Marterl überholt hatte.

»So, heute ohne Postrad unterwegs«, sagte der Mann, nachdem er die Schuhe aus den Pedalen geklickt und die Arme bequem auf dem Lenker abgelegt hatte.

Bettina lachte ihn offen an. »Dass Sie mich überhaupt wahrgenommen haben, bei dem Affenzahn, den sie drauf haben?«

»Ach was, ich war ja nur mit dem Mountainbike unterwegs«, sagte er. »Und? Haben S' was herausgefunden, da draußen?«

»Oh, eine ganze Menge. Dass der Gedenkstein ein Geheimnis hatte, zum Beispiel. Da war eine Kiste drunter.«

»Das hätte ich Ihnen auch so sagen können, ich war damals dabei, als wir sie vergraben haben«, sagte der alte Radler.

»Wie bitte, wirklich?«

»Ja, was meinen denn Sie? Wir waren acht Männer damals, die entschieden haben, dass der Gedenkstein so etwas wie eine Zeitkapsel braucht. Das ist schon ein paar Jahrzehnte her. Ich muss zugeben, wir haben uns ein bisserl einen Spaß draus gemacht, weil damals alle so herumgesponnen hatten.«

»Dann ist das Sterbebild ... eine Fälschung?«

»Was heißt Fälschung, das ist ein großes Wort. Es war eine sehr lustige Nacht, wir hatten viel getrunken, was soll ich sagen ...«

»Was wissen Sie denn von damals?«

»Mei, als Hudlhubber bin ich damit aufgewachsen, aber als ich ernsthaft angefangen habe etwas mitzubekommen, war der Mord auch schon zwei Jahrzehnte her, so alt bin ich nun auch wieder nicht.«

»Das habe ich auch nicht behauptet«, lachte Bettina, »und Sie sind wahrscheinlich fitter als ich.«

Der Radler lachte. »Es war keine einfache Zeit für uns alle – und vor allem war es eine ganz andere Zeit als heute, das dürfen Sie nicht vergessen. Ohne Fernsehen und Radio hat man einfach viel weniger gewusst. Sie machen sich keine Vorstellung davon, wie es damals war, hier, in der Abgeschiedenheit, zu leben. Die halbe Welt war noch nicht wirklich entdeckt, der genetische Code nicht geknackt, und eine Reise nach Italien über die Alpen war noch ein echtes Abenteuer. Und diejenigen, die den Ersten Weltkrieg überlebt hatten und zurückgekehrt waren, konnten den Daheimgebliebenen auch nicht erklären, dass es hinter Augsburg eine Welt gab, die ganz anders aussah. Man hat viel weniger mitbekommen als Sie denken, wenn man im Krieg war. Feldwege, Feldlager, Schützengräben. Das war es auch schon. Die Champs Élysées oder den Eiffelturm hat sicher keiner unserer Soldaten gesehen.«

»Sie sind der Hausknecht Valentin, oder?«, fragte Bettina ihn unvermittelt.

»Hat Ihnen die Steffi also von mir erzählt? Das schmeichelt mir«, sagte der Radler und lächelte.

»Naja, sie und ihr Charlie haben ja eine besondere Verbindung.«

»Das stimmt natürlich«, sagte Hausknecht, »immer schon. Aber jetzt versetzen Sie sich in die Zeit von damals, als die meiste Nahrung noch selbst gemacht war, mit den eigenen Händen gepflanzt, gesät, großgezogen, geerntet oder geschlachtet. Damals bewegten die Menschen nicht Mode und Trends und Amerika, sondern einzig die Frage, ob die Ernte so gut ausfällt, dass die Familie im nächsten Jahr nicht Hunger leiden muss. Vielleicht noch, inwieweit die kleinen Schmuggeleien und krummen Geschäfte mit Kriegskameraden für ein wenig mehr Luft zum Atmen sorgen können. Und dann sterben sechs Menschen in einer Nacht in der unmittelbaren Nachbarschaft. Jeder weiß, dass der Mörder frei herumläuft. Ahnen Sie, was das mit den Leuten gemacht hat?«

Bettina schluckte.

»Wer war das? Und wer ist der Nächste? Gerüchte machten die Runde, was meinen Sie, was das für die unwissenden Menschen von damals bedeutet hat?«, fuhr Hausknecht fort. »Gerüchte von Raub, von abgetrennten Köpfen, die bei Wahrsagern gelandet sind, von Blutschande, von Rache, von Waffenhändlern ...«

Bettina hörte fast atemlos zu, und jetzt musste sie doch einhaken: »Wie, von Waffenhändlern?«

»Naja«, sagte Hausknecht, »es gibt viele Hinweise darauf, dass die Kainegger in dubiose Geschäfte verwickelt waren. Viele Einödhöfe wurden seinerzeit als Waffenlager gebraucht. Nach dem Ersten Weltkrieg wurde viel versteckt. Sie müssen sich vorstellen, dass damals, im Krieg, im Schützengraben Freundschaften entstanden sind. Man vertraute sich. Kurt Harrer war im Krieg, drei seiner Brüder auch.«

»In Kainegg waren also Waffen gelagert?«

»So sagt man«, nickte Hausknecht.

»Und glauben Sie die Geschichte, dass Kurt Harrer im Krieg in Frankreich gefallen ist, oder kehrte er zurück?«

»Also, meine Mutter hat mir immer erzählt, dass er damals gefallen ist. Und er war ja nicht alleine da. Aus der Nachbarschaft waren ja mehrere mit dabei, und die haben bestätigt, dass sie ihn tot gesehen haben. Warum sollte man das nicht glauben?«

41 | VERGELTEND

So, was hätten wir denn da?

Ich kann's ja immer besser lesen, das Kyrillische. Also, das ist Lamm. Wer sagt's denn.

Wo ist der Dosenöffner? Vielleicht sollt ich mal wieder ein wenig aufräumen? Aber warum schon, oder? Hauptsache, meine bayerischen Rauten leuchten schön weiß und blau.

So, wie der Herrgott uns den Himmel gemalt hat. So schön. Und? Magst auch was, Bazi, mein treuer, vierbeiniger Gefährte? Ja, du bist der Allerbeste, wie du mit dem Schwanz wedelst, gell, wir zwei, wir verstehen uns.

Jaaaa, da geh her. Gell, du bist mein bester Bazi! Gut, dass wir zwei uns gefunden haben.

Da, schau, kriegst ein bisserl ein Lamm, aber lass mir auch noch was, ja?

Und danach, da schauen wir nach den Gefangenen, gell? Ob sie auch etwas zu essen haben. Wir sind ja keine Unmenschen, sonst hätt ich ja damals auch in Frankreich bei den Unmenschen auf dem Schlachtfeld bleiben können. Mein Gott, bald 30 Jahre ist das jetzt her. Wie die Zeit vergeht.

Dann komm mal mit, Bazi, dann schaun mer mal.

Oh, und da vorn, da hockt einer und weint. Und er schnäuzt sich mit einem weiß-blauen Taschentuch, mei schau. Was ist, Kamerad? Was fehlt dir? Wunderst dich, dass ein Russe deine Sprache spricht? Wo bistn her? Aus Hohenwart? Ja mei, was bistn so traurig, gib halt die Hoffnung nicht auf. So, Feldpost hast da? Ein Brief vom 12. April 1943. Ja, du liebe Zeit, so lang war der unterwegs, vier Monate.

Gräm dich nicht, Kamerad, du wirst schon wieder heimkommen, du wirst deine Lieben schon wieder sehen. Hast Hunger, mein Freund? Los, Bazi, geh zu und hol ihm eine von den Dosen aus meiner Hütte, ja, lauf, mein Guter. Da, schau her, Kamerad. Iss, stärk dich, und glaube fest daran: Alles wird immer besser.

Glaub das einem, der es am eigenen Leib erfahren hat.

Und wenn du wieder daheim bist, dann sagst einen schönen Gruß vom Kainegger. Machst das für mich? Da dank ich dir recht sakrisch. Vergelt's Gott.

42 | LUFT

»Was ... was ...«, Hochwürden musste sich kurz sammeln. Er wunderte sich, warum er nicht richtig reden konnte; ihm war nicht bewusst, dass er seit einer Stunde nicht mehr intubiert war. Genau genommen war ihm auch nicht bewusst, dass er davor intubiert gewesen war. Als die Eigenatmung wieder funktionierte, hatte der neue Unfallchirurg den Schlauch gezogen, ein hundertfach wiederholter Vorgang.

»Was ... wo ... Fräu-lein Stef-fi ... was machen ...«

»Ganz ruhig, Herr Pfarrer«, sagte sie. »Es ist gut. Sie sind im Krankenhaus. Keine Sorge, Sie schaffen das.«

Fragend schaute sie zur Krankenschwester rüber, die nickte zustimmend.

Also redete Steffi weiter.

»Es gab ein Feuer in der Sakristei, erinnern Sie sich?« Der Pfarrer holte etwas tiefer Luft, schloss kurz die Augen, dann öffnete er sie wieder und nickte.

»Charlie hat Sie rausgeholt!«, sagte Steffi, und sie fühlte, wie da ein Unterton von Stolz mitschwang. Ihr Charlie!

»Gut«, sagte der Pfarrer und machte die Augen wieder zu.

»Ich denke, das ist genug an Information, fürs Erste«, sagte die Krankenschwester freundlich. Da ging auch schon die Tür auf. Der Chefarzt. Festen Schrittes näherte er sich dem Krankenbett, kurze Augenkommunikation mit der Krankenschwester, dann ein konzentrierter Blick auf die Messgeräte. Er nickte zufrieden.

»Brauchen Sie mich?«, fragte er seine Mitarbeiterin leise.

»Wir kommen klar«, sagte sie.

»Da bin ich sicher«, erwiderte der Chefarzt und lächelte den beiden Damen kurz zu. Ein letzter Blick auf Hochwürden, dann wandte er sich ab. »Ich bin in der Nähe«, sagte er nur, dann verließ er den Raum, beide Hände in den Kitteltaschen vergraben. Mit einem leisen Schschsch rauschte die automatische Tür zur

Seite und gab den Weg frei, so dass sich der Chefarzt auf leisen Sohlen davonmachen konnte.

Steffi aber hatte sich ihrem Charlie zugewandt.

»Schau, Charlie, der Pfarrer ist schon wieder da!«, flüsterte sie ihm ins Ohr. »Was ist mit dir?«

Und sie schaute ihrem Charlie konzentriert in die Augen.

Wachstarren, hatten die beiden das mal genannt, als er das mal an einem faulen Sonntagnachmittag nach einem kleinen Mittagsschläfchen bei ihr gemacht hatte.

Wachstarren.

Das funktioniert, dachte Steffi. Es muss.

43 | WAIDMANNSHEIL

Zwei Knopfböcke hatte Haderlein schon ausgelassen, und das tat ihm weh, er wollte heute ein Erfolgserlebnis haben, und wenn hundertmal Rausche war und er sogar ihren Kessel kannte, er wollte heute Abend die Leber einer Ricke auf seinem Teller sehen, und sonst nichts.

Nach drei Stunden in der Kanzel hatte er allerdings die Nase voll, er kletterte die hölzerne Leiter herab und begab sich auf die Pirsch. Er, der heimliche König der Jäger, er würde es allen zeigen, ha, wäre doch gelacht.

Er, Haderlein, er allein entschied hier, in seiner Jagd, über Leben und Tod. Wie ein römischer Tribun. Heute stand Tod auf dem Programm.

Tatsächlich war Haderlein nicht grundsätzlich so blutrünstig, er hatte durchaus verinnerlicht, was es bedeutete, als Jäger die Schöpfung zu bewahren, zu hegen und zu pflegen. Aber manchmal, da musste man eben über die Stränge schlagen. Heute war ein genau solcher Tag.

Haderlein arbeitete sich behutsam vor, er kannte seine Jagd wie seine Westentasche. Am Ende des Farnfeldes wartete der zauberhafte Mischwald auf ihn, dessen eigentümliche Stimmung er liebte. Er war ein Einstand, eine beliebte Rückzugsfläche, und es müsste schon mit dem Teufel zugehen, wenn hier nicht ein Objekt seiner Begierde auf ihn warten würde.

Und, wie hätte es anders sein können: Es dauerte nicht lange, dann sah er sie, die Rehdame, die gemütlich vor sich hinmampfte, die sich unbeachtet fühlte, die damit einen entscheidenden Fehler machte. Ruhig legte Haderlein seine Merkel an, er fühlte sie wohlig-fest auf seiner Schulter. Wirklich ein hervorragendes Gerät, dachte er, die schlanke Drillings-Basküle wog gerade einmal 3,2 Kilogramm, nicht zu leicht, nicht zu schwer, ganz genau richtig.

Dann hatte er die Ricke im Visier.

Ein zauberhaftes Lebewesen, ein wunderschönes Geschöpf Gottes – und ein überaus appetitlicher Braten. Vielleicht würde er den Bürgermeister einladen, was übrig blieb, würde er einfrieren.

Haderlein hielt genau auf den Kopf an, als fermer Jäger würde er natürlich die Waidgerechtigkeit respektieren und dafür sorgen, dass das Tier nicht verluderte. Er würde es also mit einem Schuss tödlich und final treffen, damit es sich nicht noch ins Dickicht schleppen könnte, wo es sinnlos verenden und verderben würde.

Haderlein atmete tief durch.

Jetzt gleich würde dieses schöne Stück Wild in die ewigen Jagdgründe einziehen. Langsam zog Haderlein den Zeigefinger zurück.

Das Reh hielt kurz inne, es drehte den Kopf sanft zur Seite, so dass Haderlein ihm jetzt direkt in die Augen sah, und –

Was war das denn?

Die Hände zitterten, wie war das möglich? Haderlein konnte die Waffe kaum noch kontrollieren, sie schlingerte regelrecht vor ihm hin und her – Mensch, Merkel, was ist denn los? – er war nicht in der Lage abzudrücken.

Haderlein ließ die Waffe sinken, machte einen Schritt zur Seite. Der genügte, dass das zarte Reh die Bedrohung erkannte und sich mit wenigen Sprüngen in Sicherheit brachte.

Haderlein hasste diesen Tag.

Und er hatte nicht den Hauch von einer Ahnung, was da gerade eben passiert war.

44 | EIN WIEDERSEHEN

Der Huberbauer liebte seinen Strich-Acht. Seit Jahrzehnten leistete er ihm treue Dienste, und wenn sie ihn tausendmal fragten, ob er sich denn kein neues Auto leisten könne – ihm war es egal. Sein alter Daimler, der ließ sich immer wieder gut herrichten, er war solide gebaut. Nur dort, wo er früher noch die Saukisten transportiert hatte, im Kofferraum, war ein wenig der Lack ab, aber das war ihm egal. Sein Strich-Acht brachte ihn überall hin, wo er hin musste, warum also sollte er etwas ändern, wo er überhaupt nichts ändern wollte?

Heute hatte ihn sein alter Daimler zum Supermarkt gebracht, in die Spargelstadt, in die Augsburger Straße, aufs Parkdeck oben auf dem Dach. Gemächlich schob er den Einkaufswagen mit all den Dingen, die sein Weibi ihm aufgetragen hatte, vorwärts. Nur ned hudln, das ist eine Botschaft, die der Huberbauer lang schon verinnerlicht hatte.

Hoffentlich hatte er nichts vergessen, denn es war eine lange Liste, die ihm sein Weibi aufgetragen hatte, und sie konnte schon ungehalten, bisweilen sogar garstig werden, wenn er nicht mit allem heimkam, was ihr Begehr war. Wird schon passen, dachte der Huberbauer.

Bernd Zackig war auch eben beim Einkaufen. Er hatte nicht viel Zeit.

Er hatte genau genommen nicht einmal die Zeit gehabt, eine Einkaufstüte mitzunehmen oder auch eine käuflich zu erwerben. Also hatte er einen Berg von Dingen irgendwie in die Armbeuge geschichtet, der Schlüsselbund mit den 14 verschiedenen Schlüsseln, einer war überlebenswichtiger als der nächste, baumelte schwer am kleinen Finger, und wie er den ganzen Haufen unfallfrei in den Korb hinter dem Sitz seiner alten Kreidler Florett werfen würde, damit würde er sich dann auseinandersetzen, wenn er dort war.

Verdammt, die Honig-Salz-Mandel-Schokolade rutschte, und eines der Gläser auch.

Er hatte jetzt keine Zeit, um Stracciatella-Joghurt von der Straße zu kratzen. Jetzt geriet der Maasdamer in Bewegung. Schnell eine Gewichtsverlagerung, geht schon.

Muss gehen.

Keine Zeit.

So viel zu tun. Zackig, Bernd. Los!

»Ja, der Bernd!«

Eine vertraute Stimme, die sich dem Zeitungsreporter zuwandte. Der Huberbauer, ein guter alter Bekannter.

»Servus Huberbauer!«, sagte Zackig und verlangsamte den Schritt,

»wie geht's?«

»Mei, muss. Hast es schon wieder eilig?«

»Schon, hab noch einen Termin.«

»Hast das schon gehört, mit dem Marterl?«, fragte der Huberbauer ungerührt und blieb stehen. Eine willkommene Pause, der Einkaufswagen war nicht leicht zu schieben.

»Ja freilich, ich war selber draußen, hast es nicht in der Zeitung gelesen?«, fragte Zackig und versuchte unauffällig die Einkäufe auszubalancieren. Er konnte jetzt nicht einfach davonlaufen, das gehört sich nicht.

»Nein, mein Weibi hat sie mir gleich weggeschnappt, dann hab ich's nimmer lesen dürfen.« Der Huberbauer verstand wohl Imagepflege zu betreiben und ließ ungern eine Gelegenheit aus, die Klischees über seine Ehe weiter zu füttern.

»Du hast es auch nicht leicht, gell?«, sagte Zackig. »Wie lange kennen wir uns jetzt schon?«

»Ewig. Du warst noch ein Bua. Und seither versuchst du herauszufinden, wer der Mörder war.«

»Ja mei, es ist ja sonst nicht so viel los bei uns.«

»Und? Hast den Mörder schon gefunden?«

Zackig stöhnte und rollte mit den Augen. »Nein, leider nicht. Aber der Wagenbauer war's nicht.«

»Nein, Bernd, der Wagenbauer war's nicht. Und der Harrer

Kurt auch nicht.« Der Huberbauer musterte den Reporter kurz, die Hektik, die ihn eigentlich forttrieb, war ihm anzusehen. In seinem Gesicht, in der ganzen Körperhaltung.

Mach halt langsam, Bub, dachte der Huberbauer. »Mei Bernd!«, sagte er dann. »Du weißt es also wirklich immer noch nicht? So viele wissen es, aber der Herr von der Zeitung hat keine Ahnung. Also, Bernd, jetzt pass mal auf. Jetzt verräumst deine Einkäufe, und dann sag ich's dir. Dein Elend kann man ja nicht mehr anschauen.«

Und Bernd Zackig tat wie ihm geheißen. Und er riss die Augen auf.

Und er staunte nicht schlecht.

Auf einmal ergab alles einen Sinn.

45 | MILITÄRGEHEIMNISSE

»Und? Kennst dich jetzt aus?«, fragte der Huberbauer, nachdem er ächzend Platz genommen hatte.

»Sie kommen ja ganz schön rum, Herr Huber«, sagte Bettina. Sie war irritiert, dass er sie duzte, und sie wusste nicht so recht …

»Ja mei, man muss halt schauen, wo man bleibt, und besonders gern bleib ich für meinen Teil in der Nähe von schönen Frauen«, nuschelte er grinsend und stützte sich auf seinen Wanderstab.

»Sie sind mir ja einer, Herr Huber«, lachte Bettina, »ein richtiger Schwerenöter!«

»Ja mei«, sagte er noch einmal. Jetzt erst hob er seinen Blick und schaute ihr in die Augen. Wäre er jünger gewesen, wäre er womöglich errötet. »Aber hast denn deinen Mörder schon gefunden?«

»Noch nicht«, antwortete Bettina wahrheitsgemäß. »Wie war denn die Geschichte mit dem Waffenhandel aus Ihrer Sicht?«

»Ach, das hast auch schon herausgefunden? Du bist ja eine richtige Detektivin!«, sagte der Huberbauer. »Man sagt, dass die Kainegger Pläne versteckt haben sollen.«

»Was denn für Pläne?«

»Militärgeheimnisse.«

»Herr Huber, geht es denn vielleicht ein bisschen genauer?«

»Also, es soll um Pläne gegangen sein, für eine neue Art der Synchronisation von Flugzeugpropellern und Maschinengewehren.«

»Ich verstehe nur Bahnhof.«

»Geh, Madl, du wirst doch auch schon mal einen dieser alten Kriegsfilme gesehen haben, vom Roten Baron oder so …«

»… ja, den kenne ich. Mit Matthias Schweighöfer. Lecker.«

»… was meinst?«

»Ach nichts. Erzählen Sie weiter.«

»Na also. Und damals, da hatten die Kriegsflieger ihre Maschinengewehre noch oben auf dem offenen Flugzeug montiert. Und damit sie sich nicht selbst abschossen, wenn sie den Abzug drückten, mussten die Ingenieure dafür sorgen, dass die Maschinengewehre und die Propeller so synchronisiert waren, dass die Kugeln immer zwischen den Propellern durchflogen.«

»Das ist ja raffiniert! Und logisch, aber darüber hab ich mir noch nie Gedanken gemacht. Und diese Technik gab es damals noch nicht?«

»Doch, schon, aber man hat auch damals geschaut, wie man die Technik verbessern kann. Vorsprung durch Technik, verstehst? Und in Kainegg sollen neue, geheime Baupläne zwischengelagert worden sein.«

»Ja, und wie sind die Pläne nach Kainegg gekommen?«

»Geh, Madl. Was meinst denn, wie viele Soldaten aus unserer Gegend damals im Krieg waren. Viele, wirklich sehr viele – und da hat man im Krieg eben die richtigen, oder auch die falschen Leute, je nachdem wie man es sieht, kennengelernt.«

»Und deshalb hatten die Kainegger so viel Geld?«

»Das hast jetzt du gesagt.«

Bettina musste das Knäuel wechseln, sie kam langsam wieder in Form. Vor lauter Spannung hatte sie gar nicht gemerkt, dass der Schal, der da entstand, inzwischen für zwei Menschen gereicht hätte. Der Huberbauer wunderte sich nur, sagte aber nichts.

Steffi radelte vorbei und winkte den beiden zu, hielt aber nicht an, sie hatte noch zu tun.

Meik fuhr in seinem Cabrio vorbei, er hatte schon Feierabend.

»Da soll noch einer sagen, dass bei uns nichts los ist, oder?«, scherzte der Huberbauer. »So viel Verkehr. Bald werden wir eine Ampel brauchen, in Hudlhub.«

»Oh ja, die ist ja längst überfällig«, scherzte Bettina. Sie fand immer mehr Gefallen an dem alten Herrn, im Grunde war er ein wirklich netter Kerl. Und er hatte viel mehr auf dem Kasten, als sie zunächst gedacht hätte. »Und wie sehen Sie das mit dem Kurt Harrer?«

»Er ist gefallen, im Krieg. Was sonst?«

»Es gibt Leute, die zweifeln das an. Es gibt Leute, die sagen, er sei fahnenflüchtig gewesen.«

Der Huberbauer lachte kurz, und das Lachen ging in einen kleinen Hustenanfall über. Dann hatte er sich wieder in der Gewalt. Er atmete kurz durch und nahm regungslos zur Kenntnis, wie vor seinem Schuh ein nicht unerheblicher durchaus beeindruckender weißer Haufen Taubenkots landete. Das war hier, in Hudlhub, nicht ungewöhnlich.

»Du musst nicht alles glauben, was dir die Leute sagen«, erklärte der Huberbauer schließlich mit dem Brustton der Überzeugung, »ein jeder hat halt seine eigene Sichtweise. Andere werden dir vielleicht erzählen, dass die Soldaten damals das höchste Leben in Frankreich hatten. Dass sie überhaupt keinen Grund gehabt hätten, sich davonzumachen. Stell dir doch die Menschen von damals einmal vor. Zu Hause mussten sie jeden Tag zwölf, manchmal vierzehn Stunden schuften, am Stück auf dem Acker, sie fielen todmüde ins Bett, und sie wussten nicht, ob sie am nächsten Tag genug zu essen haben würden. Und da drüben, da haben sie gelebt wie Gott in Frankreich. Das höchste Wetter hat es dort gehabt, weißt, wie hier in Bayern der November aussieht? Grau und nass und kalt. Sie aber waren in Frankreich, mussten überhaupt nichts arbeiten, sie wurden bekocht, hatten Baguette und Fromage und Vin rouge und sie waren Männer in schicken Uniformen. Verstehst, was ich meine? So was kommt an bei den Frauen. Langer Rede kurzer Sinn: Ich glaube nicht, dass er sich davongemacht hat. Obwohl ...«

»Obwohl?«

»Naja, es soll ja einen russischen Söldner gegeben haben, der Soldaten aus der Gegend beim nächsten Krieg das Leben in der Gefangenschaft leichter machte, und der soll ja auch immer schöne Grüße an die Kainegger ausgerichtet haben.«

»Also?«

»Ja, aber das muss ja nicht der Kurt Harrer gewesen sein.«

»Schon, aber lesen Sie denn keine Zeitung? Der Bernd Zackig hat mir das noch mitgegeben, als ich bei ihm war: einen Artikel, in dem steht, dass ein Mann aus Pfaffenhofen den Kurt Harrer

1917 auf dem Saumarkt getroffen haben soll. Und der Mann, der das erzählt, hat weder mit Kainegg noch mit Hudlhub noch mit der ganzen Gegend hier irgendwas zu tun. Und die Ermittler im Internet haben inzwischen sichergestellt, dass es diesen Mann, der das behauptet, tatsächlich gab.«

»Nein!«

»Doch!«

»Also, daran kann ich mich nicht erinnern, dass ich das gelesen habe. Aber wie auch immer. Für mich ist der Kurt Harrer in Frankreich gefallen. Und ich bin vor allem sicher, dass er mit dem Mord von Kainegg nichts zu tun hat.«

»Das habe ich ja auch nicht behauptet. Er kann ja auch fahnenflüchtig gewesen sein, den Krieg hinter sich gelassen haben – und nicht der Mörder von Kainegg sein.«

»Du hast ja Ideen, Madl. Du bist mir vielleicht eine! Aber jetzt muss ich heim, schau, da kommt mein Weibi, sie ist fertig mit den Besorgungen ...«

»... hab schon gehört, dass sie recht eifersüchtig sein soll. Sie hat ja auch allen Grund dazu!«

Da musste der Huberbauer lachen, und als er sich noch einmal kurz zum Gruß umdrehte, konnte Bettina erkennen, dass er sich über die geflunkerte Schmeichelei freute. Und der Huberbauer watschelte zu seiner Frau, die nach dem Metzger auch noch den Bäcker besucht hatte, nahm ihr die Einkäufe ab und zog mit ihr von dannen, und seine rosa Leuchtsohlen taten dabei diensteifrigst ihre Pflicht. Ein bisschen hatte das was von Charlie Chaplin, dachte sich Bettina. Naja, wie der sehr alte Charlie Chaplin.

Die Huberbauerin war offensichtlich nicht allzu begeistert von dieser neuerlichen Begegnung ihres Mannes mit Bettina.

»So, das ist sie also, dein neues Flitscherl?«

»Geh, Weibi, jetzt sei halt nicht so, du weißt doch, dass es auf der Welt keine andere für mich gibt als dich.«

»Ja, so ein Geschmarre, ihr Männer seid doch alle gleich und denkt immer nur an das eine. Und hast ihr jetzt alles erzählt, von Kainegg?«

»Ja spinnst? Natürlich nicht, lauter Schmarrn halt.«

»Das wird schon besser sein für dich. Und vergiss nicht: Den Appetit darfst dir holen, da draußen, aber gegessen wird daheim, haben wir uns da verstanden?«

»Selbstverständlich, Weibi!«

»Wird schon gut sein, so.«

»Dass du immer das letzte Wort haben musst.«

»Ja, wer denn sonst?«

46 | NICHT EINFACH ZUSCHAUEN

Für Ideen war in Steffis Kindheit immer Wickie zuständig gewesen. Sie liebte es, wenn der junge Wikinger sich die Nasenflügel rieb, bis er mit den Fingern schnippte und plötzlich waren überall Sterne. Steffi hatte sich nie mit Ylvie identifiziert, wobei es schon okay war, dass Ylvie nicht nur Wickies Kusine, sondern auch seine Freundin war, sie war nicht zu süßlich, nicht zu klischeebeladen, und vor allem war sie nicht plüschig-pink. So gesehen war Ylvie akzeptabel, aber Steffi fand Wickie cool, und überhaupt hatte sie schon als Mädchen lieber mit Jungs gespielt.

Und manchmal, wenn sie eine gute Idee brauchte, dann überlegte sie, was der kleine Wikinger wohl gemacht hätte.

Gerade jetzt brauchte Steffi eine gute Idee, denn der Pfarrer war am Boden zerstört, und das tat ihr weh, sie mochte ihn doch so gern.

Hochwürden hatte die Intensivstation inzwischen verlassen, denn das, was ihm zurzeit am meisten Schmerzen bereitete, konnte hier eh nicht geheilt werden. Seine Kirche! Seine Kirche zur Verkündigung der Heiligen Mutter Gottes, mit dieser wundervollen Marienfigur. Die Sanftheit ihres Blicks trug er mit sich, seit er ihr vor vielen, vielen Jahren, damals noch als Kaplan, gegenübergetreten war. Dann die Sorge wegen Charlie, viele Sorgen, so viele Sorgen. Das mit Theresia hatten sie ihm bisher verheimlicht.

Hochwürden suchte in diesen Stunden immer wieder das Zwiegespräch mit dem Herrn, und er hörte den Herrn mit derselben Stimme wie bei Don Camillo in jenem Seitenaltar der Kirche Santa Maria Nascente in Brescello, das in den Filmen immer Boscaccio hieß, mit ihm reden. Er wusste, dass die Stimme des Herrn eigentlich dem Schauspieler Ernst Kuhr gehörte, und ja, er hatte Theologie studiert, und er kannte das Dritte Gebot, laut dem man kein Bildnis des Herrn anfertigen sollte, und die Stimme war da vermutlich mit eingeschlossen, aber er konnte nichts dafür. Und außerdem hatte er schon in der Schule ein Religionsbuch mit Bildern vom lieben Gott, wie er mit weißen Haaren und weißen Wallegewändern auf einer Wolke schwebte. Von wegen kein Bildnis. Pustekuchen.

Da konnte genauso gut Ernst Kuhr in seinem inneren Ohr weiterleben, so, wie vermutlich bei vielen anderen Menschen auch, und es war eben so, dass der Herr bei ihm eine Stimme hatte.

Jetzt, in diesem Augenblick, dachte er sie sich herbei, weil auch das Halt gab, und was ihm Halt gab und keinem anderen schadete, würde ganz gewiss auch im Sinne des Herrn sein. Er überlegte kurz, ob er diesen Gedanken weiterverfolgen sollte, da ging die Tür auf.

Steffi. Sie sah traurig aus.

»Was Neues von Charlie?«, fragte Hochwürden.

»Er ist stabil«, sagte Steffi, und der Pfarrer spürte, dass sie das sagte, um sich an dem Gedanken hochziehen zu können.

»Ich bin sicher, er wird wieder ganz gesund!«, sagte der Pfarrer, und er wünschte es sich so sehr. Er wollte den Mann, der ihm das Leben gerettet hatte, schließlich möglichst bald fest in seine Arme schließen.

»Herr Pfarrer, ich bin zu Ihnen gekommen, weil ich etwas tun möchte«, sagte Steffi, sie wechselte das Thema.

»Was denn?«

»Wir müssen doch unsere Kirche wieder aufbauen. Ich möchte dazu etwas beitragen.«

»Aber ... wie denn?«

»Das weiß ich noch nicht, lassen Sie uns nachdenken.«

Steffi nahm sich einen Stuhl und setzte sich näher an sein Bett. Erst jetzt bemerkte sie, dass der Pfarrer umgeben von einem Meer von Blumen in seinem Krankenzimmer lag. Florale Genesungsgrüße en masse. Steffi staunte. Frau Haller schien ihren halben Garten abgerupft zu haben, Frau Adler auch. Das Metzgersehepaar Königer und die Bäckerei Huber hatten auf Fresskörbe verzichtet und stattdessen sehr stilvolle Orchideengrüße geschickt, der Himbeer-Toni und seine Elfenbeinprinzessin hatten aus Himbeerblättern ein Gesteck gestalten lassen und Berge von jungen, frischen Himbeeren mitgeliefert.

Fast unscheinbar erschien daneben ein Medaillon, Steffi nahm es und öffnete es. Ein Stich der Madonna von Hudlhub in einer Goldfassung, eine wunderbare Handarbeit, sicher 200 Jahre alt.

»Von Herrn Haderlein«, sagte der Pfarrer, und ein angerührtes Lächeln legte sich auf sein Gesicht.

»Echt?«, rief Steffi, »vom Abgeordneten?«

»Aber nein«, lachte der Pfarrer kopfschüttelnd, »von seinem Großvater. Wir verstehen uns gut, und er hat es mir mit einem sehr herzlichen Gruß schicken lassen. Sein Gruß lautete ...«, und der Pfarrer griff nach einer Karte auf seinem Nachttisch, » ,... und darum überlasse ich Ihnen, mein junger Freund, dieses Bildnis, das mir einst meine Großmutter geschenkt hatte, vor 100 Jahren, denn ich werde nicht mehr lange auf dieser Welt sein, und Sie hoffentlich schon.' Zauberhaft, nicht wahr?«

»Wirklich. Ich habe ihn ja noch nie gesehen, den alten Herrn Haderlein, ich habe nur von ihm gehört.«

»Er kann ja schon seit einigen Jahrzehnten nicht mehr laufen. Ich weiß nicht, wann er Biberg das letzte Mal verlassen hat.«

»Wie alt ist er denn inzwischen?«

»Er hat Johannes Heesters überlebt, also 107 oder 108. Ich hatte einmal ein Gespräch mit ihm über Kainegg.«

»Und hat er was gewusst?«

»Oh ja, ich denke schon. Aber wollten wir nicht über Ihre Idee reden, Fräulein Steffi?«

»Sie haben recht, Herr Pfarrer. Ich möchte Geld sammeln, für die Kirche.«

»Wir werden viel Geld brauchen, Fräulein Steffi.«

»Ich weiß, aber wir können ja mal irgendwie anfangen. Wie wär's mit einer Crowdfunding-Aktion?«

»Sie meinen: Geld sammeln übers Internet? Ich bezweifle, dass das funktioniert, das ist sehr nahe an einer Gebühr, und Sie wissen ja, dass die Kirchensteuer schon jetzt ...«

»Daran habe ich gar nicht gedacht, Herr Pfarrer. Okay, aber wir könnten einen Spendenlauf organisieren, wo man Sponsoren für jeden Kilometer sucht, den unsere Hudlhubber Kinder absolvieren.«

»Nicht schlecht, Steffi, das würde viele Familien einbeziehen, aber, wir haben ja gar keinen gescheiten Sportplatz, sogar der FC Hudlhub ist nur Gast im Nachbardorf.«

»Auch wieder wahr.«

»Wir brauchen etwas, bei dem sich möglichst viele Leute einbringen können, etwas, wo jeder mitmachen kann, weil jeder Hudlhubber davon etwas versteht.«

»Also Essen.«

»Ganz genau.«

»Gute Idee, Herr Pfarrer, dann machen wir ein Kochbuch!«

»Das ist es, Fräulein Steffi! Eine großartige Idee!«

»Dann fange ich gleich damit an, Rezepte zu suchen!«

»Ganz genau! Und in meiner letzten Pfarrei gab es einen Drucker, mit dem ich mich wunderbar verstanden habe. Ihn kann ich fragen, ob er uns das Buch herstellt!«

»Das klingt perfekt!«

47 | BAMBI, LIEBES BAMBI

Seide macht dieses ganz besondere Geräusch, wenn man sie zerknüllt. Eigentlich ist das gar kein Geräusch. Es ist vielmehr ein rauschendes Hauchen, ein wattiges Rascheln, das dem Ohr schmeichelt, das am besten gar nicht aufhört.

Ludwig Haderlein nahm dieses Raschelhauchen in dieser Nacht unaufhörlich wahr, er konnte nämlich nicht einschlafen. Er wälzte sich im Bett, er drehte sich nach links, wobei er sich traditionell äußerst ungern nach links drehte, Politik spielt eben in alle Bereiche des Lebens hinein, selbst dann, wenn man nicht einschlafen kann. Also drehte sich Haderlein wieder nach rechts und zupfte das gestickte Emblem auf seiner Heldenbrust wieder zurecht. »LH«, in geschwungenen, handgestickten und eigens für ihn entworfenen Buchstaben. Sie zierten nicht nur seinen Seidenpyjama, sondern selbstverständlich auch alle Kopfkissen, die Bettdecke, die beiden Teppiche links und rechts des 2,40 mal 2,20 Meter großen Kingsizebetts und natürlich auch das schmiedeeiserne Kopfteil, das Haderlein sich von einem wahren Meister seines Fachs hatte anfertigen lassen. Individualität hatte eine Bedeutung im Leben des Landtagsabgeordneten LH aus Biberg.

Und wieder wälzte er sich auf die andere Seite, dann wieder zurück. Es ging ihm nicht gut, und das war Haderlein nicht gewohnt. Normalerweise legte er sich ins Bett, schloss die Augen und schnarchte auch schon den Schlaf des Gerechten, wie er selbst es ausdrückte, anderen würden in seinem speziellen Fall womöglich alternative Metaphern einfallen. Ihm doch wurscht, er war es jedenfalls gewohnt, im Bett zu schlafen. Nicht heute.

Nicht in dieser Nacht.

Immer wieder tauchte dieses Reh vor seinem geistigen Auge auf, dieses minderwertige Lebewesen, das doch nur geschaffen worden war, um den Menschen als übergeordnetes Wesen auf angenehme Weise vor dem Verhungern und damit vor dem Aussterben zu retten, um sie zu sättigen. So ein Reh, ja gut, es sah ganz niedlich aus, unterm Strich aber war es doch nichts anderes als ein Schädling, der den Wald verbeißt, der also das Gleichgewicht der Natur durcheinander brachte. Für Haderlein gab es da keine andere Sichtweise. Rehe waren dazu da, vernichtet zu werden. Und wenn er das tat, dann machte er das gescheit. Aber er war ein Mensch, er hatte ein Herz, er war sich seiner humanitären Verpflichtung als überlegenes Wesen wohl bewusst. Deshalb sorgte er dafür, dass Rehe, wenn sie denn beseitigt wurden, nicht leiden mussten.

Haderlein erinnerte sich noch gut an das Reh, das ihm vor einer Weile ins Auto gelaufen war. Es war nicht sofort tot gewesen. Auch da hatte er Milde walten lassen, das verstand sich doch von selbst. Er hatte sogar in Kauf genommen, dass seine feinen Lederschuhe schmutzig wurden, als er mit beiden Absätzen auf den Kopf des verendenden Rehs gesprungen war und so die Schädelknochen zerschmetterte, das Hirn und alles, was da sonst noch drin war, zu Brei zermatschte, so selbstlos war er. Und dann hatte er seine Waffe aus dem Kofferraum geholt, und ihm die Rübe weggeballert. Um der Verpflichtung des schnellen Tötens gerecht zu werden, und um ganz sicher zu gehen, dass das Reh auch ganz gewiss keine quälenden Schmerzen erleiden musste.

Warum nur, fragte sich Haderlein, hatte er jetzt den großen Zitterer bekommen, als er den Wald vorhin von einem weiteren Schädling befreien und sich ein karges Abendmahl bescheren wollte?

Er verstand die Welt, die er doch sonst so genau analysieren und interpretieren konnte, nicht mehr.

Es war sicherlich halb fünf, als er dann doch wegnickte. Haderlein grunzte wohlig, als er sich in seinem Kopfkissen vergrub.

Er merkte nicht, dass er ein wenig sabberte, er träumte von einem Rehbraten. Mit feiner Senfsoße. Wichtig, dass man Dijonsenf verwendet. Er hatte auch schon mal Balsamicosenf probiert, aber das war nicht dasselbe. Dazu das Fleisch, noch leicht rosig, außen aber scharf angebraten, gerne mit ein paar Röstaromen. Haderlein führte die Gabel näher an seinen Mund, roch schon den angenehmen, leichten Wildgeruch, ihm lief das

Wasser im Mund zusammen – mmmhm, was für ein Genuss! Er spürte schon die Hitze, die das Fleisch abgab, an seinen Lippen, wie lecker – da wachte er auf.

Haderlein hörte, wie sich aus seinem Körper ein gellender Schrei löste, der wahrscheinlich noch bis Hudlhub zu hören war, und vor seinem geistigen Auge tauchte dieses Reh auf, das Gesicht zoomte auf ihn zu, es wurde größer und größer, es sah ihn aus seinen vertrauensvollen, liebenswerten, warmen, weichen Augen an. Es sah wirklich nett aus, dieses Reh, fand Haderlein.

Er bemerkte, wie auf einmal die eine Hälfte des Kopfes wegbröckelte, wie dem Reh die Haare ausfielen, wie die Haut und das Fleisch schmolzen, wie sich die Knochen auflösten, bis noch das Gehirn, das Auge, der Gehörgang, die Nerven und die Blutbahnen übrig blieben. Aus dem anderen Auge schaute das Reh ihn unvermindert niedlich an.

Haderlein riss die Augen auf und schaute an sich hinunter, da war etwas ungewohnt warm, was war denn das?

Er riss die Bettdecke weg, dann sah er es: Der Herr Landtagsabgeordnete hatte seinen Seidenpyjama und sich bepisst.

48 | PAUSENSNACK

»Mach ma Brotzeit, Brotzeit ist die scheenste Zeit ...«

Ja, wer singt denn da so falsch? Bettina schaute auf und sah, wie wieder jemand auf sie zukam. Sie hatte sich eingerichtet, hier am Dorfweiher.

Sie war dabei, einen neuen Rhythmus zu entwickeln, und der passte sich ans Tempo in Hudlhub an. Aufstehen, duschen, beim Bäcker einkaufen, Kaffee trinken, den Korb mit den Stricksachen packen, ab zum Dorfweiher. Um 11.09 Uhr kam der Bus aus der lebenswertesten Stadt des Universums, der Bürgermeister hatte, nachdem er bei der ÖPNV-Sachbearbeiterin im Landratsamt insgesamt 14 Mal vorstellig geworden war, einen maximal schnellen Drei-Stunden-Takt für die Anbindung der großen, weiten Welt an Hudlhub und umgekehrt durchgesetzt.

Zum fünften Mal in drei Tagen war Bettina jetzt da, sie fand mehr und mehr Gefallen an ihrem neuen Leben, das ein Leben ohne Frank sein würde. Der ging nicht ran, der hob nicht ab, er wich aus, er drückte sich, er mochte nicht, er warf neun Jahre weg, verdammt, dann sollte er tun, was er nicht lassen kann.

Das Leben ging weiter, auch andere Mütter haben fröhliche Söhne.

»So, du bist die Bettina, oder?«, sagte der Mann und setzte sich. Bettina hatte ihn schon mal beim Bäcker gesehen, aber ihr fiel der Name nicht mehr ein. Er hatte nicht nur ein Handtuch über die Schulter geworfen, sondern auch zwei in Alufolie verpackte Gegenstände dabei, einen davon hielt er ihr hin. »Magst auch eine?«

Bettina legte das Strickzeug zur Seite.

»Ja gerne, aber ...«

»Das hat er mir schon erzählt, dass du gerne Fragen stellst, der Huber.«

»Der Huberbauer?«

»Nein, nicht der Huberbauer, sondern der Huber, der Bäcker.

Die beiden sind wohl weitläufig verwandt, aber glaub mir, das sind wir Hudlhubber fast alle.«

»Und seid ihr auch verwandt?«, fragte Bettina mampfend, sie hatte inzwischen die noch dampfende Leberkassemmel entblättert und beherzt hineingebissen.

»Ich schätz' schon«, sagte der Mann. »Die Großmutter vom Huber ist die Kusine der Großtante meiner Mutter, und der Huberbauer ist ein Neffe meines Urgroßvaters«, antwortete er ohne zu stocken. In Hudlhub hat man noch die Zeit, die Stammbäume der Familien auswendig aufsagen zu können.

»Und was verschafft mir die Ehre dieser Leberkassemmel?«, fragte Bettina.

»Mei, der Huber hat mich geschickt, ich war vorhin beim Einkaufen, und da kamen wir wieder auf Kainegg. Ich bin übrigens der Adler Ferdi.«

»Hallo, Herr Adler, dann dank ich Ihnen recht herzlich für die Semmel, sie ist wirklich köstlich.«

»Kannst schon ‚du' sagen, in Bayern macht man das so. Und ich sowieso.«

»Hab schon gehört: Du bist der Schamane, gell? Dann dank ich also dir recht herzlich.«

»Gern geschehen, Bettina. Ab und zu muss man Brotzeit machen, auch wenn man nicht nur in dieser einen Welt unterwegs ist, und wenn man einen Mörder jagt, gell?« Und der Ferdi lachte sein tiefes, brummiges Ferdi-Lachen, das jeder Hudlhubber mit geschlossenen Augen erkannte. Das allein klang schon so betörend, dass jeder, der es hörte, immer auch gleich auf das Flirren der mongolischen Obertöne wartete. Aber mit dieser Fähigkeit ging Adler nicht hausieren.

»Ist das denn so lustig, wenn man einem Mörder auf der Spur ist, der sechs Menschen ausgelöscht hat?«

»Was soll ich sagen«, sagte der Ferdi, und bei dieser Frage musste er erst recht lachen, »das haben schon so viele versucht, über so viele Jahrzehnte hinweg – irgendwann bekommt so etwas tatsächlich eine komische Note, weißt, so eine Art Meta-Ebene.«

»So philosophisch sind die Hudlhubber, dass sie sich mit Meta-Ebenen auseinandersetzen?«

»Ja, glaubst denn du, wir leben hinterm Mond, nur weil hier keine Großstadt ist? Ja, sie schau an! Selbstverständlich weiß ich, was eine Meta-Ebene ist. Erstens, weil unser Hudlhubber Philosoph Matthias Kronleichter mein direkter Vorfahre ist, und zweitens, weil ich schon von klein auf Douglas-Adams-Fan bin, wir lernen nämlich auch in Hudlhub als Kinder lesen, stell dir vor.«

»Douglas Adams.«

»Per Anhalter durch die Galaxis.«

»Ach, das kenne ich, wo die Erde für den Bau einer intergalaktischen Umgehungsstraße gesprengt werden muss. . .«

»... und einige wenige sich mit Hilfe eines elektrischen Daumens und eines Handtuchs auf ein vogonisches Raumschiff retten ...«

»... und darum trägst du auch ein Handtuch über der Schulter?«

»Wer weiß«, sagte der Ferdi und lächelte hintergründig, »immerhin war ja gerade erst Towelday, immer am 25. Mai, gell? Der Handtuchtag.« Er biss ab, kaute, schluckte runter, dann sagte er: »Andererseits komme ich gerade von meiner Yoga-Einheit, da ist es auch ganz praktisch, wenn man ein Handtuch hat. Aber ja: Was da mit Kainegg geschieht, das kann man ja wohl nicht alles so ganz ernst nehmen, oder? Unserem Metzger wurde sogar schon angeboten, dass er da draußen am Mahnmal einen Würstelstand eröffnet. Mit Verlaub: So etwas kann man nur auf der Meta-Ebene betrachten, oder etwa nicht?«

»Dann interessierst du dich gar nicht für den ganzen Hype?«

»Oh doch, und wie. Aber, wie gesagt.«

»Auf der Meta-Ebene.«

»Ganz genau.«

Die beiden kauten eine Weile vor sich hin, und beide kauten sie die Leberkassemmel irgendwie auf der Meta-Ebene, wenn schon noch der Nachklang des Toweldays in der Luft lag, der Tag, an dem Douglas-Adams-Fans des viel zu früh verstorbenen Schriftstellers gedachten. Ford Prefect, Marvin, Zaphod Beeblebrox und der Wal hätten ihre Freude gehabt.

49 | WELTBESTER APFELKUCHEN

»Wie, ein Kochrezept?«

»Na, ein Kochrezept halt.«

»Von mir?«

»Ja freilich von dir, sonst tät ich dich ja nicht fragen!«

»Ja, und warum fragst nicht die Chefin? Sie führt seit Jahrzehnten eine Wirtschaft, steht tagein, tagaus in der Küche, und du kommst zu mir, der Bedienung?«

»Ganz genau, Fanny, ich komm zu dir. Ich hätte gern von dir dein Lieblingsrezept. Für unser Hudlhubber Kochbuch. Und mit den Einnahmen helfen wir alle mit, die Kirche wieder aufzubauen. Und zu deiner Chefin geh ich schon auch, keine Sorge.«

»Ja, Steffi, eigentlich ist das schon eine gute Idee.«

»Ja, freilich ist das eine gute Idee! Du bist ja gut!«

»Also gut, dann wart, ich schreib dir was auf. Ich hab da tatsächlich ein Rezept, das ist der reine Wahnsinn. Ist von einer guten Freundin, einer Wahnsinnsköchin, ich sags dir, die ist echt der Wahnsinn!«

»Reiner Wahnsinn? Ist genau das, was wir brauchen, Fanny!«

Weltbester Apfelkuchen

Zutaten: Fett und Paniermehl für die Form, 100 g Butter, 1 EL Butter für die Form, 200 g Zucker, 2 EL brauner Zucker, eine Prise Salz, 1 Bio-Zitrone, 5 Eier (Größe M), 125 g Crème Fraîche, 150 g Mehl, 1 gestr. TL Backpulver, 1 kg säuerliche Äpfel (z. B. Boskop oder Elster), 1 Päckchen Bourbon-Vanillezucker, 2 EL Zitronenkonfitüre, 4 EL Mandelplättchen, Puderzucker zum Bestäuben

Zubereitung: Backofen vorheizen (E-Herd 200 Grad, Umluft 175 Grad). Eine Springform (26cm) mit Butter fetten und mit Paniermehl ausstreuen. 150 g Zucker, 100 g Butter, abgeriebene Schale von der Zitrone und 1 Prise Salz cremig rühren. 2 Eier und 50 g Crème Fraîche unterrühren. Backpulver und Mehl unter die Masse mi-

schen. In die Form streichen. Die Äpfel schälen, vierteln, entkernen und zügig grob raspeln. Mit dem ausgepressten Saft der Zitrone mischen. (Es sollte sich kein Saft bilden, deshalb zügig arbeiten. Falls sich doch welcher bildet, abtropfen lassen.) Dann die 75 g Crème Fraîche mit den 50 g Zucker, den restlichen drei Eiern und dem Vanillezucker mischen. Mit den Apfelraspeln mischen und auf den Teig verteilen. Zum Schluss die 2 EL braunen Zucker darüber streuen. Dann ab in den Ofen für zirka 35 Minuten. Konfitüre und 1 EL Butter mischen und erwärmen.

Nach den 35 Minuten die Konfitüre-Butter-Mischung auf den Kuchen verteilen und weitere zehn Minuten backen. Stäbchenprobe machen. Der Teig darf nicht mehr am Stäbchen kleben. Kuchen auskühlen lassen.

Mandelplättchen ohne Fett in der Pfanne rösten und über den Kuchen verteilen und mit Puderzucker bestreuen...Fertig. Schmeckt super lecker und saftig ... da bleibt kein Stück übrig.

www.hudlhub.de/kochbuch

50 | ZWEIUNDVIERZIG BREZEN

Bettina fühlte sich immer wohler in Hudlhub, und der Grund, warum sie hierhergekommen war, verblasste an jedem Tag, an dem sie länger hier lebte, immer mehr. Sie hatte eine Aufgabe gefunden, die sie mittlerweile nahezu rund um die Uhr beschäftigte. Sie, die Münsteranerin, die Frau aus der Stadt, tauchte gerade in ein völlig anderes Leben ein. Ein bisschen schrullig war das ja schon alles, aber irgendwie auch nicht.

Allein das schnuckelige, kleine Feuerwehrhaus. Sie musste jeden Morgen aufs Neue grinsen, denn, und das war ihr inzwischen beigebracht worden, normalerweise sind Feuerwehren in Bayern reich. Top ausgestattet, immer vom Feinsten. Nur nicht in Hudlhub.

Da machte man den Aufrüstungsschmarrn nicht mit, natürlich wissend, dass es zwei Stützpunktfeuerwehren gab, auf die man sich im Fall der Fälle verlassen konnte. Dem Feuerwehrtrupp von Hudlhub genügte genau das, was er hatte, und das war sehr, sehr wenig. Und genau das war es, was Bettina so gut gefiel.

Auch heute ließ sie den Gang zum Bäcker nicht aus. Ein Tag beginnt ganz anders, wenn man dabei eine warme, frische Brezen in der Hand hält. Der Verkaufsraum war ihr vertraut geworden, und Frau Sylvie Huber bereicherte ihn auch an diesem Morgen mit ihrer Erscheinung, die definitiv ins Fernsehen gehörte.

»Sie wollen also wirklich ein Buch über uns schreiben?«, fragte sie freundlich, während sie zwei helle Brezen mit wenig Salz eintütete.

»Tatsächlich denke ich darüber nach«, sagte Bettina und lächelte.

»Ich habe die Idee, aber ich weiß noch nicht, ob ich es hinbekomme, ich habe so etwas ja noch nie gemacht.«

»Also, ich werde das Buch kaufen!«, versprach Frau Huber.

Das war der Moment, in dem die Tür aufgerissen wurde, und eine andere Frau Huber hereinstürmte. Sie war dick und grimmig und gar nicht so gut gelaunt.

Sie ging schnurstracks auf die Theke zu und stellte sich genau so hin, dass ihre breite Einkaufstasche Bettina zur Seite drängte.

Als Bettina zurückwich, ging die Huberbauerin direkt noch ein paar Zentimeter hinterher. Die Huberbauerin ließ keinen Zweifel, dass jetzt sie dran war, nur sie, und niemand sonst.

»Zweiundvierzig Brezen!«, bellte sie giftig, und die liebe, zauberhafte Frau Huber zuckte zusammen.

»Zweiundvierzig Brezen!«, sagte sie, »jawohl.«

»Ja, san Sie narrisch, natürlich nicht«, keifte die Huberbauerin, »ja, was glauben denn Sie, Sie werden doch wohl wissen, wann ich einen Scherz mache!«

»Oh, natürlich, Frau Huber«, sagte Frau Huber. »Dann also vier Brezen, Frau Huber, wie immer.«

»Und Sie!«, wandte sich die Huberbauerin Bettina zu, »machen Sie ja keinen Fehler, sonst werden Sie Ihres Lebens nicht mehr froh. Das sag ich Ihnen.« Und sie warf das Geld abgezählt in die für diesen Zweck bereitstehende Schale, schnappte die Tüte, warf sie in die Einkaufstasche, die dadurch noch ein bisschen breiter wurde und Bettina noch mehr in die Enge trieb. Und sie machte so auf dem Absatz kehrt, dass Bettina fast in der Schaufensterscheibe gelandet wäre.

Und Bettina wusste, dass sie es ernst meinte, die Huberbauerin. Sie wusste nur nicht so genau, was sie ernst meinte, die Huberbauerin.

Dachte sie allen Ernstes, sie solle ihren Mann in Ruhe lassen? Das wäre ja in der Tat richtig süß.

Oder meinte sie, sie solle Hudlhub in Ruhe lassen?

Mit diesen Gedanken ließ die Huberbauerin sie stehen, und sie verließ den Laden nicht, ohne der Tür einen solchen Schwung zu geben, dass sie aller Aufschlagdämpfer zum Trotz krachend und scheppernd zufiel – und alle zuckten in diesem Augenblick zusammen, auch der Bäcker nebenan in der Backstube.

Völlig verstört kam er in den Laden gerannt.

»Was ist denn hier los?«, rief er.

»Die Huberbauerin hat ihre Brezen gekauft, Flocki«, erwiderte seine Frau trocken.

»Ach so, natürlich«, sagte der Bäcker und lachte.

Da lachten die anderen auch, aber nur so halb. Und weil sie ahnte, was in Bettina vorging, wiederholte sich die zauberhafte Bäckersfrau: »Keine Sorge, ich werde Ihr Buch ganz bestimmt kaufen. Lassen Sie sich nicht von Ihrem Weg abbringen!«

Bettina sah das in diesem Moment aber doch ein gutes Stück anders.

51 | FLOCKI UND SYLVIE

»Flocki?«

»Ja, Sylvie?«

»Hast eigentlich mit der Bettina einmal über die Kainegger Magd gesprochen?«

»Meinst, über die Waldingerin?«

»Ja, Flocki!«

»Wegen der Geschichte, die Frau Haller erzählt hat?«

»Ganz genau.«

»Du meinst, dass es ja komisch ist, dass man so wenig über sie weiß? Und dass es noch komischer ist, dass der Mord genau in der Nacht passierte, als sie das erste Mal in Kainegg auftauchte?«

»Richtig.«

»Und, dass sie ja nicht nur eine Gehbehinderung hatte, sondern auch sonst als leicht unterbemittelt galt und dass sie ihre Stelle davor vorzeitig verloren hatte und dass sie deshalb womöglich hochgradig frustriert war?«

»Mhm.«

»Und, dass es doch die große Frage ist, ob sie die Leute in Kainegg nicht ertrug und deshalb durchdrehte?«

»Ja, das meine ich.«

»Und, dass man sich nie gefragt hat, ob sie es nicht gewesen sein könnte, die die Burzlers alle ausgelöscht hat, und dass sie selbst dann später womöglich von einem ganz anderen Täter ihrerseits ermordet worden sein könnte, der die Burzlers damit rächte, weil, wer sagt denn, dass alle sechs von ein und demselben Mörder in der gleichen Nacht getötet worden sein müssen?«

»So hat sie es gesagt, die Frau Haller.«

»Und, dass es ja so ist, dass bei der Obduktion nie von einem konkreten Todeszeitpunkt die Rede war, außer dass die kleine Lilly einen zweistündigen Todeskampf geführt hat, woraus man viele Rückschlüsse ableiten könnte, wenn es womöglich am

Ende mehrere Täter gegeben hätte, die auch zu verschiedenen Zeitpunkten zugeschlagen haben könnten, zumal ja wohl auch noch – den Spuren zufolge – verschiedene Hacken zum Einsatz kamen, und dass es ja nicht endgültig auszuschließen wäre, dass die Magd gar nicht nur ein Opfer war?«

»Ja. Und? Hast du ihr davon erzählt?

»Nein, habe ich nicht. Warum sollte ich? Mir san immer noch mir, auch wenn wir alle sehr nette Leute sind.«

»Das stimmt, Flocki!«

51 | AUFFE MUASS I

Fanny mochte Freitage. Freitags, da waren die meisten, die in die Wirtschaft gingen, besser drauf. Freitags, da ging es nicht mehr ganz so genau.

Für die meisten war Freitag ein kurzer Arbeitstag, und alles war irgendwie ein bisserl unbeschwerter.

Sogar der Bürgermeister hatte heute seinen Arbeitstag nicht im Büro beendet, sondern nach langer Zeit war er mit seinem Gesprächspartner wieder einmal zum Essen in die Wirtschaft gegangen, warum denn auch nicht? Es ging um ein wegweisendes Thema, der Bürgermeister wollte auf dem Hudlhubber Friedhof gerne Waldbestattungen zulassen, ein Gedanke, der bei vielen Menschen gut ankam.

Gut, der Zeitpunkt war vielleicht nicht der günstigste, angesichts dessen, dass einer der Feuerwehrmänner gerade noch um sein Leben kämpfte, aber manchmal war das Leben eben so. Und das Gespräch verlief überaus positiv, es war unbeschwert, sehr normal.

Fanny servierte dem Bürgermeister und seinem Gast von der Firma, die das Waldbestattungskonzept anbot, zwei große, dicke Semmelknödel und ein schönes Stück Fleisch, und sie machte es so, dass die Männer ihre Freude daran hatten.

»Schauen Sie«, hörte sie den Geschäftsmann noch sagen, »wenn Sie den Menschen in Hudlhub die Möglichkeit einräumen, unter Bäumen beigesetzt zu werden, dann nehmen Sie dem Sterben ein bisschen etwas von seiner Schwere. Dann wird nicht mehr jeder nur nach dem Kainegger Gedenkstein schauen, sondern das Friedliche wahrnehmen, für das Ihre Gemeinde ja eigentlich steht.«

Und der Bürgermeister nickte. Fanny gefiel der Gedanke auch. Kainegg vorn, Kainegg hinten, natürlich war die Geschichte spannend, aber manchmal, da ging sie den Hudlhubbern auch gehörig auf den Keks.

Als der Geschäftsmann weg war, brachte Fanny dem Bürgermeister noch einen Schnaps. »Aufs Haus, Herr Bürgermeister!«, sagte sie, und baute sich erwartungsvoll neben ihm auf, eine Faust in die Hüfte gestemmt, und ihre prächtige Auslage mit Wonne so präsentierend, dass der Bürgermeister nicht daran vorbeischauen konnte, selbst wenn er es gewollt hätte.

»Das ist fei keine schlechte Idee, Bürgermeister«, sagte sie, »mit diesem Beerdigen unter Bäumen. Das könnte wirklich etwas verändern, gerade mit Blick auf Kainegg.«

»Glaubst, Fanny?«, fragte der Bürgermeister. Er hatte gerade etwas Blutdruck, selbst gehirnakrobatisches Erklimmen von Bergen war anstrengend, und in Gedanken erklomm er gerade hügeligste Höhen, so behände wie die Huber-Buam und Luis Trenker zusammen. Auffi muaß i.

Er trank den Schnaps. »Mei, Kainegg«, sagte er. »Ob das jemals aufhört?«

»Freilich hört das nicht auf«, sagte Fanny. »Schau, sogar die Nachkommen der Mordverdächtigen ermitteln ja inzwischen mit, also die dritte Generation. Die betreiben schon eigene Kainegg-Webseiten. Aber je mehr Zeit vergeht, umso mehr verklärt sich das Ganze. Für viele handelt es sich ja jetzt schon nicht mehr um einen echten Mord an echten Menschen.«

»Ich weiß schon, man muss sich ja nur die Pilgertouren hinaus zum Marterl ansehen.«

»Und die Geisterjäger.«

»Und es ist doch nur noch eine Frage der Zeit, bis Kainegg Stoff für Romane wird.«

»Und für Kinofilme.«

»Schau, Bürgermeister, vielleicht ist ja die Tante von der Steffi diejenige, die einen Bestseller draus macht, und vielleicht kommt ihre Geschichte auch noch ins Kino. Neinnein, mach dir keine Sorgen. Je mehr Tamtam und je weiter weg – umso leichter wird die ganze Geschichte für die Hinterbliebenen der Opfer – und der Täter.«

»Wieso der Täter, Fanny? Glaubst, dass es mehrere waren?«

»Ja, glaubst du das etwa nicht? Bürgermeister, jetzt enttäuschst mich aber, du kommst doch sonst nicht auf der Brennsuppn dahergeschwommen. Wer sagt denn, dass die Kainegger alle in einund derselben Nacht umgebracht worden sind? Hier, in der Gaststube, wird ja oft genug geredet, und einmal, da waren einige dieser Internetforscher hier. Und die haben gesagt, dass es keinen Hinweis darauf gibt, dass die Leichen alle gleich lang tot sind. Und dann habe ich auch im Internet geschaut und gelesen und mir meinen Reim drauf gemacht.«

»Ja, Fanny, du bist mir ja eine, das hätte ich dir ja gar nicht zugetraut.«

Da legte Fanny ihre Hände an die Brüste, schaute den Bürgermeister herausfordernd an und sagte: »Ja, da schaust Bürgermeister, was sich da an Hirnschmalz drin verbirgt.«

Das war der Moment, wo sich der Bürgermeister verschluckte.

53 | WEIL JEDER WEN KENNT

Zackig wollte es jetzt genau wissen. Und wenn er etwas genau wissen wollte, dann war er einer, der sich so richtig in eine Sache reinbeißen konnte. Dann kannte er kein Gestern, kein Heute, kein Morgen. Nun hatte er aufgrund seines Berufs, der ja insofern merkwürdig und eigen war, als er an jedem einzelnen Tag seines Berufslebens erst dann nach Hause gehen konnte, wenn sein Produkt komplett bis aufs letzte i-Tüpfel fertig war, nur an einem einzigen Tag der Woche die Zeit, sich so in eine Sache reinzubeißen, dass er kein Gestern, kein Heute und kein Morgen kannte: nämlich samstags.

Das Blöde dabei: Samstags war vieles zu.

Drum brauchte er schon besondere Verbindungen, um sich samstags beispielsweise in ein Gemeindearchiv setzen und nach Herzenslust in alten Akten blättern zu können. Die hatte er. Es ist halt immer gut, wenn man wen kennt, der einen kennt, der weiß, was geht, wenn wo was geht. Zackig kannte solche Leute.

So ergab es sich, dass er die richtigen Schlüssel für die richtigen Schränke in den richtigen Gebäuden bekommen hatte – und jetzt blätterte er in alten Akten. Sein Ziel: Er wollte wissen, was es denn mit dieser ganzen Kainegger Geschichte um den Mord und speziell mit dem Inzest auf sich hatte. Die Theorie, die ihm der Huberbauer gesteckt hatte, sie ging ihm nicht mehr aus dem Kopf.

Die meisten Unterlagen befanden sich natürlich in Gerichtsarchiven, an die kam auch er nicht leicht ran, zum Glück aber gab es in der Spargelstadt jede Menge Kopien im Archiv. Man musste nur suchen. Das tat Bernd Zackig jetzt.

Er blätterte, er wälzte, er las, er wurde fündig, er war auf der falschen Fährte, dann auf der richtigen, er machte Notizen, bis ihm die Buchstaben vor den Augen verschwammen. Und allmählich, nach und nach, entwickelte sich ein Bild vor seinem geistigen Auge, ein ganz anderes Bild der Geschichte, wie sie sich damals, vor vielen Jahrzehnten abgespielt haben könnte.

54 | INZESTUÖS

Ein Tag war wie alle.

Dieser Tag war wie alle Tage.

Die Last der Arbeit, die Herausforderung des Tagwerks, die Quälerei, die nie enden wollte.

Katharina atmete ruhig auf ihrem Schemel, legte die linke Hand behutsam und mit einer festen Bewegung auf Selmas Flanke.

»So, meine Süße!«, sagte sie, »und jetzt pack mers.«

Mit Tausende Male geübten Griffen packte sie die Kuh am Euter, und wie immer, wenn sie diese einsame Arbeit verrichtete, summte sie eine fröhliche Melodie, meistens Mozart. Mozart mochte sie am liebsten, im Kirchenchor.

Mozart entspannte sie.

Mozart entspannte auch die Kühe.

Mozart legte etwas Weiches in die Kühle des Stalls mit seinen fleckig gewordenen Wänden, jetzt, im schwindenden Spätsommer, am Übergang zum Herbst, feuchtelte er wieder, der nassklamme Nebel schlich sich durch die Öffnungen herein, die Fenster sein könnten, wären dort jemals Fenster eingebaut worden.

Katharina liebte diesen Ort nicht, sie wurde aber auch nicht gefragt. Seit sie Kind war, tat sie, was getan werden musste, ob sie wollte oder nicht, sie kannte es nicht anders. Sie tat es, weil sie es musste, aber sie träumte davon, dass sie das alles hier eines Tages hinter sich lassen könnte. Dass sie hier weg könnte, raus in die Stadt vielleicht. Damit es ihre Tochter Lilly und ihr kleiner Bub, der Theo, einmal besser haben würden als sie.

Eine schwere Hand legte sich auf ihre Schulter. Katharina seufzte.

Es war also wieder so weit.

»Ich komm gleich wieder, Selma«, flüsterte sie der Kuh ins Ohr. Dann stand sie auf.

Langsam ging Katharina die Treppe hinauf zum Dachboden und wischte sich die Hände ab.

Sein schwerer Atem, die noch schwereren Schritte, waren direkt hinter ihr.

Katharina war ganz ruhig.

Oben hatte sie etwas Heu ausgelegt, das machte die Sache bequemer.

Sie öffnete den Gürtel, die viel zu große Arbeitshose rutschte herunter und gab den Blick auf ihre Beine und auf ihre Scham frei, sie hatte nichts drunter.

Der Atem hinter ihr wurde noch schwerer, gieriger.

Sie legte sich hin, drehte sich auf den Rücken und schloss die Augen.

Der Männerkörper war jetzt so nah, dass sie die Hitze fühlte, die er ausstrahlte, ächzend ging der Körper in die Knie, dann kam er ihr nah, zu nah.

Es war ein vertrautes Gefühl für Katharina, sie ließ es geschehen. Es störte sie nicht wirklich, sie kannte es nicht anders. Sie wusste, seit sie Kind war, dass der Männerkörper ihr nicht wehtun würde, mehr musste sie nicht wissen.

Wenige Minuten später kauerte sie wieder unten bei Selma und machte da weiter, wo sie für den Akt der Gier unterbrochen worden war.

Katharina selbst kannte diese Gier nicht, sie hatte sie nie gespürt, nie kennengelernt.

Was sie gelernt hatte, war, bereit zu sein. Die Sache machte ihr nichts aus, und deshalb war sie ihr gegenüber nicht abgeneigt. Auch nicht bei den Jungs, als sie Schülerin war, auch nicht beim Wochenmarkt, wenn sie verkaufte, was auf dem Hof erzeugt worden war und sie die lüsternen Blicke der Männer auf ihrem Körper verharren sah, sie hatte gelernt, dass sie schön, dass sie begehrenswert war. Dann musste die Mutter den Verkauf allein fortsetzen, während sie in irgendeiner Seitengasse, in einem Hinterhof mit Männern die Sache vollzog, denen gerade danach war.

Das eine Mal, als sie die Sache mit ihrem Mann machte, ihrem Angetrauten, demjenigen, mit dem sie bereit gewesen war, den Bund fürs Leben zu schließen, weil das gut war für die Zukunft des Hofs, war anders. Der stille Mann, ihr stiller Mann, hatte Angst vor der Sache, er wusste nicht, wie er sich anstellen sollte, er war geblendet, verschreckt angesichts ihrer Schönheit, angesichts ihres Körpers, den die schwere Arbeit geformt hatte, er war fest, kraftvoll, rund, wo er rund sein sollte. Sie sah so gar nicht aus wie die meisten anderen Frauen der Gegend, sie war nicht schwammig, sie hatte keinen Speck, keine ausladenden Hüften, keine fleischigen, sondern schlanke, gerade Beine.

Ihr Mann konnte damit nicht umgehen, das erste Mal war kein erstes Mal, er kam, bevor er drin war. Das zweite Mal war auch kein erstes Mal, denn da hatte er schon die Angst entwickelt, dass, was beim ersten Mal passiert war, sich wiederholen könnte – und er kam gar nicht. Katharina lernte, dass es für ihn wohl eine große Sache war, erst recht, als es dann im dritten Anlauf zum ersten Mal zum Vollzug kam.

Sie hatte etwas empfunden dabei, denn sie spürte sein Gefühl, das rührte sie an.

Die Sache war dieses eine Mal nicht nur eine Sache. Sie passierte dennoch mit ihm kein zweites Mal.

Was vor allem dran gelegen haben dürfte, dass ihr Mann sie und den anderen Männerkörper wenige Tage später bei der Sache beobachtet hatte. Das war nicht geplant, aber es ließ sich auch nicht mehr ändern.

Ihr Mann war daraufhin zu seinem Hof zurückgekehrt, schweigend, ohne darüber zu reden. Bald darauf meldete er sich freiwillig und zog in den Krieg.

Katharina fühlte, dass mit ihrem Körper etwas anders geworden war, aber es war nicht das erste Mal, dass das Blut auf sich warten ließ. Diesmal ließ es besonders lang auf sich warten, sie behielt es für sich. Als sie bereit gewesen wäre, es ihm zu sagen, war er bereits in Frankreich.

Es gab noch einen Mann, mit dem die Sache nicht nur eine Sache war: Vinzenz Wagenbauer.

Der Ortsvorsteher des Nachbarhofs hatte seine Frau verloren, so früh, viel zu früh.

Er war ein netter Kerl, ein herzensguter Mensch, fast zu gut und zu nett für diese Welt, aber er war nicht gesund, gepeinigt von schwerem Asthma, das ihm die tägliche schwere körperliche Arbeit nicht leicht machte.

Katharina hatte immer schon gespürt, welche Ausstrahlung sie auf ihn hatte, immer, wenn sie in seiner Nähe war, beschleunigte sich sein Atem, sie fühlte seinen Blick auf ihrer Haut, das löste etwas aus bei ihr, sie fühlte sich umgarnt, wahrgenommen, wertgeschätzt, und das wusste sie nicht leicht einzuordnen.

Als dann seine Frau nicht mehr war, geschah die Sache, und Katharina hatte nichts dagegen, dass sie wieder und wieder geschah.

Wagenbauer aber wusste, dass er diese Frau niemals allein für sich haben würde. Er nahm, was er bekam, und das war so lange gut so, bis Katharina eines Tages schwanger war.

»Es ist gewiss von Dir!«, hauchte sie ihm ins Ohr, oben im Heu auf dem Dachboden über dem Kainegger Stadl.

Und er war gewillt ihr zu glauben.

Aber der andere war auch noch da. Der, der vorher schon da war, vor allen anderen Männern. Und er ließ keinen Zweifel daran, dass er noch da war, und dass er auch nicht gehen würde. Die Auseinandersetzungen, die nun begannen, waren zunächst nur laut, dann flogen die Fäuste.

Zwei Männer rauften im Dreck, der eine war älter, hatte dafür kein Asthma, es ging hin und her. Die kleine Lilly ertrug das nicht. Die große Kreszenz, die Bäuerin, drehte sich schweigend weg und ging ins Haus. Katharina aber stand weinend und starrend und hochschwanger daneben und wusste nicht, wie ihr geschah.

»Geh mit mir!«, brüllte Wagenbauer, dann sah er in ihre aufgerissenen, leeren Augen – er wusste, sie würde niemals gehen.

Also ging er.

Als der kleine Theo da war, was für ein zauberhafter, lebendiger, fröhlicher Kerl, er strahlte von der ersten Sekunde an mit der Sonne um die Wette, kam das Thema wieder hoch.

Der Alte musste ins Gefängnis, erneut wegen des Verdachts auf Inzest – und er war deshalb bereits einmal verurteilt worden. Wagenbauer spürte einen zweiten Wind. Würde es jetzt also doch noch etwas werden? Neue Hoffnung keimte auf. Erst recht, als Katharina ihn bat, er möge doch die Vaterschaft anerkennen.

Und sie zeigte ihm, dass es ihr ernst war. Ernst für Vinzenz, vor allem aber ernst für den kleinen Theo, der nicht sein Leben lang als Inzestkind gebrandmarkt durchs Leben gehen sollte. Sie bezahlte den Unterhalt, sie bewies Vinzenz, dass es andere, wichtigere Werte gab als Geld.

Vinzenz stimmte zu, im festen Glauben, dass nun alles anders werden würde.

Noch saß der Alte im Gefängnis, wegen des Inzests, der Weg war frei, und nie waren die Liebe und das Leben so unbeschwert wie in diesen Tagen – bis er wieder da war.

Eine Weile schaute sich Wagenbauer die Dinge an, dann war ihm klar: Hier würde sich nie etwas ändern. Später widerrief er die Anerkennung der Vaterschaft. Er wollte mit dieser Familie nichts mehr zu tun haben, auch nicht, wenn der kleine Theo tatsächlich sein Bub war, sein Sohn, sein Nachkomme. Es dauerte nicht lange, da fand Wagenbauer eine andere Partnerin, eine, die er mit niemandem teilen musste.

Und manches Mal, wenn er – auf dem Weg zu einem seiner Felder – in Kainegg vorbeikam, dann sah er sie, im Hof. Den Alten, im Hintergrund dessen neun Jahre ältere Frau, und die atemberaubend schöne Katharina. Manchmal verharrte er dann für einen Augenblick hinter der Mauer, sah sie an, er musste sie einfach immer wieder ansehen. Sie spürte seine Blicke, jedenfalls kam es ihm so vor, denn fast immer, wenn er dastand, hinter der Hauswand, drehte sie sich nach ihm um, und er zuckte zurück. Sie tat dann so, als hätte sie ihn nicht gesehen. Und fast jedes Mal machte der Alte eine kleine, fast unmerkliche Bewegung mit dem Kopf, und so verschwanden die beiden wieder im Stall, oben auf dem Dachboden im Heu.

Zurück blieb Kreszenz, die wohl sah, was da vor sich ging, die es aber nicht sehen konnte, weil sie es nicht ertragen hätte. Sie wandte sich wie immer wortlos ab, ging hinein ins Haus und verschloss leise die Tür.

Und Wagenbauer beschloss, beim nächsten Mal nicht mehr verstohlen um die Ecke zu blinzeln, weil das immer zu dieser widerwärtigen Machtdemonstration des Alten führte.

Aber als er das nächste Mal wieder des Weges war, hatte er den guten Vorsatz längst vergessen.

Es war spät geworden, an diesem Samstag, wahrscheinlich hatte er »Heute im Stadion« mit Christoph Däumling schon verpasst, mutmaßte Bernd Zackig, als er die letzte Akte schloss und sie säuberlich im Aktenschrank verstaute.

Dann zog er sein Handy raus, um nachzusehen. Oha, 19:14, ausrechnen musst es aber selber, hätte der lustige Österreicher gesagt, den er neulich einmal nach der Uhrzeit fragte, weil er sein Smartphone wieder mal nicht fand, und der ihm eine analoge Rechenaufgabe gestellt hatte: neunzehn geteilt durch vierzehn. Sehr lustig.

Eine gute Viertelstunde blieb ihm noch.

Gleich hatten die Königlich Privilegierten Feuerschützen einen Festabend, Beginn um 19.30 Uhr auf dem Mahlberg – da würde er ein paar Fotos schießen. Und er würde dabei keine Ohrenstöpsel brauchen.

Zackig machte das Licht aus, dann schloss er die Tür und drehte den Schlüssel um.

Eigentlich hatte er für heute genug.

55 | KASPRESSKNÖDEL

»Liebe Steffi, ich muss schon sagen, es freut mich sehr, dass du an mich gedacht hast, ich habe schon gehört, was du hier machst, und ich muss sagen, das ist eine (Kunstpause) groß(Kunstpause) -artige, fantastische, ich möchte sagen ein(Kunstpause) -malige Idee. Ein Kochbuch für die Kirche. Steffi, ich finde es (Kunstpause) wunderbar, was du da tust. Und was genau soll nun (Kunstpause) ich dabei tun?«

»Kochen, Bürgermeister.«

»Kochen. Weißt du, dass Kochen zu meinen ganz großen Leidenschaften gehört, Steffi? Ich habe als (Kunstpause) Kind schon von meiner Großmutter gezeigt bekommen, wie man (Kunstpause) Weißwürscht heiß macht, ohne dass sie (Kunstpause) platzen.«

»Das ist beeindruckend, Herr Bürgermeister!«

»Und sie hat mich gelehrt, dass man gute Zutaten nehmen soll, und dafür stehe ich ja auch ein, und wenn es sein muss, auch mit meinem Namen, dass man weiß, woher die Sau ist, die auf den Tisch kommt, dass man weiß, mit was für Futter sie großgezogen wurde, ich lege da größten Wert auf eine (Kunstpause) lückenlose (Kunstpause) Deklaration. Ich habe schon (Kunstpause) mehrfach über dieses Thema (Kunstpause) Lebensmitteldeklaration mit Staatssekretären und Ministern, ja sogar mit dem (lange Kunstpause) Ministerpräsidenten gesprochen, aber das wird noch ein langer Weg sein, sich gegen die Lebensmittelindustrie(besonders bedeutungsschwangere Kunstpause) -lobby durchzusetzen.«

»Das finde ich gut, Herr Bürgermeister. Aber können wir nun ...«

»... gemeinsam darüber nachdenken, wie wir die Botschaft unseres Matthias Kronleichter (1726–1754) im ganzen Land verbreiten? Das finde ich eine sehr gute Idee, Steffi, ich ...«

»... eigentlich wollte ich ...«

»... aber das verstehe ich doch, Steffi, und ich freue mich, dass du mich in meinem (Kunstpause) Denken und (Kunstpause) Handeln so sehr unterstützt. Ich sehe mich dabei ja nur als (Kunstpause) Diener unserer Bürger, als (Kunstpause) Stimme der Menschen, die mich gewählt haben, die ich (Kunstpause) vertreten darf. Nun aber, Steffi, sei mir nicht böse, dass ich zum Ende komme, denn ... du weißt ... die Termine ... ich muss wieder ...«

»Das verstehe ich natürlich sehr, Herr Bürgermeister. Und was für ein Rezept haben Sie sich nun ausgesucht?«

»Nun, Steffi, ich habe hier etwas, das koche ich manchmal, wenn ich sehr gute Freunde zu Hause habe, und ich bin sehr froh, sagen zu dürfen, dass es mir auch in meiner (Kunstpause) Position gelungen ist, gute Freunde zu finden und zu bewahren, und ich kann nur einem jeden raten, seine Freundschaften zu (Kunstpause) pflegen und (lange Kunstpause) wertzuschätzen. Also, Steffi, pfiad de!«

»Äh, und das Rezept, Herr Bürgermeister?«

»Oh ja, natürlich. Ich habe es schon aufgeschrieben, liebe Steffi. Hier ist es. Bitte sehr.«

56 | KICKEN, ABER SO RICHTIG

Jan-Eric: Mir ist fad

Leon: How come

Jan-Eric: Hudlhub sucks

Leon: Hudlhub ist doch der Mittelpunkt der Welt

Jan-Eric: Jetzt fang nicht auch noch an wie der Tim mit seinem Geseier, das geht mir aufn Sack

Ferdinand: Tim? Wo ist der überhaupt

Leon: Mir doch wurscht

Jan-Eric: Mister wichtigwichtig, der kann mich

Leon: Glaubt, er ist der Mittelpunkt der Welt

Jan-Eric: Er und Hudlhub

Ferdinand: Der Mittelpunkt der Welt ist nicht auf der Erde, sondern in der Erde.

Leon: Kinowissen

Ferdinand: Klar. The Core. Aaron Eckhart und Hilary Swank. Und

Leon: Und Stanley Tucci

Ferdinand: Das meinte ich nicht

Leon: Ich weiß. Ich steh auf Stanley Tucci. Der ist lustig

Ferdinand: Jedenfalls ist die Mitte der Erde der Mittelpunkt der Welt. Und nicht Hudlhub

Leon: Der Kronleichter hat das anders gesehen

Jan-Eric: Ja genau, der Kronleichter, der muss es wissen.

Ferdinand: Ich trinke, also bin ich

Jan-Eric: Descartes

Ferdinand: Nein, Kronleichter. Hat mein Opa immer zitiert. Bei der Morgenhalben. Gegen's Zittern.

Leon: Kenn ich

Ferdinand: Morgenhalbe oder Zittern

Leon: Beides

Jan-Eric: Wenn ich dich morgens anschauen müsste, tät ich auch zittern

Leon: Ich komm gleich rüber

Jan-Eric: Und dann

Leon: Kriegst ein paar in die Fresse

Jan-Eric: Dann wärs mir wenigstens nicht mehr fad.

Ferdinand: Wie wärs mit Fußball

Leon: Xbox?

Jan-Eric: Was sonst! Hättst am Ende Fußball analog gemeint? Spinnst jetzt völlig

Leon: Okayokay. Bei wen

Ferdinand: Bei wem, du Anal-phabet

Leon: Jetzt fängst dann echt gleich eine. Und der Bindestrich vor phabet, der war doch Absicht, oder

Ferdinand: Sag lieber, wo wir kicken

Jan-Eric: Wird Zeit, dass wir hier ein gescheites Netzwerk aufbauen

Ferdinand: Vielleicht legen wir einfach selber ein paar Kat-Kabel

Leon: Ich könnt dir eins rüberwerfen, und du müsstest über die Wohnung deiner Oma durch zum Jan-Eric

Ferdinand: Und die stolpert dann drüber

Leon: Dann nagels halt an die Decke, das wirst können

Ferdinand: Aber der Eichenweg ist dazwischen, weiß nicht ob ein Mähdrescher unten durch kommt, mein Zimmer ist ja nur im ersten Stock

Leon: Google das mal

Ferdinand: Später. Mag jetzt kicken

Leon: Bei wen

Ferdinand: Bei wem

Leon: So kommen wir nicht weiter

Jan-Eric: Ich geh jetzt runter in den Garten und nehme einen Ball mit. Und ihr könnt von mir aus machen, was ihr wollt, ihr Penner

57 | HALLO FRAU BICHLER

Steffi hatte gerade Tee gemacht, Chai für Bettina und sie selbst, und jetzt ging sie mit beiden Tassen in der Hand in Bettinas Zimmer. Sie sang dabei.

»,Schnell' is a Wort, des geht ma langsam aufn Keks, I schneid ja meine Rosn a ned mit da Flex, allerweil Vollgas, bis' an Motor zreißt, ,schnell' is a Wort, des geht ma langsam aufn Geist. Warum ham mir allerweil für nix a Zeit? Warum geht's allerweil um Schnelligkeit? Nur ned hudln, sag i, Leit seids gscheid, gönnts eich doch a bisserl mehra Gmiatlichkeit.«

»Was singst'n da?«, fragte Bettina, und Steffi stutzte. Sie hatte gar nicht bemerkt, dass sie ein Liedchen trällerte, und erschrak.

»Wie? Oh! Äh, sorry!«

»Nein, sag nicht sorry, das klingt schön! Ich mag, wie du singst.«

»Oh, danke! Weißt du, ich habe ein paar Blockseminare an der Popakademie in Mannheim mitgemacht, das hat mir gutgetan.«

»Und was war das für Musik?«

»Och, das war nur von meiner Band, wir machen ein bisserl bayerische Musik.«

»Hast noch mehr?«

»Freilich.«

»Komm, sing mir noch was vor.«

Steffi packte ihre Gitarre aus. E-Dur, Fis-Moll, Gis-Moll, G-Moll, FisMoll, H9. Und sie sang: »Einfach moi a wenig freindle sei, wenn a andra was sogt, na red eam ned glei drei, und du wearst sehng, do renkt se vui wieder ei, weil so wia's naus geht, kimmt's a wieder nei ...«

Steffis Handy klingelte. Der Chefarzt.

Ihr blieb fast das Herz stehen.

»Ja bitte?«, hauchte Steffi ins Telefon.

»Hallo? Frau Bichler?«

»Ja, aber Sie sollen doch Steffi sagen, Herr Doktor!«

»Er ist wach.«

»Er ist wach? Und ... wie ... wie geht es ihm?«

»Sie müssen sich keine Sorgen mehr machen«, sagte der Chefarzt.

»Wenn Sie möchten, können Sie sich jetzt ins Auto setzen und ihn besuchen.«

»Jetzt gleich?«

»Jetzt gleich, Frau Bichler«, sagte der Chefarzt. »Aber bauen Sie um Himmels willen keinen Unfall. Wir hatten genug Katastrophen in den letzten Tagen.«

»Ich danke Ihnen, Herr Doktor. Aber mir gefällt es besser, wenn Sie Steffi sagen, Herr Doktor.«

»Also gut, Steffi. Und: keine Ursache!«

Bettina musste nicht nachfragen. Sie hatte mehr als genug gehört, um zu wissen, was los war. Sie stand auf und schloss ihre Nichte fest in die Arme. »Geh schon. Und bau keinen Unfall vor lauter Überschwang!«

»Warum sagen eigentlich alle dasselbe?«, fragte sie. »Als ob ich schon mal einen Unfall gebaut hätte.«

»Und hast du?«

»Nein, noch nie.« Aber Steffi konnte gerade sowieso noch nicht Auto fahren.

Erst jetzt merkte sie, dass die Tränen ihr die Sicht verwehrten. Sie war so glücklich, so beseelt, sie wusste überhaupt nicht wohin mit all der Freude. Sie konnte gar nichts anderes tun, als Bettina noch fester zu drücken und hemmungslos loszuweinen. All der Druck der letzten Tage und Nächte, die Sorge um ihren geliebten Charlie, alles brach sich in diesem Augenblick Bahn. Und sie ließ es zu, sie hatte verstanden, dass man den Augenblick zulassen muss, dass man Gefühle nicht unterdrücken sollte, wenn sie dran waren. Und jetzt waren Tränen dran.

Es dauerte eine ganze Weile, bis Steffi sich wieder gefangen hatte.

»Ich sollte jetzt erstmal unter die Dusche«, sagte sie.

»Mach das«, erwiderte Bettina und lächelte.

Eine gute halbe Stunde später öffnete Steffi die Tür zum Krankenzimmer.

Charlie lag in seinem Bett.

Er war blass, er war extubiert, er hatte die Augen auf, und die begannen zu leuchten, als er Steffi entdeckte.

»Steffi!«, röchelte Charlie und rückte im Bett ein wenig zur Seite. Und Steffi ließ ihre Umhängetasche auf den Boden fallen, rannte mit schnellen Schritten auf ihn zu, legte sich dann vorsichtig zu ihm auf sein Bett, spürte seine Hand auf ihrer Hüfte und begann, schweigend sein Gesicht zu streicheln. Eine ganze Weile. Irgendwann fand sie dann doch ihre Sprache wieder.

»Charlie. So schön, dass du wieder da bist.«

»Wie lang war ich denn weg?«

»Du hast über eine Woche geschlafen.«

»Über eine Woche«, sagte Charlie und pfiff leicht durch die Zähne.

»Hab ich was verpasst?«

»Du bist ein Chaot, Charlie.«

»Wie meinst'n das?«

»Kannst du dir nicht vorstellen, was für Sorgen ich mir gemacht habe?«

»Das heißt, dass du mich immer noch gern hast?«

»Ja, was meinst denn du, du Penner!«, sagte Steffi und brachte etwas Abstand zwischen sich und Charlie.

Charlie wurde tatsächlich ein wenig rot, und er sah wieder mal unheimlich gut aus, mit seinem braunen Teint, der ihn auch jetzt, in diesem Zustand, nicht wirklich blass erscheinen ließ, mit seiner gesunden, festen Haut, den dunklen Haaren. Er hat wirklich was von Micky Beisenherz, dachte Steffi, und den fand sie ja auch gut. Nur, dass der echte Beisenherz mehr redete als ihr Charlie, aber daran hatte sie sich inzwischen gewöhnt.

Und sie spürte, wie die Tränen schon wieder über ihr Gesicht liefen. Es waren Tränen des Glücks.

Charlie wischte sie sanft mit dem Daumen weg.

»Wie schön, euch so zu sehen«, sagte eine Stimme hinter ihnen. Das war der Pfarrer.

Die gute Nachricht hatte sich herumgesprochen, im Krankenhaus. Der Pfarrer schlief zwar noch viel, aber zwischendurch konnte er schon wieder für kurze Spaziergänge aufstehen. Dass Hochwürden Zutritt zur Intensivstation hatte, verstand sich von selbst.

»Griaß di, Herr Pfarrer«, röchelte Charlie.

»Grüß dich, Charlie!«, sagte der Pfarrer. »Ich habe gehört, dass ich dir mein Leben zu verdanken habe.«

»Weiß nicht«, sagte Charlie, »hat er?« Und er sah Steffi mit großen, unwissenden Augen an, wie ein kleiner Pudel. Aber wie ein sehr hübscher, kleiner Pudel.

Steffi lachte. »Ja, hat er. Du hast mit dem Feuerwehrauto die Sakristei niedergemetzelt, dann bist du in die brennende Kirche rein und hast den Pfarrer aus dem Hauptschiff rausgetragen.«

»Hab ich?«, staunte Charlie. »Echt?«

Da musste sogar der Pfarrer lachen, aber das ging noch nicht so richtig, es klang mehr wie ein Lachröcheln. Egal. Alle wussten, was gemeint war.

»Und wie geht's dem Auto?«

»Schrott.«

»Und die Kirche?«

»Schrott.«

»Und Ihnen, Herr Pfarrer?«

»Schrott!«, sagte der Pfarrer und musste schon wieder lachröcheln. »Nein, geht schon. Den Umständen entsprechend. Hab vielen Dank, Charlie. Und lass dir von mir gesagt sein: Du bist total verrückt.«

Charlie lief schon wieder rot an, er rang kurz nach Worten.

»Manchmal muss ein Mann Dinge tun, die ein Mann tun muss«, sagte er dann nur.

»Wird wohl so sein!«, schaltete sich Steffi ein, und sie sagte das nicht ohne einen aggressiven Unterton. Wobei natürlich auch sie froh war, dass alles gut ausgegangen war. Wobei – da fiel es ihr wieder ein, alles war ja nicht gut ausgegangen.

»Hat man es Ihnen eigentlich schon gesagt?«, wandte sich Steffi an den Pfarrer.

»Was gesagt?«

Steffi biss sich kurz auf die Lippen, vielleicht hätte sie damit lieber nicht anfangen sollen. Andererseits: Vielleicht war es besser, wenn sie es ihm sagte, sie hatten ja ein sehr gutes Verhältnis.

»Es ist etwas passiert, Herr Pfarrer. Theresia, ihr war das alles zu viel ... die ganze Aufregung ...«

»Mein Gott, Steffi, jetzt red halt – was ist mit ihr?«

»Herr Pfarrer, sie hatte einen Herzinfarkt ... aber sie war ja schon so alt ... Und sie hatte ein langes, erfülltes Leben.«

Der Blick des Pfarrers verlor sich in der Ferne. Er nickte kurz, dann drehte er sich auf die linke Seite, sodass die anderen sein Gesicht nicht mehr sehen konnten.

58 | KIRCHGANG

Am Sonntag bekam Bernd Zackig endlich die Gelegenheit, mal wieder in die Kirche zu gehen. Noch nie hatte er sich so sehr darauf gefreut, ein Gotteshaus betreten zu dürfen.

Der Kommandant höchstpersönlich hatte an diesem Morgen die Schicht übernommen, als Tatortsicherung. Unter der Woche war die Kriminalpolizei da gewesen, sie hatte ihre Analyse zwar so gut wie, aber noch immer nicht vollständig abgeschlossen, der Fall war kompliziert. Am Montag würden sie weitermachen. Und die Beamten legten Wert darauf, dass ihnen niemand in die Arbeit pfuschte, während sie frei hatten. Also wurde der Feuerwehrtrupp von Hudlhub gebeten, nach dem Rechten zu sehen, und aus alter Verbundenheit zum Zeitungsschreiber – die beiden waren sich über die Jahre Dutzende Male begegnet, auch in Krisensituationen – sorgte der Kommandant dafür, dass auch Bernd Zackig zu seinem Recht kam. Franz musste nicht dazu sagen, dass Zackig nicht verraten durfte, wann und wer ihn an den Tatort gelassen hatte. Das verstand sich von selbst, der Reporter hatte noch nie einen Informanten preisgegeben, eher wäre er in Beugehaft gegangen, hätte er ein paar Nächte im Knast verbracht – und darüber bei dieser Gelegenheit im Nachhinein eine Reportage über Beugehaft im Knast geschrieben. Leider hatte bisher noch niemand versucht, ihn in Beugehaft zu nehmen. Schade irgendwie, das wäre sicherlich auch eine interessante Erfahrung, dachte er bei sich.

Der Max hatte sie schon gemacht, zumindest so ähnlich. Er hatte in Österreich einen Strafzettel nicht bezahlt, die Mahnungen verfallen lassen, schließlich sollte er für 24 Stunden einsitzen, weil er sich nicht anders läutern ließ. Ließ er nicht, drum fuhr er mit dem Bayernticket bis zur Landesgrenze, ließ sich dort in Gewahrsam nehmen und auf Nachbarlandssteuerzahlerkosten verköstigen; es soll nicht so schlecht gewesen sein, was man ihm kredenzte. Jedenfalls war er satt und ausgeruht, als er 24 Stunden später mit dem Zug wieder nach Hause fuhr. »Kann ich nur empfehlen!«, gab er jedem, dem er die Geschichte erzählte, mit auf den Weg. »Ich für meinen Teil würde es jederzeit wieder tun.« Er sollte die Gelegenheit dazu nicht noch einmal bekommen, obwohl er es eigentlich jedes Mal darauf anlegte, wenn er mit dem Motorrad gen Italien brauste, um an langweiligen Sonntagen mal wieder einen richtigen Cappuccino zu trinken. Mehr als fünfeinhalb Stunden für die Strecke von Hudlhub nach Bozen hatte er jedenfalls noch nie gebraucht. Hin und zurück, wohlgemerkt.

Zackig verspürte etwas wie Ehrfurcht, als er das Kirchenportal passierte.

Als Journalist erlebte er das nicht allzu oft, weil er gewohnt war, allem und jedem auf Augenhöhe zu begegnen, warum auch nicht. Aber hier, in der Ruine zu stehen, von dieser eigenartigen Stille erfasst zu werden, das ließ ihn nicht kalt.

Auf den ersten Blick sah das Portal aus wie immer, einmal abgesehen von ein paar Rußspuren, die sich über die kunstvoll in Stein geschlagene figürliche Darstellung Mariä Himmelfahrt zogen und die immer heller wurden, je näher er der Außenfassade kam.

Es roch beißend nach kaltem Rauch. Immer noch. Zackig staunte. Nach über einer Woche. Das hätte er nicht gedacht.

Zwei Stufen trennten ihn noch vom Hauptschiff, zwei Stufen, über die er schon einige Male gestolpert war, wenn er mal wieder zu spät zu einer Martinsfeier oder zu einem Konzert gekommen war. Jedes Mal vergaß er sie wieder, jedes Mal flog er drüber. Einmal hatte es ihn tatsächlich lang auf die Nase gelegt, der Aufsteckblitz löste sich von der Kamera, um exakt in der verschwiegenen Stille zwischen zwei Händelschen Barocksätzen scheppernd mindestens vier Reihen weit in die Umblätterpause der Streicher hinein über den Boden zu schlittern. Er hatte sich damals wie Freddie Frinton gefühlt, der Butler aus »Dinner for one«, und er war froh, dass niemand auf die Idee gekommen war, ihm einen Spitznamen zu verpassen.

Heute stolperte er nicht, denn Zackig schlich geradezu ins Hauptschiff.

Besagte Ehrfurcht.

Hier hinten, nahe dem Eingang, wäre alles noch gar nicht so schlimm gewesen, einmal abgesehen von den Rußspuren an der Decke und an den Kirchenbänken. Okay, und auch am Boden, aber da hatten die Kriminalbeamten schon eine Gasse in den Ruß getrampelt. Moment, nein, das war nicht nur Ruß, das waren die Reste des Läufers, der im Gang von der letzten Sitzbank bis zum Altar vor reichte. Schwarze, verkohlte, stinkende Fasern, Dreck, Müll.

Zackig fiel auf, dass sich die Schritte anders anhörten, als er sich dem Altar näherte.

Es hallte weniger, es klang stumpfer, dumpfer, mumpfiger.

Der beißende Geruch wurde schlimmer, Zackig musste niesen, aber das fand er unpassend und unterdrückte es. Entsprechend blieb es still.

Unheimlich still.

Vorne am Altar war nichts mehr wie es war.

Die Hudlhubber Kirche Zur Heiligen Mutter Gottes Verkündigung hatte einen prachtvollen Baldachin wie im Petersdom, mit vier sich in die Höhe schraubenden Säulen rund um den Altar herum – gehabt. Natürlich nicht so hoch, nicht ganz so dick, nicht so dunkel, nicht so pompös, nicht so verschwenderisch, alles ungefähr 20 Nummern kleiner und damit – im Gegensatz zum Petersdom – beschützend und bezaubernd wirkend. Der Baldachin, überwiegend in Rotund Gelbtönen, behütete den Pfarrer während der Messe, und zu allen Zeiten die gewaltige Leinberger-Madonna, die seit Generationen das Zentrum des Hudlhubber Gotteshauses war, die Pilger von weit her anlockte, weil sie schon Blinde sehend gemacht haben und einmal sogar eine Träne geweint haben soll.

Der Baldachin, er war nicht mehr, was er einmal war.

Zwei der Säulen standen noch, eine war angeknackst, eine gefallen. Gefallen, das war auch der Altar, der das Allerheiligste bewahrte, nur noch Fragmente reckten sich in die Höhe, so wie die Reste des World Trade Centers auf den berühmten Fotos nach dem elften September.

Zackig glaubte seinen Augen nicht zu trauen, als er die Madonna entdeckte.

Sie schwebte. Vornüber gelehnt lag sie zwischen dem Altar und dem Tisch des Herrn, sie war umgefallen, sie war auf der Stirn gelandet, sie war von den Flammen angegriffen worden, aber sie hatte das Inferno überlebt.

Ob sie wohl jemals noch mal jemand eine Träne weinen sehen würde?

Zackig wischte seine wirren Gedanken weg. Bleib klar, bleib realistisch, sagte er zu sich selbst, die Fantasie ging mit ihm durch. Immerhin: Die Madonna zeigte Rückgrat. Die fast drei Meter hohe Figur hatte den Sturz tatsächlich überlebt, sie war nicht in der Mitte gebrochen.

Unter ihr muss Charlie den Herrn Pfarrer gefunden haben. Geschützt durch sie, von ihr geborgen, behütet von ihrem Schoß.

Zackig entdeckte überall schwarze Balken am Boden. Nachdem er gefühlt eine halbe Million Fotos geschossen hatte, trat er näher. Dann sah er es: Nein, das war kein Holz, das war Stein, das waren Teile des Sternrippengewölbes, die auf den Boden gekracht waren. An einer Stelle waren nicht nur Rippen abgestürzt – als Zackig nach oben blickte, entdeckte er ein gähnendes, schwarzes Loch – der Blick bis hinauf zum Dachstuhl war frei. Meine Güte, was für ein Schaden! Zackig beschloss, den Altarbereich lieber zu verlassen, wer weiß, ob da nicht noch mehr runterkommen würde.

Also näherte er sich der Sakristei seitlich durch die schmalen Sitzreihen des Hauptschiffs.

Die Tür, die dort vorher war, gab es nicht mehr. Aber es war auch kein schwarzes Loch wie oben in der Decke, in das Zackig eben hineinging, genau genommen ging er nach draußen, ins Freie. Die Sakristei, die in Hudlhub als äußerlicher Anbau geschaffen worden war, ein eigener Baukörper mit einem eigenen Dach, der nachträglich an das Haupthaus angefügt worden war, sie war schlicht nicht mehr da. Zackig hatte eigentlich erwartet, jetzt vor einem zertrümmerten Feuerwehrauto zu stehen, aber das hatten die Kriminalbeamten zwischenzeitlich herausgezogen. Was davon übrig war, stand einige Meter entfernt von dem Raum, der einmal die Sakristei gewesen war.

Alles kaputt.

Außer dem steinernen Boden, der von Trümmern übersät gewesen sein muss. Ein paar Plastikklumpen lagen da, ein paar Metallteile schauten raus, vielleicht waren das Teile der Beschallungsanlage für das Gotteshaus. Ein Verlängerungskabel könnte das auch sein, womöglich ein Mehrfachstecker. Für Zackig war es unmöglich, da noch irgendetwas zu identifizieren. Er war gespannt, ob die Polizei mehr herausfinden würde.

Bernd Zackig war erschüttert. Erstaunt.

Wortlos.

Kopfschüttelnd.

Verblüfft.

Dass der Pfarrer und Charlie da lebend rausgekommen waren, aus dieser Flammenhölle – unglaublich.

»Das macht einen sprachlos, nicht wahr?«, sagte Franz, der ihm langsam und behutsam gefolgt war. »Die beiden haben dermaßen unglaubliches Glück gehabt.«

»Ja«, sagte Zackig. »Weißt, was mein erster Gedanke war, Franz, als ich das hier gesehen hab? Ich habe gedacht, ich fall vom Glauben ab. Tatsächlich habe ich jetzt aber ganz andere Gedanken: Wenn hier nicht jemand schützend seine Hand im Spiel hatte ... Wäre ich ein gläubiger Mensch, würde ich jetzt ein Gebet sagen. Das hier ist wirklich – unglaublich.«

59 | HÖR MAL, WER DA ATMET

Irgendwas war.

Bettina hielt den Atem an, sie horchte.

Ja, da war was.

Sie versuchte, sich zu orientieren, sie arbeitete einen kurzen Fragenkatalog ab: 1. Wer bin ich? 2. Wo bin ich? 3. Wie spät ist es? 4. Was tue ich hier? Also gut: Bettina, bei Steffi. Für Frage drei hätte sie den Publikumsjoker gebraucht, aber den hatte ihr Günther Jauch, dieser Schuft, schon bei der 50-Euro-Frage abgeluchst: »Bitte vervollständigen Sie diesen Satz: Im Frühtau zu Berge wir ziehn, fallera, es blühen die Felder, die ... Fallera. – a) Fön, b) Mühn, c) Tön, d) Höhn«, sie hatte es einfach nicht gewusst, weil solcherlei Kulturgut noch nie zu ihrer Lebenswirklichkeit gehört hatte. Keine Ahnung also, es war irgendwie mitten in der Nacht, und das beantwortete zumindest die Frage vier.

Sie war ganz offensichtlich aus dem Tiefschlaf gerissen worden. Irgendein Geräusch.

Die Grille da draußen? Wohl kaum.

Bettina öffnete behutsam die Augen.

Da war ein Schatten. War der hier, im Zimmer?

Schatten springen selten über Schatten, sie treten äußerst ungern aus sich raus. Aber... trat da gerade ein Schatten aus sich heraus? Oder war das nur eine Wolke, die sich vor den Vollmond geschoben hatte?

Bettina wagte es nicht, sich zu bewegen. Ein Gefühl der Beklemmung lag im Zimmer, anders als gestern Nacht und auch anders als in der Nacht davor.

Da war doch jemand. Und dieser jemand war sicher nicht Steffi, was für einen Grund hätte sie gehabt, nachts in ihrem Zimmer herumzuschleichen? Behutsam öffnete sie die Augen, sie sah, dass das Zimmerfenster sperrangelweit auf stand. Hatte sie es gestern Abend vorm Insbettgehen nicht geschlossen? Sie wusste es nicht mehr.

Da. Ein Atmer. Jemand zischte, als hätte er sich den Fuß gesto-ßen, als unterdrückte jemand einen Ausruf des Erschreckens.

Bettina war jetzt ganz sicher: Sie war hier nicht allein.

Da war jemand in ihrem Zimmer, und dieser Jemand suchte etwas, kruschelte in ihren Sachen herum wartete, horchte, suchte weiter.

Bettina überlegte, was sie tun sollte. Licht an und schreien? Und was, wenn der Eindringling bewaffnet war? Oder wäre das womöglich ein guter Moment für ein Stoßgebet? Leider gehör-ten auch Stoßgebete nicht zur Lebenswirklichkeit ihres Kultur-kreises, darum fiel ihr gerade keins ein. Nächste Möglichkeit: lie-gen bleiben und warten? Das erschien ihr sicherer.

So viele Entscheidungen mitten in der Nacht. Bettina stöhnte kurz auf, und erschrak über sich selbst. Das war zu laut. Der Eindringling hielt still. Hielt die Luft an. Er hatte den Seufzer gehört. Er stufte ihn nicht als gefährlich ein. Nach einer Weile machte er weiter.

Bettina versuchte zu erkennen, wie der Eindringling aussah. War er groß? Klein? Dick? Dünn? War er überhaupt ein Mann? Oder eine Frau? Sie atmete so ruhig weiter wie sie konnte, flach, wie sie es gemacht hatte, wenn Frank spät vom Dienst nach Hau-se kam, wenn sie keine Lust mehr auf das hatte, was er womög-lich wollen könnte, weil er noch fit und ausgeruht war, sie aber einfach nur schlafen wollte.

Schmal sah er aus, der Schatten, schlank, sehr schlank.

Der Schlacks schien etwas entdeckt zu haben, er war jetzt drü-ben am Tisch, und da lag ihr Laptop.

Verdammt! Der Mistkerl hatte es tatsächlich auf ihren Laptop abgesehen! Alles, was sie bisher über Kainegg geschrieben hatte, war da drauf. Und sie hatte die Daten nicht gesichert.

Das war ja wohl nicht wahr!

Der Schatten streckte seinen Arm aus, bückte sich und wollte eben zugreifen.

Bettina traf eine Entscheidung. Sie schrie.

Gellend.

So laut sie konnte.

Es war so laut, dass halb Hudlhub von diesem Schrei erwachte, außer dem Bürgermeister. Der hatte wie immer Ohropax in die Ohren gesteckt, um das Schnarchen seiner Angetrauten besser aushalten zu können. Seine Angetraute wachte allerdings auch nicht auf, denn sie hatte sich über die Jahre so an den Lärm ihres eigenen Geschnarches gewöhnt, dass sie nachts nichts aus der Ruhe bringen konnte.

Der Schatten zuckte zusammen, reagierte aber sofort, ließ alles liegen und stehen und sprang aus dem Fenster. Ob das so eine gute Idee war, vom ersten Stock aus?

Offensichtlich war er nicht allein, denn unten, unter dem Fenster fingen helle Stimmen an zu flüstern, Bettina war so perplex, dass sie nicht so richtig in der Lage war, sich zu konzentrieren.

»Au!« – »Pass halt auf!« – »Spinnst!« – »Lasst das Sprungtuch liegen!« – »Hast es?« – »Lasst uns abhauen.« So was in der Art.

Da stand auch schon Steffi im Zimmer und knipste das Licht an.

»Hast du das eben gehört?«, fragte sie. Sie hatte tiefe Augenringe.

»Das war ich!«, schrie Bettina, die gerade aus dem Bett sprang und zum Fenster rannte. »Da war jemand in meinem Zimmer.«

»In deinem Zimmer?« Steffi huschte ebenfalls zum Fenster, und hinten, im Schein des Vollmonds, konnten sie drei Gestalten erkennen, die sich aus dem Staub machten.

»Heeee!«, rief Steffi, aber das hielt die Gestalten nicht auf.

»Bleibt stehen!«, schrie jetzt auch Bettina, allmählich wieder Mut fassend. Eine Weile starrten die beiden noch hinaus in die Nacht, aber da war nichts mehr zu sehen.

Wären sie noch einen Moment länger am Fenster geblieben, dann hätten sie womöglich eine vierte, nicht minder schmale Gestalt gesehen, wie sie sich ganz vorsichtig davonschlich – aber in die andere Richtung.

Bettina sammelte sich einen Moment, dann untersuchte sie ihren Laptop. Er war noch da. Nicht heruntergefallen, nicht geklaut, und so, wie es aussah, nicht beschädigt. Gott sei Dank.

Jetzt erst spürte sie, dass sie zitterte wie Espenlaub.

60 | MITFIEBERND

Er hatte wirklich allen Grund sauer zu sein. Blöde, dieser Papa.

Papa hatte ihm tatsächlich verboten, das WM-Finale anzusehen. Nur, weil er sich weigerte, sein Zimmer aufzuräumen. Haderlein fand das nicht fair. Schließlich war er gerade heuer im Begriff ein super Zeugnis abzuliefern, keine einzige fünf, nicht einen Sechser. Gut, auch keinen einzigen Einser, aber immerhin ein paar Zweier, in Sport, in Reli, in Erdkas und in Kunst, das war doch super fürs zweite Jahr auf dem Gymnasium. Und gerade angesichts der beginnenden Pubertät, das hatte er in der Bravo gelesen, war er ja inmitten einer äußerst problematischen Zeit. Etwas mehr Feingefühl seinem Sprössling gegenüber hätte er da von seinem Vater schon erwarten können.

Fand er.

Also wirklich.

Haderlein wusste genau, was nun zu tun war.

Er öffnete das Zimmerfenster, holte das Kletterseil aus dem Kleiderschrank, befestigte es wie schon so oft am Bettpfosten und ließ sich an der Hausmauer hinab. Dann huschte er geduckt zum Schuppen, wo sein Fahrrad auf ihn wartete.

Von Biberg bis nach Hudlhub ging es nahezu vollständig bergab. Nachher, da würde er über Klein- und Großpalmberg zurückkommen, da war der Anstieg dann nicht ganz so steil. Er war den Weg schon oft gefahren, und er machte ihm nicht viel aus. Trotzdem sehnte er den Tag herbei, wenn er endlich den Führerschein machen könnte. Und er wusste auch schon ganz genau, was für ein Auto er dann haben wollte: einen BMW 1500. Naja, vielleicht auch einen Citroen DS, aber die waren ja jetzt schon nicht mehr leicht zu kriegen, bis dahin waren sie ja schon fast Oldtimer. Oder einen Bentley, der hatte Klasse. Oder doch einen Zuffenhausener. Mal sehen. Vielleicht beides. Einen Bentley für die Arbeit und einen Porsche fürs Wochenende.

Haderlein kam am Dorfplatz an, heute waren alle Männer beim Wirt. Das WM-Finale war alle vier Jahre ein Anlass für ein Gemeinschaftserlebnis, zumal Deutschland mit dabei war, Bundestrainer Jupp Derwall hatte es möglich gemacht.

Haderlein mochte Jupp Derwall nicht, aber er mochte Karlheinz Rummenigge, Paul Breitner und Toni Schumacher. Und genau die wollte er sehen, und er wollte wissen, wie es ausgeht, gegen die Italiener um Rossi, Gentile und Altobelli.

Er ging rein und setzte sich still auf eine Eckbank.

Die Wirtschaft sah aus, wie Wirtschaften zu dieser Zeit in Bayern aussahen. Schwere Vorhänge, meist in beige mit Rottönen, Sitzecken und Stühle aus Eiche, und in der Regel passten die Bezüge der Stühle nicht zu den schweren, gedeckt-bunten Vorhängen. Und ein Stuhl ohne Brandloch durch eine im Rausch aus der Hand gerutschte Zigarette war kein Stuhl. Einarmige Banditen ohne auch nur einen Arm, dafür aber mit einem Stopp-Knopf, der sich damals noch mit nur einem ‚p' hinten schrieb, und auf dem man herumhämmern konnte wie ein Blöder, grad schön, waren ein begehrter Zeitvertreib. Nah an der Theke befand sich immer der Stammtisch, das wurde durch ein mehr oder weniger geschmackvolles Objekt angezeigt, beim Hudlhubber Wirt war es ein alter Ski, der von der Decke hing und in den das Wort »Stammtisch« mit echtem Feuer eingebrannt worden war.

Und die Wand zierten alle Sies und Touts, die die Stammtischgemeinschaft über die Jahrzehnte beim Schafkopfen hervorgebracht hatte, allzu oft kam das ja nicht vor.

Ludwig Haderlein hatte kein Geld dabei, aber von einem Elfjährigen erwartete man auch nicht, dass er zwingend etwas in der Gastronomie verzehrte. Also saß er einfach nur da.

»Griaß de, Wiggerl!«, sagte der Herr Bürgermeister.

»Servus, Bürgermeister!«, antwortete Haderlein.

Der Bürgermeister war ein sehr, sehr alter Mann, ziemlich schwer, komplett weißhaarig, einer, der allein schon durch seine Erscheinung etwas darstellte. Er hatte vor, spätestens bei der nächsten Wahl sein Amt auf seinen Sohn zu übertragen. Den hatte er extra Verwaltungswesen lernen lassen, der Junior arbeitete zurzeit in der Spargelstadt in einer Verwaltungsgemein-

schaft, die seit Kurzem im historischen Pflegschloss unterge-
bracht war.

Nichts Besonderes, das Pflegschloss, einfach ein alter Schuppen, Stein auf Stein, der im Südwesten der Altstadt sein Dasein
fristete und der einst die örtliche Gerichtsbarkeit beherbergt hatte. Bürgermeister Junior hatte hier einen interessanten Lehrmeis-
ter, einen Jungpolitiker, der mit 27 als SPD-Mann Bürgermeister
seiner Gemeinde geworden war, dann zur CSU wechselte und
später auch noch eine eigene Partei gründen sollte, um politisch
voranzukommen.

Heute aber war erst einmal WM-Finale, und Bürgermeister
Junior hatte seine Freundin mitgebracht, die bald seine Verlobte
und sehr bald auch die Mutter seiner Kinder sein sollte.

Sie war feist und rundlich und schwarzhaarig, auch an den
Unterarmen, den Beinen und vor allem in den Achselhöhlen,
aber sie hatte viele andere Werte. Bürgermeister Junior würde in
einen der größten Höfe der Umgebung einheiraten, und er liebte
sein Kuschelhaserl über alles.

Haderlein setzte sich mit seinen Oberschenkeln auf seine
Hände, damit er ein paar Zentimeter größer wurde. Das Spiel
lief schon, aber noch tasteten sich die beiden Mannschaften ab.
Genau genommen passierte überhaupt nichts, in dieser ersten
Halbzeit im Bernabeu-Stadion.

Zeit, sich in Ruhe umzusehen.

Neben der Theke stand ein Kinderwagen, und weil gerade
nichts zu tun war, schaukelte ihn Resi, die Bedienung, sanft hin
und her. Und sie beugte sich ein wenig zu ihrer Tochter herunter.

»So, meine kleine Fanny, geht's dir gut? Du bist eine ganz Süße,
gell, meine kleine Fanny!«, sagte sie, lachte beseelt und schob
noch diesen Hinweis hinterher: »Dutzidutzidutzi!«

Rummenigge bekam den Ball, alle Hudlhubber sprangen auf,
einige standen schon auf ihren Stühlen. Dann schoss Rummenigge daneben.

Einer blieb ganz ruhig. Der, den sie den stillen Johann nannten.

Der saß wie immer an seinem Platz im Eck, Haderlein kannte ihn gar nicht anders. Wie festgewachsen hockte er da, auf der Ofenbank, sah niemanden an, redete mit niemandem, er war tatsächlich ziemlich still.

Zu seinen Ritualen gehörte es, dass er die Heimatzeitung von der ersten bis zur letzten Seite ausgiebigst studierte, er hatte ja Zeit, er hatte schon vor langer Zeit aufgehört zu arbeiten, sein Hof war in der Familie geblieben, er selbst hatte keine Kinder.

Haderlein hatte die Resi schon mal in einer stillen Stunde auf ihn angesprochen: »Du, Resi, warum sagt denn der stille Johann immer nix?«

Da hatte sie gelacht, die Resi, und dann hatte sie sich zu ihm vorgebeugt, fast genau so wie eben zu ihrer Tochter Fanny, und dann hatte sie es ihm gesagt. Ganz leise, dass es niemand sonst hören konnte.

»Weißt, Wiggerl«, flüsterte sie, »die Leute sagen, dass der stille Johann sehr viel weiß über Kainegg. Denn der stille Johann ...«, und jetzt berührten ihre Lippen fast sein Ohr, Haderlein fand das irgendwie kribbelig, ein bisschen machte ihn das aber auch schwindelig, und er wusste nicht so recht, was er davon halten sollte, »... der stille Johann ist einer der Brüder vom Kurt Harrer. Du weißt, wer Kurt Harrer war?«

Haderlein nickte: »Der Mann von der schönen Katharina.« Er versuchte es so zu sagen, dass Resi nicht auf die Idee kam, ihm die Nähe ihrer Lippen zu entziehen, sie tat ihm den Gefallen.

»Genau, Wiggerl. Und manche glauben, dass der stille Johann genau weiß, was damals passiert war und wer der Mörder war. Und deshalb ist er Zeit seines Lebens ein Außenseiter. Und ...«, jetzt kicherte Resi ganz leise, »... er ist auch eine sehr gute Partie. Du weißt, was eine gute Partie ist, oder Wiggerl?«

»Ja, ich!«, flüsterte er, »Meine Oma sagt das immer, dass ich mal eine gute Partie sein werde.«

»Das stimmt!«, sagte Resi, jetzt musste sie sich doch aufrichten, weil sie erst einmal schallend loslachte.

»Pssst!«, zischten die Fußballfans erbost.

»Is ja gut, Männer!«, sagte die Resi. Dann legte sie ihre Lippen wieder an Haderleins Ohr. Der war wie versteinert sitzen geblieben.

»Und weil er so eine gute Partie war und nicht heiraten wollte, und unsere Wirtin auch, haben die beiden – was gemacht?«

»Sie haben sich geheiratet?«

»So ist es, Wiggerl. Und darum ist der stille Johann heute sozusagen der Wirt. Oder der Mann von der Wirtin, ganz, wie man will.«

»Und wer war denn nun der Mörder von Kainegg?«

»Das, mein kleiner Wiggerl ...«, setzte Resi an, und ihr entging nicht, wie Haderlein sich entsetzt aufrichtete, »... verzeih bitte, mein großer Wiggerl, das musst du ihn schon selber fragen.«

Und Haderlein blickte rüber zum stillen Johann, der schaute kurz grußlos zurück, um sich dann wieder seiner geliebten Heimatzeitung zuzuwenden. Vorn im Fernseher passierte eh nichts. Typischer Derwall-Fußball.

Haderlein traute sich dann doch nicht, das Spiel bis zum Ende anzuschauen.

Plötzlich hatte er die fixe Idee, dass der Vater ein Einsehen haben und ihn doch noch ins Wohnzimmer holen würde.

Haderlein radelte nach Hause, verpasste die 1:3-Niederlage durch Treffer von Rossi, Tardelli, Altobelli und Breitner und quälte sich den Anstieg über Klein- und Großpalmberg hinauf, stellte sein Radl ab, kletterte das Seil zu seinem Zimmer hinauf und stieg durchs Fenster.

Drinnen wartete der Vater auf seinem Bett.

Er sah nicht wirklich entspannt aus, Haderlein konnte die Adern an seinem Hals und an seinen Schläfen pulsieren sehen.

Oh-oh, dachte Haderlein, jetzt gibt's Ärger.

Da holte der Vater tief Luft und mit der rechten Hand, die einen Ledergürtel festhielt, Schwung.

61 | DEIN FREUND UND HELFER

Es war die Zeit für Rotwein. Für schweren Rotwein.

An Schlaf war eh nicht zu denken. Einbrecher.

Unglaublich.

So was gibt es doch bloß im Fernsehen.

Steffi schenkte nach. Sie versuchte nur wenig zu trinken, in wenigen Stunden begann ihr Dienst – die kurze Nacht allein würde ihr nachher schon genug in den Knochen stecken, dann der Schreck. Und Steffi war pflichtbewusst, sie machte keine halben Sachen.

Aber eigentlich war auch ihr in diesem Augenblick nach Alkohol. Nach viel Alkohol.

Was für ein gruseliges Gefühl, dass da ein fremder Mensch in ihrer Wohnung, in ihrer Burg, in ihrer Comfort Zone, in ihrem Heim eingedrungen war. Sie empfand das nicht nur als Eindringen in ein Gebäude, nein, dieser Einbrecher hatte ihrer Wohnung etwas genommen, dessen Existenz ihr bis eben gar nicht bewusst war und das sie jetzt dennoch schmerzlich vermisste: Sicherheit.

Steffi holte eine Kerze heraus und zündete sie an. Das sollte den Raum reinigen, vertreiben, was hier nicht reingehörte.

Gedankenverloren sah sie in die Flamme, ließ mit beiden Händen den Engelsrufer, den sie seit vielen Monaten um den Hals trug, bimmeln.

Das fühlte sich gut an. Immerhin.

Bettina drückte nicht minder gedankenverloren irgendwelche Tasten ihres Smartphones.

Es war natürlich kein Zufall, dass die Wahlwiederholungstaste besonders oft dabei war.

Gerade in diesem Augenblick hätte sie ihn so gerne bei sich gehabt.

»Auf der Reeperbahn nachts um halb eins«, ließ sie sein Handy singen, wenn er es denn nicht auf lautlos geschaltet hatte. Er ging ja sowieso nicht ran.

Franks bayerische Kollegen aus der Spargelstadt hatten indes getan, was man tun kann: Sie waren schnell da gewesen, das war schon mal gut. Leo Preckel hatte Dienst, und mit seiner sicheren, ruhigen Art fand er den angemessenen Ton. Er und sein Kollege untersuchten den Fensterstock auf Fingerabdrücke, sie fanden einige. Unten, vor dem Haus, fanden sie das reichlich zertretene Blumenbeet vor, mit Turnschuhabdrücken der Größen 37 bis 41. Das waren keine Männer da unten, das waren Jungs. Und offensichtlich hatten sie ein Feuerwehrhaus geplündert, denn da lag ein Sprungtuch, und das lässt sich bekanntlich nicht ohne Weiteres im Supermarkt erwerben, das muss schon gezielt besorgt worden sein – zur Absicherung, im Fall des Falles.

Sie würden morgen die umliegenden Feuerwehren abklappern. Preckel entschied, dass die Information, woher genau das Sprungtuch nun stammte, nicht so elementar war, als dass man dafür Ehrenamtliche aus dem Bett sprengen musste.

Dann redeten Preckel und sein Kollege noch einmal beruhigend auf die beiden Damen ein, fragten nach, ob es okay wäre, sie für den Rest der Nacht allein zu lassen, und nachdem die beiden Damen, sichtlich gestärkt und entspannter als bei ihrem Eintreffen wirkten, zogen sie wieder ab.

Der nächste Fall wartete, und auf dem Land war die Besetzung der Polizeiinspektionen ja auch nicht mehr so üppig wie in früheren Zeiten. Der Staat näht ja gern mal auf Kante, wo der Widerstand nicht zu laut ist, um ausreichend Mittel zu haben, die an anderer Stelle mit vollen Händen aus dem Fenster geworfen werden können, wenn irgendwo ein Lobbyist wieder einmal vorbildliche Arbeit geleistet hatte.

»Wie spät ist es eigentlich?«, fragte Bettina, nachdem sie eine ganze Weile geschwiegen hatte.

»Gleich fünf.« Steffi gähnte.

»Und wenn wir uns doch noch mal kurz hinlegen?«

»Ne Stunde Powernapping wär' wahrscheinlich nicht so schlecht.« Steffi graute bei dem Gedanken, dass sie spätestens um sieben in der Verteilzentrale sein würde.

Die beiden nickten sich zu, legten sich hin und waren beide innerhalb weniger Minuten eingeschlafen.

62 | NICHT GUT KIRSCHEN ESSEN

Sylvie Huber lieferte zweibis dreimal am Tag die Semmeln und Brezen für die Metzgerei an. Die immense Auswahl der Handwerkergerichte lief in Hudlhub ziemlich gut, Leberkassemmeln, Wiener mit Brezen, Wurstsemmeln mit und ohne Gurke, das Spektrum war ja von jeher bayernweit relativ einheitlich, selbstverständlich fleisch- und fettlastig, die Morgenhalbe brauchte halt ein Gegengewicht. Und die Morgenhalbe hatte jahrzehntelang eine große Tradition, das kam bekanntlich von der körperlich anstrengenden und fordernden Feldarbeit. Die Bierkalorien und die Elektrolyte gaben Kraft und die Energie, um – bis man abends todmüde ins Bett fiel – durchzuhalten.

Sylvie Huber war heute wieder besonders lieb zurechtgemacht, sie hatte die blonde Mähne keck hochgesteckt, das Kindchenschemagesicht mit der hohen Stirn, der kleinen Nase, den vollen Lippen und dem kleinporigen Teint kam so noch besser zur Geltung. Unter dem Corporate Identity gebenden Kittel, den alle Verkaufsbediensteten in der Bäckerei Huber trugen, lugte nur noch ein schmaler Rand des leichten Sommerkleidchens hervor, das den Blick auf die braungebrannten Beine freigab. Sie musste die großen Körbe mit der Ware dennoch allein tragen, die meisten waren viel zu sehr mit Schauen und Staunen beschäftigt als dass jemand auf die Idee gekommen wäre, ihr die schwere Last abzunehmen.

Sie dachte sich nichts dabei.

»Sodala«, sagte sie, »40 Sternsemmeln, zwei Vollkornund eine Dinkelsemmel für den Fall der Fälle und 30 Brezen. Wie immer.«

»Passt, wunderbar«, sagte Metzger Xaver Königer und grinste. Er hatte gestern bis spät in den Abend gewurschtet, seine legendären Hudlhubber Knacker mit einer Prise Majoran, deren Aroma ganz leicht durchschmeckte, heute war er nicht ganz so fit. »Sag mal Sylvie, weißt du eigentlich mehr von dem Überfall heute Nacht?«

»So, geht das schon rum? Ja, freilich«, sagte Sylvie und zupfte sich die Spitzen des Bäckereikittels zurecht, »die Steffi hat's uns gleich heute Morgen erzählt.«

»Ach, ein Überfall war das?« Frau Bürgermeister, die gerade mit Frau Königer die Einkaufsliste abarbeitete – 600 Gramm Schnitzel, drei paar Gschwollene, 200 Gramm italienischer Schinken, 100 Gramm Finocchionasalami, 150 Gramm Leberwurst, ein Topf Fleischsalat und noch etwas, das sie nicht lesen konnte, da hatte sie wieder geschmiert als sie ihre Notizen machte – schaltete sich ein.

»War das der gellende Schrei, von dem alle erzählen? Ich hab ja nichts gehört, und mein Mann auch nicht, wie er mir sagte, bevor er ins Landratsamt gefahren ist. Zwischen 7 und 8 Uhr hat deswegen heut morgen mindestens 30 Mal das Telefon geklingelt.«

»Das habe ich auch schon gehört«, sagte Frau Haller, die eben zur Tür reinkam und nur noch den Schluss mitbekommen hatte. Das genügte. »Die Nachbarn haben gesagt, dass zwei bis unter die Zähne bewaffnete Mörder bei der Steffi in die Wohnung eingedrungen sind und versucht haben, sie zu entführen. Und dass ihr dann ihre Tante zu Hilfe kam, und dann ist einer der Mörder aus dem Fenster gestürzt, und sein Kumpane hinterher gesprungen, und dann sind sie davon.«

»Naja, so ungefähr«, sagte Sylvie, sie versuchte ernst zu bleiben. Dann gab sie weiter, was Steffi erzählt hatte.

»Es war jedenfalls haarscharf«, schloss sie.

»Sie stellt zu viele Fragen«, schlussfolgerte Frau Haller angesichts der Ereignisse der Nacht.

»Wie meinen S' das?« fragte Sylvie Huber.

»Was muss diese Fremde denn da auch herumwühlen in dieser uralten Geschichte«, schaltete sich die Bürgermeisterin dazwischen. Wenn sie anhob etwas zu sagen, kehrte rundherum regelmäßig Ruhe ein, alle im Ort wussten, dass mit ihr nicht gut Kirschen essen war.

»Es ist nicht gut, in der Vergangenheit herumzuwühlen, schon gar nicht in dieser Vergangenheit.«

Niemand hatte Lust, sich mit Frau Bürgermeister anzulegen.

In Hudlhub sagt man, sie wäre einer der wesentlichen Gründe für die hervorragenden Wahlergebnisse ihres Mannes: Man hatte einfach Mitleid mit ihm und verhalf ihm per Urnengang kollektiv zu einem Job, der ihn maximal oft maximal weit aus den Fängen dieses Besens befreite.

Aber Sylvie Huber war Steffi, mit der sie ja Tag für Tag im Laden stand, einfach zu nah, als dass sie das unwidersprochen im Raum stehen lassen könnte. »Aber die Bettina ist echt eine Nette«, sagte sie, »sie will bestimmt keinem was Böses. Sie braucht halt eine Aufgabe, sie braucht Ablenkung, nach dem, was ihr Mann mit ihr gemacht hat. Lasst sie halt ein bisserl schreiben, die Kainegg-Geschichte ist ja auch spannend. Und was soll sie schon groß Neues erzählen, was nicht schon hundertmal gesagt wurde?«

»In einer guten Ehe«, hielt Frau Bürgermeister erbarmungslos dagegen, »passiert so was nicht. Schaut euch nur meinen Mann und mich an ...«, fuhr sie fort, und bemerkte nicht, dass alle anderen im Raum mit einem Mal betreten auf den Boden schauten, Staubkrümel vom Shirt zupften, die Fingernägel begutachteten, einen Hautfetzen vom Daumen zupften und dabei ein leises Hüsteln nicht unterdrücken konnten, »wir sind verheiratet, seit wir 18 sind, und wir lieben uns wie am ersten Tag.« Selbstverständlich, Frau Bürgermeister, wie schön, Frau Bürgermeister, das wissen wir, Frau Bürgermeister, Sie führen eine wunderbare Vorzeigeehe, Frau Bürgermeister.

»Man muss halt als Frau auch etwas dafür tun, dass die Liebe bestehen bleibt«, sagte sie, »und Liebe geht bekanntlich durch den Magen. So, Xaver, und jetzt gibst mir noch drei Paar Weiße dazu, weil ich muss ja auch mal was frühstücken.«

63 | DÜSTERE GESTALTEN

Es war 10.52 Uhr an diesem Montagmorgen, als sie zum ersten Mal gesehen wurden. Metzger Königer verräumte gerade einige der Kunststoffkisten, in denen die Rohware zwischengelagert wird, ehe er sie zu Hudlhubber Knackern, zu Nürnberger Rostbratwurst, zu Regensburgern, zu Nürnberger Stadtwurst, zu Mailänder Salami, zu veronesischer Fenchelsalami, zu Prager Teewurst verarbeitete, er konnte die gesamte Landkarte lukullischer Köstlichkeiten, die aus Schweinefleisch hergestellt werden konnte, inund auswendig.

Wobei sich auch Xaver Königer an den Hudlhubber Qualitätscode hielt: Er verarbeitete ausschließlich ehemals glückliche Schweine, die garantiert ohne Doping aufgewachsen waren, die mit vernünftiger, garantiert genfreier Nahrung großgezogen worden waren, die regelmäßig an die frische Luft durften, die ein Leben hatten, bevor sie in die Nahrungskette eintraten. Billigware aus Schweinemastbetrieben, wie sie auf Basis der seit Jahren überholten, von Lobbyisten geschützten Privilegierungsgesetzgebung überall wie Pilze aus dem Boden schossen und nicht nur die Landschaft ruinierten, lehnte Königer ab, auch wenn seine Waren eben etwas teurer waren.

Alles hat seinen Preis, wusste Xaver Königer. Auch das XXL-Schnitzel für 7,90 Euro oder die Schnitzel-Flat für 9,90 Euro, wie sie immer mehr Gastronomen auch hier in der Region anboten. Es waren nicht selten dieselben Leute, die diese Angebote am liebsten täglich zweimal wahrnahmen und die sich dann aufregten, weil der nächste gigantische Schweinemäster geschmacklose Industrieanlagen mitten in die Landschaft pflanzte.

Diese drei Herrschaften, die gerade die Hauptstraße heruntergetrabt kamen, verhießen nichts Gutes, fand Königer. Gelackte Figuren in Business-Kleidung, zwei Männer und eine Frau. Sie im Kostüm, stöckelnd, die beiden Männer in dunklen Anzügen, alle drei hatten sie Sonnenbrillen als Kopfschmuck ins Haar gesteckt. Keiner von ihnen hatte ein Gramm zuviel, sie sowieso Size Zero, die beiden Männer in den langen Größen, 98, vielleicht 102, schätzte Königer. Dreimal pro Woche Fitnessstudio, bei Facebook würde man ihre durchtrainierten Körper sicherlich finden, wie sie sich beim Wakeboardfahren präsentierten, der Kamera ein breites Zahnpastalachen präsentierend, oder beim Joggen in Minimalbekleidung im Münchner Olympiapark, wo das normalgewichtige Volk die Reste der roten oder weißen Bratwurstsemmeln für 4,50 Euro an gierige Enten verfütterte. Diese drei Gestalten hier würden solche Bratwurstsemmeln nicht einmal anfassen.

Sie waren bewusst, in allem, was sie taten. Sie waren perfekt.

Sie waren so perfekt, weil ihnen von klein auf eingetrichtert worden ist, wie sie zu funktionieren hatten.

In diesen Gesichtern waren keine Regungen abzulesen, keine Freude, kein Frust, nur Perfektion.

Wenn sie ins Büro kommen, dann nehmen sie leise Platz, schmutzen nicht, mucken nicht, sondern erledigen, was ihnen aufgetragen wird, ohne zu murren, ohne zu zögern, so wurden sie erzogen.

Auch jetzt, wo sie die staubige Hudlhubber Hauptstraße in perfekt gesetzten Schritten entlang schritten, regten sie sich nicht darüber auf, dass ihre Schuhe womöglich schmutzig werden könnten, auch hier funktionierten sie. Sie nahmen es hin, und nachher, da würden sie, ohne sich zu beschweren, Schuhcreme und ein Tuch aus dem Kofferraum nehmen, dann würden sie die Schuhe auf Hochglanz polieren. Selbstverständlich gehörten auch Feuchttücher und Nagelnecessaire zur Grundausstattung, um sich danach wieder angemessen herzurichten. Dass Stepford eine Satire war, war zu ihnen offensichtlich nicht durchgedrungen. Stepford, für sie war das die Perfektion des Lebens. Zumindest sahen sie so aus.

Nur mit 13, 14 Jahren, in der Pubertät, hatte es vereinzelte Ausrutscher gegeben, als sie einmal Alkopops probiert hatten. Dann noch ein Fläschchen und schließlich noch eins. Und als sie ihren perfekten, jungen Körpern mehr davon zugeführt hatten, als sie es gewohnt waren, da war es vorbei mit der Kontrolle. Und weil sie schon als Kinder gelernt hatten, keine halben Sachen zu machen, lagen Typen wie sie bald im Vollrausch auf der Straße. Komasaufen. Am nächsten Tag aber ließen sie sich nichts anmerken, sie waren pünktlich in der Schule, wo sie auf Knopfdruck ohne jede mimische Regung alles abrufen konnten, was sie sich vorher eingetrichtert hatten beziehungsweise was ihnen eingetrichtert worden war.

Ja, sie waren perfekt funktionierende Mitglieder dieser Gesellschaft, frei von jeglichem Enthusiasmus, für eigene Werte einzutreten, denn sie hatten keine eigenen Werte. Sie waren dazu erzogen worden, zu funktionieren.

Xaver Königer kannte diesen Menschenschlag, und ihn irritierte stets aufs Neue, was er da erlebte. Seine Vorstellung von Leben war eine andere.

»Bitte entschuldigen Sie!«, sagte die Frau höflich, aus der Nähe sah sie noch künstlicher aus, sie trug Fernsehschminke, wahrscheinlich bereit für HD, sie schaute ihn mit großen, höflichen Mangaaugen aus dem unterernährten, schmalen Gesichtchen an.

»Ja, bitte!«, erwiderte Metzger Königer ohne seine Fleischkisten abzusetzen, aber er stellte mit einer gewissen Genugtuung fest, dass an einer frisches Blut herunterlief. Er erwartete, dass sich in den Gesichtern wenigstens eine Spur, nur ein Hauch von Ekel breit machen würden. Dass in dieser Welt ein Zusammenhang zwischen Tieren und Mittagessen bestand, dürfte ihnen neu sein, vermutete er. Die Generation Erdbeerkäse glaubte schließlich, dass die künstlichen Aromabeigaben der marktüblichen Brotaufstriche den Obstbedarf des Körpers für den ganzen Tag abdeckten.

Königer irrte.

Zwar nahmen die drei Augenpaare das Blut wohl wahr, registrierten es aber ungerührt, und das machte sie für Königer dann doch ein Stück weit unheimlich, ja, gefährlich.

Er musterte sie noch einmal genauer.

Konnte sich da unter dem Boss- oder dem Calvin-Klein-Anzug ein Holster mit einer Waffe verbergen? Hatte das perfekte Fräulein womöglich einen Ladycolt unter dem Röckchen an den Oberschenkel geschnallt? Sicher war er nicht. Jedenfalls beschloss er, wachsam zu sein.

»Was brauchen S' denn?«, fragte er.

»Wir suchen den Herrn Bürgermeister«, sagte die Frau, und die beiden Männer bauten sich hinter ihr zur Linken und zur Rechten wie zum H&M-Fotoshooting auf, ein Fuß leicht vorgestellt, die Daumen an den Gürteln eingehakt.

»Was wollen S' denn von ihm?«

»Wir haben ihm ein Angebot zu machen, und deshalb haben wir einen Termin vereinbart.«

»Und er hat ihnen die GPS-Daten seines Standorts nicht zugeschickt?«, wunderte sich Königer und schüttelte gespielt irritiert den Kopf.

»Nein, er schrieb nur, wir mögen doch um 11 Uhr in Hudlhub sein, wir würden ihn dann schon finden.«

»Stimmt, das sind alle Informationen, die Sie brauchen«, sagte Königer und lachte, und die drei Perfekten lächelten auch. Komisch, wenn Masken lächeln.

»Und wie lautet denn nun die versteckte Botschaft über seinen Aufenthaltsort, die uns entgangen ist?«

»Nun, normalerweise ist der Bürgermeister um 11 Uhr beim Wirt, aber heute ist Montag, und da ist Ruhetag. Entsprechend wird er im Sitzungssaal auf Sie warten und so tun, als ob er arbeitet.«

»Sie meinen, im Sitzungssaal des Rathauses?«

»Naja, ein Rathaus haben wir hier nicht, sondern nur einen Sitzungssaal mit Scheißhaus.« Dieses Wort warf er dem Trio extra zum Fraß vor, jetzt, jetzt endlich würden die Gesichtszüge doch ganz bestimmt entgleisen, wenigstens ganz kurz. Fehlanzeige, die drei lächelten ihn weiterhin freundlich an.

»Und wo befindet sich dieser Sitzungssaal?«, fragte die Frau unvermindert höflich, während die beiden Männer schon suchend den Blick über die Hauptstraße schweifen ließen.

»Da schaun S', da hinten, sehen Sie das flache Gebäude? Ja, da vorn – das ist unser Feuerwehrhaus. Und daneben, da ist dieser Anbau ...«

»... dieses sehr kleine Gebäude nebendran?«

»Ja, genau. Da gehen S' jetzt nei. Aber nicht, dass sie eine Klingel suchen. Gehen S' einfach nei.«

»Herzlichen Dank!«, sagte die Size-Zero-Frau und riss die Mangaaugen noch ein wenig weiter auf – so viel Euphorie auf einmal hielt Königer kaum aus.

»Und einen schönen Tag noch!«, sagte der linke Mann. »Auf Wiedersehen!«, raunte der andere, und Königer war nicht final sicher, ob er das nicht am Ende genauso meinte.

64 | FRUCHTRAVIOLI

»Kochen?«

»Ja.«

»Ich?«

»Ja.«

»Spinnst jetzt?«

»Nein.«

»Du willst also im Ernst von mir ein Kochrezept?«

»Ja.«

»Von einem Mann, von dem die Leute sagen, dass er zu blöd ist, seinen Bulldog zu wenden?«

»Ach, Max, das war doch nur einmal.«

»Einmal ist einmal zu viel.«

»Jetzt gräm dich nicht, Max, jetzt wirst halt ein bisserl verarscht dafür, und dann wirst sehen, ist es irgendwann halb so schlimm!«

»Glaubst, Steffi?«

»Maximal steht's auf deinem Grabstein.«

»Wie, auf meinem Grabstein? ,Hier ruht der Mann, der nicht rückwärts fahren kann'?«

»Das wäre auf alle Fälle rasend emanzipiert.«

»So gesehen. Wenn ich als Mann schon so ein Frauenrechtler bin, dann kann ich dir jetzt auch mein bestes Kochrezept geben.«

»Siehst du, Max, so hab ich mir das gedacht.«

»Jaja, und wir kriegen schon, was ihr Frauen wollt, gell, Steffi?«

»So ist es, Max.«

»Also, pass auf. Am besten schreibst es gleich selber auf, weil ich hab so eine Sauklaue.«

»In Ordnung, Max. Leg los.«

»Zuerst die Zutaten.«

»Ich höre.«

Fruchtravioli

Zutaten: 2 Tomaten, 20 Weintrauben, 20 Himbeeren, 1 kleine rote Zwiebel, 100 g Tütenstreukäse, 100 g Tortillachips gesalzen, 2 EL Kapern, 50 g Cashewkerne, 1 Dose Dosenravioli, 1 Flasche Bier

»Das klingt schon mal viel versprechend, Max, aber da sind ja frische Sachen dabei, die Tomaten und die Weintrauben und die Himbeeren und die Zwiebel, bist du sicher?«

»Ja, freilich bin ich sicher, Steffi. Das brauchst unbedingt, wegen der Vitamine.«

»Ach so. Natürlich, Max.«

»Wenn du so fragst, dann frag ich mich schon, ob du wirklich Ahnung von gesunder Ernährung hast, Steffi.«

»Wahrscheinlich nicht so sehr wie du, Max. Wie geht's jetzt weiter?«

»Jetzt bereiten wir es zu.«

»Und wie?«

»Das sag ich dir jetzt.«

Zubereitung: Die Zwiebeln klein schneiden und in Öl scharf anbraten. Die Dosenravioli draufschütten. Mit allem. Außer der Dose. Die Kapern und die Cashewkerne dazugeben. Eine Weile köcheln lassen, ab und zu umrühren. Derweil die Himbeeren und die Weintrauben halbieren und die Tomaten klein schneiden, und nicht vergessen, den Strunk vorher wegzureißen.

»Das ist ein sehr guter Hinweis, Max!«

»Das hättst nicht gedacht, dass ich mich so gut auskenn, oder?«

»Ich komme aus dem Staunen nicht heraus, Max!«

»Dann pass mal auf, denn das Beste kommt erst.«

Die Tomaten erst relativ spät dazugeben, dass sie nicht zu heiß werden. Die Himbeeren reingeben und mit der Rückseite eines Löffels ein wenig reinbatzen. Danach die Weintrauben unterrühren. Dann die gesalzenen Tortillachips mit den Händen zerbröseln und einrühren. Etwas Streukäse oben drauf streuen und leicht anziehen lassen. Dann das Ganze liebevoll auf dem Teller anrichten.

»Mir läuft schon das Wasser im Mund zusammen, Max!«

»Wirklich, Steffi?«

»Naja, vielleicht ein ganz klein wenig, aber eine Zutat hast vergessen reinzutun, Max!«

»Echt? Welche denn?«

»Das Bier, Max. Kommt das ganz rein?«

»Natürlich kommt das ganz rein, Steffi. Aber nicht ins Essen, sondern direkt in den Koch.«

»Ach so!«

»Verstehst, Steffi? Das ist für die Inspiration!«

»Natürlich Max. Na dann: Guten Appetit.«

www.hudlhub.de/kochbuch

65 | HERR, ICH HABE GESÜNDIGT

Haderlein klopfte leise an die Tür.

Das Stimmgewirr auf dem Gang war derart intensiv, dass er nicht hören konnte, ob da drin jemand »Herein« sagte oder »Jetzt nicht«.

Haderlein sah sich um.

Am Ende des Gangs wechselte der Chefarzt mit seiner Entourage von Zimmer 126 (Kassenpatient Leberzirrhose und Zuzahler nach Milzentfernung, der kein Einzelzimmer bekam, weil keines frei war) in Zimmer 128 (Magendurchbruch, Lymphadenektomie und Pankreasbiopsie, zu dritt im Zweierzimmer, alle Betriebskrankenkasse). Alle schauten wichtig, der Chefarzt sah vor allem aber gut aus, schlank, groß, jedes einzelne nur scheinbar schnell nach hinten gestrichene Haar saß genau an dem ihm vom Coiffeur zugewiesenen Platz.

Die Assistenzärztin hatte Ringe unter den Augen, die Haderlein bis hierher sehen konnte, was sich weiter unten unter der Bluse verbarg, gefiel ihm allerdings weit besser. Dem Chefarzt übrigens auch, die beiden hatten sich neulich erst beim Golfen drüber unterhalten, und jetzt wusste Haderlein, was er gemeint hatte. Nicht schlecht für eine 1,0-Abiturientin, dachte er. Gut, dass die Gleichstellungsbeauftragte des Bayerischen Landtags noch nicht in der Lage war, Gedanken zu lesen. Er und der Chefarzt nickten sich kurz zu, dann verschwand die weiße Schar endgültig gemessenen Schrittes in 128, die müde Assistenzärztin schleppte sich hinterher.

Somit hatten auch die drei Schwestern, die sich schnatternd über den letzten Münsteraner-Tatort ausließen, mit ihren scheppernden Gerätewagen wieder wunderbar Platz im Gang, »also dieser distinguierte Professor Doktor Boerne, und der andere, der nette Kommissar, hach, ich kann mir seinen Namen einfach nicht merken, aber, dass er einen lustigen Vater hat ...«

Haderlein schob dezent – er konnte, wenn er wollte – die Tür zum Zimmer 135 auf und trat in ein Blumenmeer. Als hätte jeder einzelne Hudlhubber einen Strauß oder ein Gesteck geschickt. Haderlein fand das Gestankgemisch von Veilchen, Rosen, Tulpen, Orchideen, Grünzeug und weißgottnichwas unerträglich. Da musst ja fast froh sein, wenn du eine Rauchvergiftung und die ganze Zeit Brandgeruch in der Nase hast, dachte Haderlein.

Der Pfarrer schlief.

Er hatte ein Einzelzimmer, und das Personal hoffte, dass der Zuzahler von 126 und die drei auf 128 das ebenso wenig mitbekommen würden wie all die anderen Überbelegten und Zusammengepferchten. Aber alle hier in der Klinik wussten, dass Hochwürden ein besonders feiner Mensch war, und da galten dann eben doch andere Gesetze. Denn wenn ein Krankenhaus so überbelegt war, dann half normalerweise auch keine private Zusatzversicherung zur übrigen Beihilfe.

Haderlein machte sich darüber keine Gedanken. Er hätte eh nichts anderes erwartet, als den Pfarrer im Einzelzimmer vorzufinden. Den Pfarrer, den mochte er. Da war endlich mal einer an der richtigen Stelle, was er von den meisten seiner Kollegen im Landtag und speziell im Kabinett nicht gerade behaupten konnte. Eine Fehlbesetzung neben der anderen, teils dem Regionalprinzip geschuldet, das für eine gleichmäßige Verteilung der Posten auf die sieben Regierungsbezirke sorgte, teils auch Folge von Fehleinschätzungen der Parteizentrale, die die wahren Talente in den Reihen des Landtags immer wieder verkannten, diese Schwachköpfe.

Haderlein hatte sich eigentlich damit abgefunden, aber manchmal kam das Thema dann doch hoch, verbunden mit reichlich schlechten Gefühlen. Meistens fand er Gefühle überbewertet, dafür hatte der Vater mit seinem Ledergürtel schon gesorgt, aber manchmal, da gab auch er sich ihnen hin, ganz selten sogar mit Wonne.

Wie er hier Hochwürden liegen sah, friedlich schlummernd inmitten all der Blumen, in einem hellblauen, ungemusterten Schlafanzug ungewohnt farbig und ohne den sonst unvermeidlichen Don-CamilloLook, da öffnete sich Haderleins Herz. Er ertappte sich dabei, dass er ihm am liebsten über den Kopf gestreichelt hätte, schlaf nur, Vater, dachte er, schlaf den Schlaf der Gerechten, denn du bist einer.

Und wo er ihn so sah, so beseelt, da hätte er am liebsten eine Beichte abgelegt, er hatte ja nicht viel zu beichten, fand er. Genau genommen war er sich überhaupt keiner Schuld bewusst, er lebte schließlich ein bescheidenes Leben. Nicht das Abgeordnetensalär, wohl aber das Familienvermögen wäre locker groß genug, um sich jedes Jahr den neuesten Ferrari oder Lamborghini, zumindest aber ab und an einen Rolls Royce zu leisten, er aber beschied sich mit seinem inzwischen auch schon vier Jahre alten Bentley, da war doch wirklich nichts zu sagen. Er setzte sich für seine Bürger ein, er versuchte ihnen lebensverlängerndes Bier zu schenken, er tat also eigentlich alles, um ein guter Mensch zu sein.

Da fiel ihm das Reh wieder ein, das ihm seit ein paar Nächten den Schlaf raubte, gut, vielleicht hätte er sich darauf beschränken sollen, ihm die Birne wegzublasen. Vielleicht wäre es nicht mehr wirklich nötig gewesen, den Kopf mit dem behänden Sprung zu zerschmettern.

Vielleicht hatte er da etwas übertrieben.

Vielleicht war da doch der Gaul mit ihm durchgegangen. Vielleicht sollte er sich beim nächsten Mal auf die Durchschlagskraft seiner Merkel allein verlassen.

Vielleicht könnte er das ja tatsächlich beichten, es war ja auch nicht mehr so teuer wie früher als noch Ablass zu zahlen war. Drei Vater Unser und zwei Ave Maria wäre ihm seine Nachtruhe durchaus wert.

Haderlein kniete vor dem Bett des Pfarrers nieder.

Herr, ich habe gesündigt, murmelte er unhörbar. Ob der Pfarrer nun zuhörte oder schlief, was würde das schon für einen Unterschied machen, wer könnte schon sicher sein, dass die Pfarrer nicht im Beichtstuhl nebenbei »50 Shades of Grey« lasen, hörte sich Haderlein denken, musste kurz nach innen lachen und scholt sich sogleich dafür. Doch nicht beim Beichten. Haderlein war sicher, dass der Pfarrer kleine Scherze am Rande ebenso vergeben würde wie die Sache mit dem Reh.

Und er betete drei selbst auferlegte Vater Unser und zwei Ave Maria, und als er gerade »Amen« dachte, hörte er, wie die Tür aufging. Die Visite.

Haderlein stand blitzschnell auf, nickte dem schlafenden Pfarrer zu, schenkte ihm ein freundliches, ja, geradezu herzliches Lächeln, drehte sich um und schob sich und sein wachsendes Wohlstandsbäuchlein an der Ärzteriege vorbei.

»Er schläft«, flüsterte er seinem Golffreund zu.

»Na dann«, sagte der Chefarzt, »sollten wir ihn schlafen lassen« – und schob seine Mitarbeiter wieder sanft heraus. »Oder sehen Sie das anders, Frau Kollegin?« Dabei wandte er sich der Neuen mit den Augenringen zu, die er fest fixierte, damit der Blick nicht unbotmäßig gen Süden abdriftete.

»Schlaf ist die beste Medizin!«, sagte sie müde und verkniff sich ein Gähnen.

Haderlein war da schon auf Höhe von Zimmer 128. Er würde ein andermal wiederkommen.

Wie gut, dass er keine Blumen mitgebracht hatte. Er fand, dass er selbst, seine Anwesenheit, schon Geschenk genug war.

66 | ANDERE WELTEN

»So, da sind Sie ja!«, dröhnte der Bürgermeister als die Tür aufging. Er hatte seinen angestammten Platz am Sitzungstisch ein-
genommen und schrieb etwas in die Aktenkladden, die er vor
sich ausgebreitet hatte, das sah sicher wichtig aus. Als seine
Gäste den Sitzungssaal betraten, schloss er die Akten und legte
sie alle auf einen Stapel. Der Bürgermeister hatte sich in Schale
geworfen, wenn schon mal Gäste aus Frankfurt nach Hudlhub
kamen. Er hatte den beigefarbenen Janker mit den dunkellila
Verzierungen angezogen, mit keckem, und farblich passendem
Einstecktuch, das er neulich im Outletcenter bei Ingolstadt im
Shop des Salzburger Nobeltrachtenherstellers Nummer eins von
einer Verkäuferin empfohlen bekommen hatte, die dem Bürgermeister schon sehr gut gefiel, so adrett wie sie war, aber er war ja
schon verheiratet.

Jedenfalls fand er sich so bestens vorbereitet für den urbanen
Besuch, dessen Ledersohlen bei jedem Schritt auf dem 70er-Jahre
Linoleumbodenbelag Geräusche von sich gaben, wie wenn man
Fliegenfangklebeband von der Wachsdecke des Gartentischs löst.

Die drei Gäste sahen sich nicht weiter um, sondern gingen direkt auf den Bürgermeister zu, mit offenen Manga-Mienen und
ausgestreckten Händen.

»Danke, dass Sie sich Zeit genommen haben«, sagte die Size-
Zero-Frau und stellte sich vor: »Fellini«, und die beiden Männer durften auch etwas sagen: »Guten Tag, Anders!« und »Freut
mich, Bohlen!«.

»Bitte, nehmen S' Platz«, dröhnte der Bürgermeister, dem keiner der Namen etwas sagte, mit seinem Mordsorgan und wies
auf die Stühle links und rechts von ihm am Sitzungstisch, wo
üblicherweise die Gemeinderäte Paul Haller und Sebastian Meier (CSU) zu seiner Rechten und Oppositionsführer Ferdi Adler
(Freie Wähler) zu seiner Linken saßen, wobei die Hudlhubber
Freien Wähler genau genommen auch CSUler waren, aber halt

eben mit einer grundlegend anderen Haltung in einem oder zweien von Tausend Punkten.

Der Bürgermeister rechnete damit, dass sich die Gäste im Raum ein wenig umsehen würden, aber er irrte. Sie wollten gleich zur Sache kommen. Sehr zielstrebig, dachte der Bürgermeister und ließ seinerseits wieder einmal den Blick durch den Saal – was heißt: Saal? –, durch das knapp 2,10 Meter hohe Zimmerchen schweifen, in dem er schon so viele Stunden seines Lebens verbracht hatte und in dem schon so viele wegweisende Entscheidungen für Hudlhub gefällt worden waren.

Über der Tür prangte eine Kuckucksuhr, die der frühere Marktkapellmeister, der Reiß Sepp, höchstpersönlich gebastelt hatte, er war eben in vielerlei Hinsicht ein Schöngeist gewesen. Die Uhr hatte die Besonderheit, dass sie einer in Bayern lange Zeit gepflegten Besonderheit folgend, rückwärts ging. Damit zeigten die Bayern bekanntlich, dass die Uhren bei ihnen anders ticken. Ein Bild übrigens, mit dem man neuerdings gar nicht mehr so gerne spielt, seit der nordkoreanische – in Bayern würde man sagen – Landesvater (in diesem speziellen Fall passt das Bild womöglich nicht so gut) an der Uhr gedreht und sie eine halbe Stunde vorgestellt hatte.

Die Wände des Sitzungssaals wurden von großen Persönlichkeiten geschmückt, Schwarzweißbilder in Silberrahmen, die auch hier eine große Rolle spielen oder gespielt haben, natürlich FJS und der Landes-Horscht (der übrigens neulich mit seinem Staatskarossenkonvoi durch Hudlhub im Sausetempo durchgerollt war, er war schließlich der zuständige Heimatabgeordnete), dann der bayerische Papst und selbstverständlich auch sein Nachfolger, Franziskus. Das ist der, den sie zurzeit aussitzen, dachte der Bürgermeister, ehe sie den ehemaligen Limburger zum Nachfolger vom Nachfolger machen, damit die Wertvorstellungen des Klerus' wieder gerade gerückt werden.

Früher hingen hier auch die Bundespräsidenten, aber in Hudlhub war der Gemeinderat einstimmig der Auffassung, dass sich dieses Amt mit dem 598-Tage-Präsidenten und seiner Klüngelei mit der Hauptstadtpresse ein für allemal erledigt hatte. Entsprechend wurde am Ende einer Sitzung im nichtöffentlichen

Teil erstens beschlossen, fortan hier keine Bundespräsidenten mehr aufzuhängen und zweitens, diesen Beschluss aber nicht protokollarisch festzuhalten, weil jede Formulierung dieses Beschlusses missverständlich gewesen wäre. In Deutschland werden schließlich seit mehreren Jahrzehnten keine Menschen mehr aufgehängt, wussten die Hudlhubber.

Die drei Gäste aus Frankfurt durften sich Wasser nehmen. Sie griffen zum stillen.

Als der Bürgermeister das sah, sagte er: »Sie können auch unser Hudlhubber Leitungswasser haben.«

»Wie, Wasser direkt aus dem Wasserhahn?«, fragte einer der beiden Männer, der gut und gerne auch Kandidat für die nächste Ausgabe des Bachelors werden könnte, irritiert.

»Ja freilich, das ist auch nichts anderes!«, sagte der Bürgermeister, schnappte sich, wie zum Beweis, ein Glas, ging zum metallenen Stahlwaschbecken, das hier seit den 60er-Jahren hing, drehte den Hahn auf, füllte sein Glas, leerte es in einem Zug und schloss diese Demonstration der Heimatund Erdverbundenheit mit einem langen, zufriedenen »Aaaaaaah!«, so, wie er es einst in der Harald-Schmidt-Show gelernt hatte: »Ich sage Ja zu Hudlhubber Wasser. Noch jemand?«

Alle drei winkten höflich dankend ab.

»Herr Bürgermeister, wir sind zu Ihnen gekommen, um Ihnen mitzuteilen, dass wir ...«

Der Bürgermeister war gespannt. Er kannte diese Formulierung von Außenminister Hans-Dietrich Genscher in der Prager Botschaft, der dort mit diesen Worten Asylsuchenden aus der DDR mitteilen wollte, dass ihre Einreise in die BRD genehmigt worden war. Das war der Anfang vom Ende des geteilten Deutschlands. Am liebsten hätte der Bürgermeister seinen drei Gästen jetzt einen Vortrag darüber gehalten, dass Deutschland einmal ein geteiltes Land war, er war sicher: Sie hatten nicht den Hauch eines Schimmers, was das für die Menschen damals bedeutet hatte.

»... um Ihnen mitzuteilen, dass wir etwas haben wollen, das Sie besitzen.«

»Wie? Was? Ich?« Jetzt staunte er aber, der Bürgermeister. »Hoffentlich nicht mein Leben«, scherzte er.

»Natürlich nicht, Herr Bürgermeister«, sagte die Frau, und wieder zeigte sie nicht den Anflug einer Regung und blieb ungerührt mangafreundlich. Ein bisschen unheimlich war das dem Bürgermeister ja schon. »Nein, wir wollen Ihre Hudlhoop-Reifen!«

»Unsere Hudl ... hoop ... Reifen ...?«, stammelte der Bürgermeister irritiert zurück. Damit hatte er tatsächlich nicht gerechnet.

»Allerdings!«, sagte die Frau. »Wir vertreten einen der größten deutschen Spielzeughersteller, und wir suchen nach immer neuen Ideen.«

»Aber unseren Hudlhoop-Reifen – den haben s' uns doch schon längst geklaut!«, sagte der Bürgermeister und beugte sich vor. »Den gibt es doch längst in allen Variationen, zum Turnen, zum Akrobatikmachen – und seit einer Weile sogar mit Noppen zum Muskelaufbautraining.«

»Das ist schon richtig«, sagte die Frau, »aber wir wollen das Original. Und wir wollen es authentisch. Wissen Sie, wie wichtig Authentizität heute ist, Herr Bürgermeister?« Und der Bürgermeister, der gerade sein Wasserglas zum Mund geführt hatte, musste sich schon sehr zusammenreißen, um sich jetzt nicht zu verschlucken.

Er nickte zustimmend, ohne das Glas abzusetzen, ohne zu atmen – der einzige Weg, um nicht die Aktenkladden auf dem Tisch vor sich und auch nicht seine Gäste vollzuspritzen.

»Wir wollen es haptisch. Wir wollen es als individualisierbares Gerät, das Teil des Lebens der Menschen wird und Heimatverbundenheit ausstrahlt. Wir sehen den Hudlhoop-Reifen so blau wie den Himmel, mit gelben Streifen, die die Sonne symbolisieren. Und natürlich muss es für die Mädchen eine rosa Version geben.«

»Und wie wollen Sie das mit der Individualisierbarkeit ...« – und der Bürgermeister war stolz, dass er dieses Wort fehler- und ruckelfrei, genauso perfekt wie seine Gäste, ausgesprochen hatte – »... machen?«

»Das ist der Clou!«, sagte Frau Fellini, und es hörte sich fast euphorisch an, wie sie es sagte, das gleichförmig glückliche Gesicht passte nicht ganz zur Wortwahl. »Die Hudlhoop-Reifen werden durch ein Klebeband geschlossen. Man kann sie öffnen, und die Reifen befüllen. Mit Sand, mit Wasser, mit Glasquarz – ganz wie man möchte, und dann verschließt man sie wieder. Und dann rascheln sie, gluggern oder rauschen sie beim Hudlhoopen, ganz wie man möchte.«

Der Bürgermeister lehnte sich auf seinem Stuhl zurück, dass die Lehne knarzte, und stemmte sich mit beiden Händen am Tisch ein. Er dachte nach, die Frau sah ihn erwartungsvoll an, während die beiden Männer versuchten, einfach nur gut auszusehen.

»Und was springt für uns dabei raus?«, fragte der Bürgermeister schließlich.

»Nun, eine ganze Menge: Erstens ein Cent pro verkauftem Reifen für die Namensrechte und dafür, dass wir Ihren Hudlhubber Dorfphilosophen zu unserem Maskottchen machen dürfen.«

»Wie ... Moment. Sie kennen Matthias Kronleichter?«

»Ja, was glauben Sie denn! ,Eyn jeder trinke sein Bier im Stehen, auf das er nicht so schnell eynen sytzen habe'«, zitierte Frau Fellini, und da brachen alle drei in lautes, aber doch kontrolliertes Gelächter aus – kein Gesichtszug entgleiste, und wären sie in diesem Augenblick fotografiert worden, hätten sie auf dem bei Facebook geposteten Bild perfekt fröhlich ausgesehen. Der Bürgermeister dachte kurz darüber nach, ob er sein neues iPhone rausziehen und genau das tun sollte. Aber er war damit beschäftigt, die Marktchance zu erkennen.

»Und wenn der Hudlhoop-Reifen so einschlägt, wie wir uns das erwarten«, sagte die Frau, nachdem sich die drei wieder unter Kontrolle hatten, und das ging rasant schnell, »dann würden wir natürlich gerne hier, in Hudlhub, den ersten Flagshipstore eröffnen. Sie ahnen, was das bedeuten würde? Tourismus. Gewerbesteuer. Sie könnten sich dann sogar ein richtiges Rathaus bauen.«

Wow. Fehler.

Böser Fehler.

Niemand trampelt auf den Gefühlen der Hudlhubber herum, die sich einst entschieden hatten, politischem Größenwahn in Form von Prunkgebäuden keinen Platz zu geben. Der Bürgermeister fühlte die Zornesröte, spürte, wie die Wut in ihm hoch kochte, dieses Selbstverständnis war auch ihm von Kindesbeinen an eingepflanzt worden.

Aber er riss sich am Riemen.

Die drei Frankfurter Würstchen wussten es ja nicht besser.

»Sie werden verstehen, Frau Fellini«, er nickte ihr staatstragend zu, »meine Herren Anders und Bohlen«, er nickte ihnen staatstragend zu, »dass wir ...« – und die Frankfurter beugten ihre aufrechten Körper alle drei erwartungsvoll ein paar Zentimeter nach vorn – »Ihren Vorschlag (Kunstpause) in der Gemeinschaft (Kunstpause) zunächst miteinander (lange Kunstpause) intensiv (Kunstpause) diskutieren müssen. Meine Mitbürger und ich, wir sind (Kunstpause) vor langer Zeit schon (Kunstpause) übereingekommen, dass wir wichtige Entscheidungen nur gemeinsam treffen, denn die Gemeinschaft (und das Wort wirken lassen – noch mehr wirken lassen – und weiter wirken lassen – genug) ist für uns ein besonders hohes Gut, das Wertvollste, das wir haben (besonders lange Kunstpause) ... außer natürlich unsere Gesundheit und (Kunstpause) unser Glaube an denjenigen, der über uns steht.«

Die drei Frankfurter waren geflasht.

Sie brauchten einen Moment, um das zu verarbeiten, was eben von außen in ihre sonst so gut funktionierenden Köpfchen eindrang. Und für einen Augenblick, für einen winzigen Augenblick, gelang es ihnen nicht, die Contenance zu wahren, die Unterkiefer sackten kurz ab, und das war der Moment, den der Bürgermeister nutzte: Jetzt zog er sein neues Smartphone raus, schaltete noch unterm Tisch die Kamera an, riss es hoch und löste aus. Die drei Frankfurter hätten sich aufgehängt, wenn sie dieses Bild jemals zu Gesicht bekommen hätten, und angesichts der herannahenden Smartphonekamera hatten sie alle drei sich noch instinktiv in Pose werfen wollen. Zu spät. Der Auslösemechanismus des iPhone6, das sogar 4K-Videos drehen konnte, war schneller als die Generation, für die es konstruiert worden war.

Der Bürgermeister war zufrieden.

»Bitte verzeihen Sie!«, sagte er genüsslich, nachdem das Smartphone wieder in seiner Jackentasche verschwunden war, »aber diesen für (Kunstpause) Hudlhub historischen (Kunstpause) Moment mussten wir einfach festhalten.«

»Das verstehen wir!«, sagte Frau Fellini schnell, sie hatte bereits einen Plan B entworfen. »Aber auf diesem (Kunstpause) historischen Foto sind Sie ja nicht drauf. Vielleicht sollten wir hier gemeinsam ein Selfie machen, mit Ihnen, das schicken wir Ihnen dann per Whatsapp oder Facebook ...«

»... wir haben hier nur E-Mail.«, warf der Bürgermeister ein, und zum zweiten Mal klappten drei Kinnladen kurz entsetzt herab, sie waren wirklich drauf und dran, die Façon zu verlieren, dieser Bürgermeister machte sie fertig.

»... dann eben per Mail.«

Schon hatte Herr Anders sein Smartphone ausgepackt und ein Deppenzepter, einen Selfiestick, angeschraubt. »Es ist ja niemand da, der uns fotografieren könnte«, erklärte er.

»Dann wär's ja auch kein Selfie, sondern ein Fremdfie!«, scherzte der Bürgermeister, und die drei konnten ihm nicht gleich folgen. Ein ... wiebittewas? Wo waren sie denn hier gelandet? Wieso sagte dieser Mann solche Sachen?

Aber dann strahlten sie auch schon alle vier in das Mobiltelefon, und im Hintergrund konnte man sogar noch Franz Josef Strauß, Horst Seehofer und Papst Franziskus erkennen, wie sie der historischen Dimension des Augenblicks zusätzliche Bedeutungsschwere verliehen.

»Fremdfie!«, strahlte da der Mann, der sich als Herr Bohlen vorgestellt hatte. »Jetzt hab ich's kapiert! Fremdfie statt Selfie! Das ist gut!!!«

»Ach so«, rief jetzt auch Frau Fellini, »natürlich! Herr Bürgermeister, Sie sind mir ja einer ...« – und dabei wedelte sie altmodisch den Zeigefinger hin und her – »... mit Ihnen werden wir noch viel Freude haben!«

»Na, das hoffe ich doch!«, sagte der Bürgermeister. »Und jetzt seien Sie mir nicht böse, ich habe nun einen weiteren wichtigen Termin«, sagte er, nach einem Blick auf dem Reiß Sepp seine Kuckucksuhr, die die Frankfurter nicht gleich interpretieren konnten.

»Natürlich, Herr Bürgermeister, und vielen Dank auch!« Jetzt wurde noch fleißig Shakehands gemacht, dann verschwanden die drei genauso dezent wie sie gekommen waren. Nur das Geräusch der klebenden Sohlen auf dem Linoleumboden war noch zu hören.

Der Bürgermeister aber ließ sich für einen Augenblick auf seinen Stuhl zurücksinken.

Er war sehr zufrieden.

Sein Gemeinderat, der würde Augen machen!

67 | ITALIAN STALLION

Schöner als er ist keiner. Definitiv nicht.

Und er weiß das auch.

Wie er das Haupt stolz in die Höhe streckt, wie er seinen bunten Kopfschmuck trägt, wie er nicht geht, nicht latscht, nicht trottet, nicht schlurcht, nicht schleicht, nicht schlurft, und auch nicht trabt, sondern schreitet, stolziert, ja: schwebt. Wie er seine Umgebung mit einem kurzen Blick mustert, um dann seinem Habitus noch diesen Hauch von beeindruckender Arroganz hinzuzufügen. Er ist der Chef hier, er ist der King, daran lässt er keinen Zweifel.

Zu keiner Zeit.

Gestern erst wieder, da blieb der Gemeinderat Paul Haller kurz stehen, hier in der Eichenstraße, die nahe dem Dorfplatz von der Hauptstraße abzweigt, nur um ihm zuzusehen, wie er zwischen seinen Ragazze umherstolziert als wäre er der Kaiser von China, mindestens aber der einzig würdige Nachfolger von König Ludwig II., und wäre er kein Hahn, dann würde er seinen Hühnern die schönsten Schlösser bauen, die je ein Lebewesen auf dieser Erde gesehen hatte.

»Griaß di, Luigi!«, sagte Paul Haller und lachte befreit, er hatte durchaus einen Narren an dem Gockel gefressen, so einer, der war ihm in all den Jahren noch nie untergekommen, und er hoffte inständig, dass es ihn noch eine Weile geben würde. So schlecht standen die Chancen nicht. Luigi war jetzt drei, höchstens vier Jahre alt, rechnete er überschlagsmäßig, er müsste da mal seine Frau fragen. Die wusste so was immer ganz genau.

Jedenfalls stand Luigi im vollen Saft – so bald würde es mit Luigi noch nicht zu Ende gehen, und das war auch gut so.

Luigi drehte den Kopf blitzschnell nach links und nach rechts. Hatte da jemand seinen Namen gerufen? Luigi, das war schließlich er. Nur er. Er war der einzige, er war der wahre, er war der ultimative Luigi – und wer daran zweifelte, der würde es mit ihm zu tun bekommen.

Denn er war der unbestrittene Herrscher hier im Hof, und überhaupt hatte er heute erst zwölfmal Sex gehabt, er spürte schon wieder Druck auf der Leitung, und drum packte er sich mal eben die kleine Süße, die ihm gerade am nächsten stand. Und er gackerte und schlug die Flügel und fühlte sich, als nach zwei Sekunden alles vorbei war, beseelt, befriedigt, glücklich mit sich und der Welt.

Wollte da noch wer was? Von IHM?

Er war Luigi.

Und niemand sonst.

Frau Haller kam dazu und stellte sich neben ihren Mann.

»Was machst'n?«, fragte sie ihn.

»Siehst doch«, sagte er ohne sie anzusehen. »Luigi anschaun.«

»Nett, gell?«

»Ja, find ich auch. Weilst grad da bist – wie alt ist denn der Luigi inzwischen?«

»Drei, tät ich sagen, höchstens vier. Wennst es genau wissen willst, könnt ich die Meier Resi fragen. Sie hat ihn ja hergebracht damals, den Luigi, mit seinen prächtigen, grünen Schwanzfedern.«

»Ach lass, passt schon.«

»Und was machst, wennst fertig bist mit Luigischauen?«

»Mei, ich war grad vorn am Weiher und hab eine Pause gemacht, du weißt ja, wie gern ich da bin. Vielleicht schau ich hernach noch mal hin.«

»Und war die Schriftstellerin auch wieder da?«

»Ja, war sie. Sie hat mich ausgefragt, aber ich sag nix.«

»Ach, du, erzähl ihr halt irgendeinen Schmarrn, die anderen hier im Dorf machen das auch alle so.«

»Wie, im Ernst?«, lachte Haller.

»Aber ja!«, lachte jetzt auch Frau Haller. »Das wird grad der neue Sport in Hudlhub: Wer verkauft der Schriftstellerin den größten Unsinn als die reine Wahrheit?«

Paul Haller lachte wieder. »Ja, aber, man sagt doch, sie will ein Buch schreiben, über Kainegg.«

»Ja, gerade deshalb! So ein gescheiter Roman, der braucht doch ein paar gute, erfundene Geschichten, da macht's doch gleich viel mehr Spaß!«

»Ach so, meinst. Aber ein bisserl gemein, gschert, ist das ja schon, findst nicht?«

»Aber das ist doch nur ein Spaß, Mo. Du weißt doch: Was sich liebt, neckt sich. Inzwischen sind wir schon alle sehr gespannt, welche von unseren Geschichten es in ihr Buch schafft.«

»Gute Idee eigentlich! Und am Ende machen wir dann ein Fass auf.«

»Ja freilich, Mo, eh klar!«

»Aber dann laden wir sie dazu ein, oder?«

»Wennst meinst! Wenn sich ihr Buch gscheid verkauft, dann kann sie ja gleich das Bier zahlen.«

»Du meinst: als Honorar für unsere Geschichten ...?«

»Ja, warum denn nicht?«

»Ich glaube, das gefällt dem Luigi auch, oder, Luigi?«

»Kikerikiiiiii!« www.hudlhub.de/luigi

68 | DIE AUFTRAGGEBERIN

»Und? Habt ihr es?«

Die Huberbauerin schwitzte ganz schön, als sie sich mit all ihren Einkaufstüten ächzend fallen ließ. Schnaubend und schnaufend war sie auf den vierten, den freien Stuhl am weißen Tisch der drei Ministranten geplumpst und gleich zur Sache gekommen.

Die drei hatten im Nebenraum Platz genommen, es musste sie ja nicht gleich jemand zusammen sehen. Und im Nebenraum vom Stegerbräu, da konnte man sich ganz gut zurückziehen, auch wenn es nebenan im Gastraum voll war. Weil die Leute die neuesten Cordon-Bleu-Kreationen ausprobieren wollten, die sich der Günter und seine Carla, die die Traditionswirtschaft seit einigen Jahren im Herzen der lebenswertesten Stadt des Universums führten, ausgedacht hatten. Cordon Bleu griechisch mit Schafskäse, Gurken und Tomaten. Cordon Bleu südtirolerisch mit Speck und zerlaufenem Alpenkäse. Cordon Bleu vegetarisch mit Sprossen und Falafel. Cordon Bleu bayerisch mit Wurstbrät, Blaukraut und Senf. Oder so ähnlich.

Die Ministranten hatten sich heute trotzdem für eine Currywurst entschieden. Der Klassiker. Und dann, dann hatten sie gewartet. Schweigend. Nach analogen Diskursen stand ihnen heute nicht der Sinn, nach Smartphonegeswype aber auch nicht. Sie waren nervös. Angespannt. Sie fühlten sich nicht wohl in ihrer Haut, da half auch die anheimelnde Atmosphäre der Wirtschaft nicht, die übrigens nebenan noch etwas ganz Besonderes zu bieten hatte: eine Musikbühne, auf der regelmäßig der Bär steppte. Die Steffi aus Hudlhub, wussten die Ministranten, war hier auch schon aufgetreten. Da war die Bude rappelvoll. So, wie es sein muss.

War ihnen jetzt aber auch grad egal, den Ministranten. Die Huberbauerin wollte Ergebnisse: »Und?«

»Also, das ist alles nicht so einfach«, sagte Leon, während die

Huberbauerin noch nach ihren Sachen kruschelte. Der Günter kam eben und brachte ihr dampfenden, schwarzen Kaffee. Die Huberbauerin dankte aufmerksam, und die Jungs wunderten sich, denn die Huberbauerin sprach mit ihm lupenreines Hochdeutsch. Sie bemerkte die erstaunten Blicke der Buben: »Was denn, sonst verstehen einen die Städter doch nicht!«

Was sie wohl noch für Geheimnisse verbarg, fragten sich die Jungs. »Also, was ist, Buam?« Jetzt sprach sie wieder Deutsch.

»Es war echt nicht so einfach!«, sagte Jan-Eric.

»Ganz schön kompliziert, um genau zu sein«, schaltete sich Ferdinand ein.

»Keine Ausreden, schließlich bezahle ich euch gut«, sagte die Huberbauerin. »Erschreckt habt ihr sie auf jeden Fall gscheit.«

»Wieso denn?«, fragte Ferdinand.

»Naja, in Hudlhub haben's heute erzählt, der Kriminalermann von der Frau hätte aus Münster Mörder nach Hudlhub geschickt, um seine Frau zu erledigen. Wäre ja nicht das erste Mal, nach der Geschichte mit der Elfenbeinprinzessin vor einem Jahr. Und dass die Tante von der Steffi nur ganz knapp überlebt haben soll.«

Die Reaktionen auf diesen Satz waren bei den Ministranten sehr unterschiedlich: Leon sprang auf und rief: »Ist ja cool!« Ferdinand wurde käseweiß und röchelte: »Hoffentlich müssen wir jetzt nicht ins Gefängnis.« Jan-Eric dagegen blieb ganz ruhig: »Jetzt macht euch ja nicht ins Hemd.«

»Regt's euch wieder ab. Sonst können wir uns ja gleich draußen vors Rathaus stellen und die ganze Geschichte hinausposaunen. Dann steht übermorgen alles in der Heimatzeitung«, sagte die Huberbauerin.

»Also, was ist nun mit dem Computer?«, hakte die Huberbauerin nach. »Habt ihr ihn?«

Die drei Jungs sahen sich an.

»Sagen wir so ...«, druckste Ferdinand herum und fixierte seinen Bierdeckel, den er in Teilen schon zerrupft hatte. Unter seinem Platz hatte sich am Boden bereits ein ansehnlicher Papierhaufen aufgetürmt.

»Also, ich bin da durchs Fenster rein …«, begann Jan-Eric, »und dann musste ich erstmal warten, bis die Augen sich an die Dunkelheit gewöhnt hatten.

»Ja, und dann?«, fragte die Huberbauerin.

»Ja, und dann habe ich mich umgesehen.«

»Ja, und dann?«

»Dann habe ich gesehen, wie sie da lag. Sie war nur teilweise zugedeckt, sie trug ein Krümelmonster-T-Shirt.«

»Ja, und?«

»Dann habe ich geschaut, wo ihr Laptop ist.«

»Ja, und?«

»Und dann habe ich gemeint, dass ich ihn gefunden hätte.«

»Ja, und dann?«

»Dann habe ich mich gebückt, um danach zu greifen.«

»Jetzt lass dir halt nicht jedes Wort aus der Nase ziehen.«

»Dann hatte ich das Gefühl, dass sie aufwacht, jedenfalls war da ein Geräusch, und ich habe mich geduckt und gewartet.«

»Ja, und dann?«

»Dann war da doch nichts, und ich hab noch mal nach dem Laptop greifen wollen. Und wie ich mich bücke, fängt sie an zu schreien! Und ich bin aufgesprungen und zum Fenster raus. War ein ziemlicher Sturz, aber die Jungs haben versucht, mich aufzufangen. Mit dem Sprungtuch der Feuerwehr. Aber sie waren nur zu zweit, damit konnten sie das Sprungtuch nicht wirklich gut halten. Hat ziemlich wehgetan.«

»Du lebst ja noch, sonst wärst du jetzt nicht hier«, sagte die Huberbauerin trocken. »Also habt ihr den Rechner?«

»Ich würde sagen: So gut wie.«

»Beinahe.«

»Also, ich war ganz nah dran, wirklich ganz nah.«

»Ihr habt ihn also nicht?«

»Wen haben wir nicht?«, antwortete Leon mit einer Gegenfrage.

»Na, des Laptopding, kruzinesen …«, erwiderte die Huberbauerin.

»Nein, wir haben ihn nicht«, sagte Leon. »Bekommen wir unser Geld trotzdem?«

Die Huberbauerin dachte kurz nach. Im Grunde genommen war ihr der Computer der Frau aus Münster völlig egal.

Sie wollte nur eines erreichen: dass die Frau damit aufhörte, herumzuschnüffeln.

Sie war ja seinerzeit nicht ohne Grund zum Huberbauern nach Hudlhub gegangen. Sie hatte ein Leben mit diesem Menschen auf sich genommen, um im Fall des Falles eingreifen zu können. Um fortzuführen, was ihre Oma und ihre Mutter begonnen hatte: das Geheimnis von Kainegg zu bewahren. Alle, die zu viel wissen wollten, mussten aufgehalten werden.

Niemand in Hudlhub wusste, wer sie wirklich war, nicht einmal ihr Ehemann. Sie, die Huberbauerin, war die Enkelin des Mörders von Kainegg. Ihre Mutter war die Frucht einer ungeplanten Begegnung gewesen, eine lange Geschichte. Wie die Mutter damals als uneheliches Kind aufwuchs, was das für die Familie bedeutete, das waren schwere Zeiten gewesen. Das alles sollte doch bitte nicht umsonst gewesen sein.

»Also gut, Jungs«, sagte sie. »Wir machen es wie vereinbart. Ich gebe jedem von euch 100 Euro.« Die Huberbauerin holte drei Briefumschläge heraus und legte sie auf den Tisch. »Unter der Bedingung, dass ihr alle drei unser kleines Geheimnis mit ins Grab nehmt.«

Die drei Jungs bekamen kurz Gänsehaut. »Selbstverständlich!«, flüsterte Ferdinand konspirativ und duckte sich instinktiv.

»Und wenn ich euch wieder einmal brauche«, sagte die Huberbauerin und sah einem jeden einzelnen von ihnen tief in die Augen, »dann macht ihr eure Sache besser.« Die drei Jungs senkten ihre Blicke und nickten.

Erst, als die Huberbauerin den Raum verlassen hatte, ließ die Anspannung der Ministranten nach. Es dauerte eine Weile, bis sie wagten, wieder zu atmen, die aufrechte Sitzhaltung auflösten. Leon versuchte, das Thema zu wechseln. War vielleicht besser so.

»Und«, fragte er. »Hat schon wer eine Idee, was da passiert ist, in der Kirche? Die Polizei lässt ja nichts raus.«

»Rein gar nichts!«, bestätigte Ferdinand, immer noch leicht zitternd. »Die halten total dicht.«

»Oder sie wissen nichts«, gab Jan-Eric zu bedenken.

»Naja, es wird auch nicht ganz einfach, die Brandursache herauszufinden«, sagte Leon.

»Die bayerische Polizei ist halt keine CSI.«

»Wenn wir gewusst hätten, dass es Fronleichnam brennt, dann hätten wir uns den Stress mit dem Himmel sparen können.«

»Das stimmt. Der ist jetzt hin, und der wär auch hin gewesen, wenn wir ihn vorher nicht getrocknet hätten.«

»Was wirklich blöd ist: Ich weiß noch gar nicht, wie ich meinem Vater erklären soll, dass ich seinen Fakir geliefert hab«, schaltete sich Ferdinand ein.

»Vielleicht zahlt ja die Versicherung«, mutmaßte Jan-Eric.

»Welche Versicherung? Die von der Kirche? Das glaubst du ja selber nicht.«

»Was sagt eigentlich unser Oberministrant zu der ganzen Geschichte?«

»Tim? Hör mir bloß auf, der feine Herr Oberministrant. Der heult ja seit Tagen wegen seinem gschissenen Heizlüfter rum, das Muttersöhnchen. Der ist doch viel zu weich für solche Themen«, sagte Leon, der Profi. »Deswegen haben wir ihn ja auch nicht mitgenommen.«

»Stimmt«, bestätigte Jan-Eric, »und eigentlich ist ja eh der Charlie schuld.«

»Wieso Charlie?«

»Na, weil der mit dem Feuerwehrauto genau über unsere Heizlüfter gebrettert sein muss. Ich hab mir die Stelle genau angesehen, wo er in die Sakristei gekracht ist.«

»Genau. Falls das Feuer unsere Heizlüfter nicht erwischt hat, der Charlie hat sie auf alle Fälle gekillt.«

»Trotzdem der Wahnsinn, was der sich getraut hat!«

»Aber echt. Wirklich super. Holt der da den Pfarrer raus – wie Bruce Willis.«

»Ich hätt' jetzt gesagt: wie Jason Statham.«

»Hauptsache nicht wie Mister Bean, sonst wären sie jetzt wahrscheinlich beide Matsch, er und der Pfarrer.«

»Wobei wir jetzt immer noch nicht wissen, wie es zu dem Feuer gekommen ist.«

»Vielleicht hat ja der Pfarrer heimlich eine gequarzt, und irgendwie gezündelt.«

»Der Pfarrer raucht?«

»Schmarrn, natürlich nicht. Aber vielleicht hat er ja Weihrauch angezündet oder so und wollte ein paar Lungenzüge nehmen.«

»Wie – unser Pfarrer ist ein Kiffer?«

»Spinnst jetzt? Unser Pfarrer doch nicht, der ist da viel zu heilig. Das war ein Witz, Mann!«

»Ach so, natürlich.«

»Ich bin ja mal gespannt, ob die Polizei das Rätsel jemals aufklären wird.«

»Du meinst, dass wir jetzt ein zweites Kainegg kriegen und die ganze Welt die nächsten Jahrzehnte forscht, wer unsere Leinberger-Madonna angezündet hat, Jan-Eric?«

»Könnt doch sein.«

»Allerdings. Im Zweifel waren es eh immer Asylbewerber, weißt ja, wie die Leute reden.«

»Aber doch nicht in Hudlhub.«

»Natürlich auch in Hudlhub, Leon.«

»Du spinnst doch. Ich hab übrigens schon einen neuen Fakir gekauft, damit daheim keiner was merkt. Im Supermarkt gibt's welche im Angebot, ich glaub, zwei oder drei haben sie noch.«

»Super, da gemma nachher hin und holen welche«, erwiderte Jan-Eric. »Dann muss ich meinem alten Herrn nichts erklären. Und wer weiß. Nächstes Jahr haben wir ja bis Fronleichnam bestimmt einen neuen Himmel. Und wenn's dann wieder schifft ...«

»Dann brauchen wir professionelles Werkzeug, um den Himmel wieder trocken zu kriegen. Gute Idee. Ich glaube, ich kauf gleich zwei.«

69 | REHBRATEN

»Ein Kochrezept? Warum nicht, Frau Bichler, das tät sich sicher machen lassen. Was hätten Sie denn gern, eine Vorspeise, ein Hauptgericht? Desserts mach ich nicht so gern, ich habe es lieber handfest.«

»Eine Hauptspeise wäre ganz wunderbar, Herr Haderlein. Es interessiert die Leute ganz bestimmt, was ein echter Landtagsabgeordneter so kocht, wenn er kocht. Sie kochen doch selbst?«

»Aber selbstverständlich. Ich koche sogar sehr gern. Ich wurste manchmal auch selbst, und ich bin drauf und dran, jetzt auch noch mein eigenes Bier zu brauen.«

»Das klingt ja spannend, Herr Haderlein. Und haben Sie sich schon überlegt, was Sie für uns kochen?«

»Also, wenn es ein Hauptgericht sein soll, dann ... lassen Sie mich nachdenken ...«

»Mach ich.«

»... dann wohl am liebsten einen ...«

»... ja ...?«

»... einen ...«

»Brauchen Sie ein Taschentuch, Herr Haderlein, Sie schwitzen ja plötzlich ganz doll.«

»Nein, danke, lassen Sie es gut sein ... das ist nur ... wahrscheinlich habe ich gestern etwas Falsches gegessen.«

»Das wird es sein. Wollen wir die Sache mit dem Rezept vielleicht verschieben?«

»Nicht nötig. Ich kann Ihnen schon sagen, was ich Ihnen koche. Es wird ein ...«

»... ja ...?«

»... ein ... äh ... Reh... äh ... -braten. Ja. Ein Rehbraten. Rehbraten. Ein Rehbraten.«

»Ein Rehbraten? Interessant, Herr Haderlein. Wie komme ich an das Rezept?«

»Ich lasse es Ihnen von meinem Büro zuschicken. Es kann

aber ein paar Tage dauern, ich habe gerade sehr viel zu tun. Die Frage, wie es mit unserer Hudlhubber Kirche weitergeht. Und natürlich verlangt das Amt des Abgeordneten meine Präsenz, und mein Engagement.«

»Natürlich, Herr Haderlein, das ist doch klar. Dann freue ich mich auf Post von Ihnen. Meine Adresse haben Sie ja, oder?«

»Mein Büro kommt an jede Adresse, Frau Bichler. Auch an die Ihre.«

70 | EINE FRAGE DER FANTASIE

Montagabend war immer Feuerwehrübung in Hudlhub. Ludwig, Meik und Hans werkelten am Motor der Tragkraftspritze herum. Die Schmiernippel verlangten wie immer Nachschub. Die Spannung der Keilriemen wurde gecheckt. Nichts, was zwingend sein musste, aber es schadete auch nicht.

Valentin Hausknecht hatte sich zu ihnen gesellt, er trug heute ein blaues Trikot, und er fuhr Werbung für eine Bank aus Spanien, einen Erfrischungsgetränkehersteller aus Italien, einen Sportbekleidungshersteller aus Frankreich, einen Arzneimittelhersteller aus Deutschland, einen Fahrradbremsenfabrikanten aus Japan, einen Reifenhersteller aus Korea und für noch so manches mehr, aber weil er gerade die Arme vor der Brust verschränkte, konnte man das gerade nicht so gut lesen. Hausknecht hatte heute eine nicht so große Runde gedreht, zum Ammersee und über Augsburg, Thierhaupten nach Pöttmes, wo der Marktplatz so schön hergerichtet worden ist, und über Grimolzhausen, Gollingkreut, Öd, Halsbach und die Spargelstadt wieder zurück.

Ein schöner Ausflug an einem schönen Tag in nicht ganz so schönen Zeiten voller Katastrophen. Wirklich auf andere Gedanken war er deshalb nicht gekommen.

Max war es, der das Schweigen brach. »Weiß eigentlich jemand was Neues wegen dem Marterl?«

Dieses Stichwort griffen die anderen gern auf, man kann ja nicht den ganzen Tag über Trübsal blasen.

»Welches Marterl?«, fragte Ludwig scheinheilig. »Magst beten?«

»Du weißt genau, welches Marterl ich mein.«

»Ach, du meinst: DAS Marterl?«, fragte Ludwig süffisant nach.

»Er meint SEIN Marterl«, erklärte Hans.

»Du meinst das, das der Max vollkommen dem Erdboden gleichgemacht hat?«, sprang auch Meik auf den Zug auf.

»Ach, er meint das Marterl, das ihm im Weg stand, als er Wenden in drei Zügen auf einem fünf Fußballfelder großen Acker geübt hat«, sagte Ludwig.

»Genau dieses Marterl meine ich«, sagte Max, war ja klar, dass das so kommen musste, »das Marterl, das ich umgenietet habe. Aber mir sagt ja keiner was. Ich weiß nicht, was das kostet, ich habe keine Ahnung, ob das repariert werden soll, ich würde gerne wissen, ob Haus und Hof für die Reparatur draufgehen.«

»Aber dein Bulldog ist doch versichert, oder?«, fragte Hans.

»Natürlich ist mein Bulldog versichert, aber bei so was gibt es ja vielleicht einen ideellen Wert oder so ... Ich hab einfach keine Ahnung, und ich wüsste gern, woran ich wäre.«

»Vielleicht solltest du doch einfach mal Zeitung lesen, Max«, empfahl der Kommandant. Franz sah wieder einmal rasend autoritär aus, er hatte wie immer alles fest im Griff.

»Das hab ich mir jeden Tag vorgenommen, aber mir ist immer was dazwischen gekommen«, sagte Max.

»Wenn du es getan hättest, dann wüsstest du, dass es eine anonyme Spende gab, die draußen in der Kirche gefunden wurde. Obwohl sie immer noch bewacht wird. Auf dem Altar. Da muss sich jemand an der Security vorbei ins Gebäude gemogelt haben, keine Ahnung, wie er das gemacht hat. Es war jedenfalls so viel Geld, dass man dafür ein fünf Meter hohes Denkmal bauen könnte. Du musst dir also keine Sorgen machen.«

»Echt? Unglaublich. Geld in der Kirche? So wie damals?«, fragte Ludwig, er hatte zwar das E-Paper abonniert, aber sein Tablet war gerade kaputt, er musste erst ein Neues bestellen.

»Ganz genau«, sagte Karl.

»Klärt mich mal auf, bitte«, sagte Meik.

»Da fliegt die Biene von Stempel zu Stempel ...«, setzte Ludwig an.

»Sehr witzig«, sagte Meik ohne zu grinsen.

»Also, Meik«, sagte Karl. »1927, fand der Pfarrer auf den Stufen der Kirche eine Spende über 700 Mark, und das war damals wahnsinnig viel Geld. Die Spende war anonym, aber er nahm an, dass sie von Katharina Harrer stammte.«

»Und warum sollte sie das gespendet haben?«

»Das ist wieder eines der Rätsel, die sich um Kainegg ranken«, sagte Max.

»Vielleicht hatte jemand ein schlechtes Gewissen.«

»Das kann sein«, sagte Karl.

»Vielleicht wollte sie auch einfach nur an ihrem grimmigen Vater vorbei etwas für die Kirche tun«, mutmaßte Hans.

»Auch das kann sein«, sagte Karl.

»Meine Oma erzählt ja immer, dass Katharina weg wollte aus Kainegg, dass sie davon träumte, alles hinter sich zu lassen, dass sie versuchte, eine Wohnung in München zu kaufen, um dort mit ihren beiden Kindern ein neues Leben zu beginnen«, erzählte Max.

»Das habe ich noch nie gehört«, sagte Franz. »Und die Spende, die wäre dann Maklerhonorar gewesen?«

»Zum Beispiel. Nach der Tat wurde in der Nähe des Hofs im Hexenholz eine Münchner Zeitung gefunden. Vielleicht waren da ja Münchner Wohnungsanzeigen drin, sagt meine Oma.«

»Und wie sollte die Zeitung ins Hexenholz gekommen sein?«

»Na, vielleicht hatte die Schwester der Magd sie ja dabei, die in der Mordnacht ihren Dienst in Kainegg antrat«, plauderte Max weiter.

»Die Schwester soll sich ihrerseits eine Weile nach dem Mord eine Wohnung in München gekauft haben. Vielleicht hatte sie nicht nur ihre Schwester als neue Magd nach Kainegg gebracht?«

»Und die humpelnde Magd sollte dann die ganze Familie auslöschen, damit die Schwester sich in München niederlassen konnte, oder wie?«, schaltete sich Meik ein. »Wahrscheinlich war sie hypnotisiert, und durch ein Codewort wurde das Mordprogramm gestartet. Ohne dass sie wusste, was sie da tat, die Magd. Ein ferngesteuerter, menschlicher Killerroboter. Ein Assassin, der nicht weiß, was er tut. Al-le aus-lö-schen. Al-le aus-lö-schen. Kei-ne Zeu-gen übrig las-sen. Al-le aus-löschen. Cool! Genau so muss es gewesen sein! Es war die humpelnde Magd, ihre Schwester hatte sie programmiert. Und am Ende schlug sie sich auch noch selbst das Hackebeil in den Schädel.«

»Und im Sterben versteckte sie es noch eben unterm Dach ...? Du hast sie wirklich nicht mehr alle, Meik, jetzt geht die

Fantasie aber mit dir durch. Du streamst eindeutig zu viele Splatterfilme.«

»Ja, aber wenn die Magd nun doch die anderen alle umgebracht hat, und dann kam ihre Schwester hinterher und killte sie?«

»Meik, das klingt jetzt eher nach einem Drehbuch für einen Alan-Smithee-Film ...«, sagte Ludwig.

»... oder gleich nach Ed Wood«, ergänzte Hans grinsend.

»Ja, genau, Ed Wood. Sehr gute Idee, Hans.«

»Ed Wood?«, fragte Meik.

»Mann, Meik. Das ist der Regisseur mit den grottenschlechten Filmen. Sein Leben wurde verfilmt, mit Johnny Depp in der Hauptrolle.«

»Ah, okay!«, sagte Meik, er erinnerte sich. Ein bisschen enttäuscht war er ja schon. »Soooo schlecht findet ihr meine Theorie? Strengt doch eure Fantasie mal ein wenig an: Die Magd kommt am Abend auf den Hof, und am nächsten Tag sind alle tot – ich bitte euch. Da soll kein Zusammenhang bestehen?«

Sogar Ludwig schüttelte ernst den Kopf. »Die Magd war schließlich behindert, sie war ganz gewiss nicht in der Lage dazu.«

»Meik, verrenn dich nicht, das ist absurd«, sagte Max. »Aber die Sache mit der Wohnung, da könnte schon was dran sein. Und meine Oma sagt ja immer schon, dass es nicht nur ein Mörder war, damals in Kainegg. Sie sagte immer: die Mörder. Und sie sagte es so, als hätten diese beiden Mörder keineswegs gemeinsame Sache gemacht. Zwei Mörder, zwei Motive.«

»Spannend«, sagte Meik.

»Das finden andere auch. Kannst ja ein Buch drüber schreiben, bei deiner Fantasie«, sagte Ludwig.

»Das macht doch die Tante von der Steffi schon«, sagte Meik.

»Dann passt mir bloß auf, dass ihr keiner davon erzählt, was wir hier gerade geredet haben«, sagte Max. »Sonst krieg ich nämlich Ärger mit meiner Oma.«

»Ehrensache, Max«, sagte Ludwig, und die anderen nickten, »wir erzählen dem Tantchen schon nichts. Wobei – die Story vom Meik, die könnten wir ihr durchaus stecken, und dann kriegen wir den Preis.«

»Welchen Preis?«

»Mann, Meik, wo lebst du denn? Derjenige, dessen albernste Kainegg-Geschichte es in Tantchens Kainegg-Buch schafft, bekommt ein Fass Bier!«

»Echt? Ist ja cool!«, erwiderte Meik ganz aufgeregt, »ich hätte da schon noch was: Der Mörder war der Gärtner. Oder der Hausmeister. Oder der Knecht.«

»Sag's der Bettina, nicht uns, Meik!«, grinste Ludwig und wandte sich wieder Max zu: »Und du, Max, du kannst gleich mal anfangen und eine Skizze für ein neues Marterl machen, und das solltest du so planen, dass es max-proof ist.«

Alle lachten. Max nicht.

»Irgendwann, meine lieben Freunde, da wird euch auch einmal ein Missgeschick passieren«, sagte er nur mit finsterer Miene, »und ihr wisst ja: Wer zuletzt lacht ...«

Haderlein wusste jetzt, was ein Trauma ist. Er hatte nachgelesen, bei Wikipedia. »Traumatisierende Ereignisse können beispielsweise Naturkatastrophen, Geiselnahmen, Vergewaltigungen, Kriegserlebnisse, Entführungen, Terroranschläge, Folter, Lagerhaft, politische Haft oder gewalttätige Angriffe auf die eigene Person sein. Diese Ereignisse können in einem Menschen extremen Stress auslösen und Gefühle der Hilflosigkeit oder des Entsetzens erzeugen. Die hierdurch im Menschen hervorgerufene Angstund Stressspannung kann bei der Mehrzahl der Betroffenen wieder von alleine abklingen, wobei sich auch bei diesen Menschen das Verhalten ändert.«

Haderlein war inzwischen bereit, sein Verhalten zu ändern und seine Einstellung. Das, was das Reh mit ihm anstellte, war für ihn ein Terroranschlag, Folter und eine Naturkatastrophe in einem.

Haderlein konnte seit Tagen nicht mehr schlafen.

Wenn er nur daran dachte, die vorgegebene Rehabschussquote in seiner Jagd zu erfüllen, dann ereilte ihn ein Schweißausbruch. Haderlein war mit seinem Latein am Ende.

Er sah nur noch eine einzige Möglichkeit: Er musste sich der Situation erneut stellen.

Um ganz sicher zu gehen, dass er nicht davonlaufen konnte, und dass er gar nicht erst die Zeit hatte, sich zu viel Kopf zu machen, lud er den Bürgermeister mit auf die Jagd ein. Der ging gerne mit.

Haderlein hatte noch etwas getan, um seinen Seelenfrieden zurückzugewinnen: Er war in die Kirche geschlichen und hatte ein dickes Kuvert auf den Altar gelegt. Ein Kuvert mit einer wahrhaft stattlichen Summe. Er hatte sogar einen Spendenzweck angegeben: Mit diesem Geld sollte das Marterl von Kainegg wieder aufgebaut werden. Und immer, wenn er wieder an das arme Reh denken musste, dann wollte er fortan nach Kainegg fahren, zu seinem Marterl, und ein Gebet sprechen.

Für etwaige Spätfolgen war also gesorgt. Aber das half ihm jetzt noch nicht.

»Servus Haderlein, da hast ja mal wieder eine wirklich richtig gute Idee gehabt«, dröhnte der Bürgermeister, als er frühmorgens im Waidmannsgewand in Biberg eintraf. »Heute hätte ich eine Regionalverbandssitzung gehabt, aber da steht eh bloß lauter Schmarrn auf der Tagesordnung. Und außerdem habe ich schon lange keinen (Kunstpause) Bock mehr geschossen.«

Haderlein rang sich ein Lachen ab. Der lässt wirklich keine einzige noch so abgedroschene Phrase aus, fand er. Phrasen, die baute er schon auch gerne mal in seine Reden ein, aber doch nicht so. Er war halt ein Profi, und der Bürgermeister würde immer ein Amateur bleiben. Pah.

»Zumindest keinen Bock, bei dem sie dir draufgekommen wären, gell, Bürgermeister?«, sagte Haderlein und achtete darauf, dass aus seinem Gesichtsausdruck nicht abzulesen war, wie er das meinte. Die Wirkung blieb nicht aus.

»Wie meinstn das, Haderlein?«, fragte der Bürgermeister, hängte seine Holland & Holland Royal Ejector Doppelbüchse über die Schulter, griff mit beiden Händen an das Revers seiner Lodenjacke und wurde gleich offiziell. »Ich bin stolz darauf, sagen zu können, dass ich über eine hervorragend qualifizierte Verwaltung verfüge und zusammen mit meiner Mannschaft ist es uns gelungen, unser (Kunstpause) geliebtes (Kunstpause) Hudlhub so aufzustellen, dass wir uns vor (Kunstpause) niemandem, ich betone es noch einmal, vor (Kunstpause) niemandem verstecken müssen. Wir haben in den vergangenen drei Jahren nicht einmal eine (Kunstpause) Neuverschuldung in unserem Haushalt ausweisen müssen, und meine Bürgerinnen und (Kunstpause) Bürger haben in den Bürgerversammlungen der letzten (Kunstpause) neun Jahre nicht eine kritische Wortmeldung angebracht. Wir ...«

»Jetzt hast es mir aber gegeben, Bürgermeister«, sagte Haderlein und lachte. »Dann wollen wir doch mal schauen, ob du heute einen gescheiten Bock zusammenbringst.«

Wenig später nahmen die beiden auf einem Jägerstand Platz, Haderlein hatte ihn gerade erst herrichten lassen. Er war bequem, und er gewährte einen wunderbaren Blick über Felder, Wiesen und Auen. Und auf das Unterholz.

Haderlein atmete tief durch.

Als der Bürgermeister in die andere Richtung schaute, schloss er die Augen und atmete tief. Und da war es auch schon wieder, das kleine, zarte Reh, das vor ihm am Boden lag, weil er es eben über den Haufen gefahren hatte. Aus seinem kleinen, süßen Gesicht sah es ihn mit einem Blick voller Angst und Schmerz an. Zum ersten Mal fiel ihm auf, dass das Reh regelrecht niedlich war. Also gut, er hätte dieses Gesicht wirklich nicht mit den Absätzen seiner handgefertigten Lederschuhe durch wiederholtes Draufspringen zerschmettern dürfen.

Er hätte das nicht tun sollen, dachte Haderlein.

Es hätte andere Wege gegeben, um das Reh nicht leiden zu lassen. Rehe waren niedlich, redete Haderlein sich ein.

Rehe waren süß. Rehe waren zauberhafte Wesen. Und dennoch hatte er – und das war ein Auftrag der Hege und Pflege – als Jäger eine Abschussquote zu erfüllen. Aber voller Respekt vor Gottes Schöpfung.

Rehe waren hübsche, zauberhafte Tiere, die ein Recht auf Leben hatten, dachte Haderlein, und er machte ein Mantra draus. Schade, dass Gemeinderat Ferdi Adler jetzt nicht da war, mit ihm, dem alten Schamanen, hätte er vielleicht in dessen Schwitzhütte drüber reden können. Er würde das beizeiten nachholen. Adler würde nicht plappern.

Haderlein versuchte sich dran zu erinnern, was er bei Wikipedia in der Abteilung Trauma gelesen hatte: »Verhaltenstherapie versucht die einzelnen Elemente, die eine traumatische Reaktion hervorrufen, zu identifizieren und die Reaktion vom Reiz abzukoppeln, und somit die Auslösung der Traumasymptome zu erreichen.« Genau das versuchte er jetzt hinzubekommen.

Und was war er doch für ein Glückspilz: Es dauerte nicht lange, da regte sich etwas in der Remise, da raschelte etwas im Unterholz. Haderlein konzentrierte sich. Er packte die Merkel und legte sie an die Wange. Er atmete ganz ruhig ein und aus.

Er würde das Reh schießen, mit einem einzigen Treffer, sodass es sich nicht quälen musste.

Und da war es.

Sogar der Bürgermeister nebenan hielt den Atem an. Er wollte Haderlein nicht die Tour vermasseln.

Das Reh war sicherlich vier, fünf Jahre alt. Es hatte ein Leben, dachte Haderlein. Und in diesem Augenblick arbeitete es sich durchs Dickicht, vorsichtig, gewarnt, es wusste, dass da etwas nicht stimmte, es fühlte die Menschen, aber es wusste sie noch nicht recht zu orten.

Ganz langsam arbeitete es sich nach vorn. Und dann hatte Haderlein es im Visier.

Er hielt die Merkel fest in der Hand. Er sah dem Tier direkt in die Augen.

Er spürte, wie seine Hände zittern wollten. Er atmete.

Merkel hilf, dachte er.

Er hielt auf den Kopf des Tieres.

Er fixierte den Bereich genau zwischen den Augen. Dann zog er den Finger durch.

Haderlein spürte, wie ihm der Schweiß in Strömen die Stirn herablief.

»Guter Schuss, Haderlein«, sagte der Bürgermeister.

72 | VERSTECKEND

So müde. Bin so müde.

Das Vieh ist gefüttert, es ist ruhig. Alles ist ruhig. Fast zu ruhig. Kann nichts hören, keine Insekten, kein Wunder, draußen liegt Schnee. Novemberschnee tut den Saaten wohl und nicht weh, bringt reiche Frucht und Klee.

Frucht. Klee. Muss essen, muss aufräumen, muss die Toten loswerden. Und die Haue. Das Mordgerät, werden sie sagen. Mord. Mein Gott. Die Haue, sie liegt in der Küche am Boden, bei dem Brot. Ich brauche Brot. Ich kaue langsam, ich habe keine Kraft mehr, mir ist immer noch übel. Ich nehme die Haue und lege sie weg. Wohin? Vielleicht in den Misthaufen, da war einer hinterm Haus. Oder noch besser: Ich vergrab sie.

Huraxdax, da kommt wer. Muss mich verstecken. Hoffentlich finden sie mich nicht. Und nicht die Toten. Brauche Zeit, bin nicht so weit. Ich versteck mich oben auf dem Dachboden. Da ist die Stiege. Vorsichtig treten, nicht knarzen. Auffi unters Dach. Jetzt ein paar Ziegel zur Seite schieben, damit ich sehen kann. Es ist der Postler. Er ruft. Er ruft lauter. Hallo. Haaallooo! Ist da wer? Niemand da, Postler, verschwind', geh weg, es ist niemand da. Wundere dich nicht. Geh einfach. Geht alle weg. Lassts mir meine Ruh. Alle!

Ich habe Hunger, mir ist kalt. Ich habe Durst.

Und mir ist so übel, ich muss mich übergeben, aber nein, darf mich nicht übergeben, der Postler darf mich nicht hören. Wo ist die Haue? Der Postler, da, er zieht wieder von dannen. Gott sei Dank.

Werde kurz ausruhen. Bette mich ins Heu. Gleich hier oben auf dem Dachboden.

73 | GESTÄNDNIS

»Schön, Sie wieder unter uns zu haben, Hochwürden«, sagte Zackig. Einer spontanen Eingebung folgend, hatte sich der Reporter entschieden, ins Krankenhaus zu fahren und zu fragen, wie es den beiden Patienten geht. Er war mehr als überrascht, als die freundliche Dame am Empfang ihm diesen Satz sagte: »Zimmer 135, die Treppe rauf, und dann links den Gang runter.« Also gut, dachte sich Zackig, dann machen wir das so.

Leise klopfte er an der Tür, vorsichtig schob er sie auf und ging hinein. Hochwürden lag in seinem Bett und las. Er trug einen hellblauen Pyjama, der sich wunderbar in das fröhliche Meer von Blumen fügte.

»Ah, Zackig, wie schön«, hauchte der Pfarrer, seine Stimme klang noch etwas heiser, aber durchaus nicht schwach.

»Sie sind wach!«, sagte Zackig, ging zu ihm, und packte mit beiden Händen die Linke des Pfarrers, die andere war noch voll von Zugängen, Pflastern und Schläuchen.

»Seit gestern«, sagte der Pfarrer, »nehmen Sie sich doch einen Stuhl. Ich freue mich, Sie zu sehen.«

Zackig kam dem Angebot wortlos nach.

Die beiden hatten ein gutes Verhältnis, nach anfänglichen Schwierigkeiten. Der Pfarrer war Presse gegenüber durchaus misstrauisch gewesen, aber in den vergangenen Jahren hatte es mehrere Anlässe gegeben, die ihm zeigten, dass Zeitungmachen für Zackig nicht nur aus Schlagzeilen bestand.

»Wie geht es Ihnen, mein Sohn?«, fragte der Pfarrer.

»Das ist ja mal wieder typisch«, lachte Zackig.

»Was meinen Sie, mein Sohn?«, fragte der Pfarrer irritiert.

»Sie, Hochwürden, sind dem Tod von der Schippe gesprungen, und Sie fragen mich, wie es mir geht? Es geht mir gut, Herr Pfarrer, und wissen Sie auch warum? Weil ich Sie hier sehe – und so lebendig. Das ist wirklich richtig schön.«

Der Pfarrer senkte bescheiden den Blick. Er wollte sich mit der rechten Hand verlegen am Ohr kratzen, aber die Schläuche unter seiner Hand hielten ihn davon ab.

»Au!«, sagte er.

»Ganz der Alte!«, lachte Zackig. Der Pfarrer wurde von seinem Herrn leider ziemlich oft geprüft, indem er ihn sich selbst zugefügte Schmerzen aushalten ließ. »Wissen Sie etwas von Charlie?«

Der Pfarrer nickte. »Auch wach, inzwischen. Es geht ihm soweit gut. Seine rechte Schulter war zertrümmert, aber er wird wohl keine bleibenden Schäden davontragen. Wir hatten beide einen Schutzengel, ich einen ganz besonderen. Ich weiß gar nicht, wie ich Charlie danken soll.«

»Ein Teufelskerl!«, sagte Zackig.

»Dieses Wort hätte ich in diesem Zusammenhang nicht gewählt«, lachte der Pfarrer, und Zackig grinste auch, als ihm bewusst wurde, was er da gerade gesagt hatte, »aber ich weiß, was sie meinen. Was für eine furchtbare Geschichte. Meine liebe Theresia. Meine wunderschöne Kirche. Was soll denn nur werden?«

»Und die Polizei tappt immer noch im Dunkeln, sie findet keinerlei Hinweise darauf, wie es zu dem Feuer gekommen sein kann.«

»So furchtbar«, heiserte der Pfarrer und schüttelte den Kopf.

»Ja, furchtbar«, nickte Zackig.

Der Pfarrer musterte den Reporter, und seine Antennen funktionierten schon wieder.

»Es gibt aber noch einen anderen Grund, warum Sie hier sind, nicht wahr?«

Zackig sagte zunächst nichts. Er überlegte, ob das der richtige Zeitpunkt war, um den Pfarrer mit seinem Zeug zu belasten. Was soll's, dachte er schließlich, vielleicht tut ja etwas Ablenkung gut.

»Es gibt da tatsächlich was, Hochwürden«, druckste er schließlich herum. »Es geht um eine moralische Frage. Es geht darum, was man tun soll, wenn man glaubt, etwas zu wissen, von dem man weiß, dass es alle wissen wollen, man aber weiß, dass manche nicht wollen, dass es alle wissen.«

»Ja, mein Sohn ...«, sagte der Pfarrer, »und ... was genau wollen Sie mir ... äh ... geht es vielleicht etwas konkreter?«

»Es geht um Kainegg«, presste Zackig schließlich aus sich heraus.

»Und Sie wissen etwas, von dem Sie das Gefühl haben, dass es alle interessiert – und Sie glauben, es nicht schreiben zu dürfen?«

»Genau.«

»Sie wissen, wer der Mörder war?«

»Sagen wir so: Zumindest habe ich da eine Theorie gesteckt bekommen, die ich vorher noch nie gehört habe.«

»Und Sie haben kein Beichtgeheimnis, hinter dem Sie sich verstecken können«, sagte der Pfarrer frech und baute Zackig so eine Steilvorlage.

»Sie sagen es, Hochwürden.«

»Das muss hart sein, für einen Journalisten.«

»Oh ja.« Zackig kratzte sich am Kopf. »Hart genug, dass ich jemanden um Rat frage, den ich normalerweise nicht um Rat frage.«

Der Pfarrer lehnte sich für einen Moment in seinem Kopfkissen zurück und schloss die Augen.

»Wissen Sie was, mein Sohn?«, sagte er schließlich, ohne seine Position zu verändern und ohne die Augen zu öffnen. »Ich habe genau dasselbe Problem.«

»Sie auch ...?«

Der Pfarrer ließ die Augen weiterhin geschlossen und nickte leicht.

»Ich denke, ja ...«.

»Witzig«, sagte Zackig.

»Und jetzt?«, fragte der Pfarrer.

»Deswegen wär ich da, Herr Pfarrer.«

Da öffnete der Pfarrer die Augen und fixierte Zackig. »Ich würde vor allem nichts überstürzen. Die Nachtruhe abwarten, denn morgen ist auch noch ein Tag. Und, auch wenn Sie kein regelmäßiger Kirchgänger sind, wissen Sie ja: Manchen ...«

»... gibt's der Herr im Schlaf, Herr Pfarrer. Ich danke Ihnen.«

Protokoll der 17. Gemeinderatssitzung des Hudlhubber Gemeinderates in der laufenden Wahlperiode, verfasst von Geschäftsleiter Boehme Heinrich, Gemeindeverwaltung.

Der Bürgermeister begrüßte alle Anwesenden und hieß ganz besonders die Presse in Form von Sommer André willkommen, der den Gemeinderat ja schon seit vielen Jahren als Mitarbeiter unserer Heimatzeitung begleite. Der Bürgermeister bat, dass der Sommer André wie immer einen schönen Bericht schreiben möge. Dann stellte der Bürgermeister fest, dass die Ladung formund fristgerecht zugestellt worden sei.

Nachdem es keine Einwände gegen die Tagesordnung gab, ließ er über die Niederschrift der letzten Sitzung abstimmen, der Beschluss wurde einstimmig positiv verbeschieden. Dann bat der Bürgermeister alle Anwesenden, sich von ihren Plätzen zu erheben, und unserer verstorbenen Theresia und unserer Helden vom Feuerwehrtrupp von Hudlhub zu gedenken und unserem hochwürdigen Herrn Pfarrer und dem Charlie unser aller Genesungswünsche zu senden.

Der Bürgermeister stellte darauf die Ergebnisse des Untersuchungsberichts der Kriminalpolizei nach dem Feuer in der Ortskirche Zur Heiligen Mutter Gottes Verkündigung vor. Er könne dieses Untersuchungsergebnis aber noch nicht vorstellen, erklärte er, weil selbiges noch nicht vorläge.

Er habe auch bereits mit dem Bistum Kontakt aufgenommen, den Wiederaufbau der Kirche betreffend. Das Einverständnis des Gemeinderats voraussetzend, habe er auch eine finanzielle Beteiligung der Gemeinde in Aussicht gestellt. Ob damit Einverständnis bestehe, fragte der Bürgermeister den Gemeinderat. Per Handzeichen wurde einmütige Zustimmung proklamiert. Über die Höhe des Zuschusses müsse man aber noch reden, ergänzte Gemeinderat Haller Paul (CSU), und er bitte, dass das zu Protokoll genommen werde, worauf der Bürgermeister sagte, dass das doch eine Selbstverständlichkeit sei, was bitte ebenfalls im Protokoll vermerkt werden sollte und hiermit geschehen ist.

Dann stieg der Gemeinderat in die Abarbeitung der weiteren Tagesordnung ein.

Tagesordnungspunkt eins waren Bauanträge. Es lagen keine Bauanträge vor.

Tagesordnungspunkt zwei waren Auftragsvergaben (vorsorglich). Es lagen keine Auftragsvergaben zur Vergabe vor.

Tagesordnungspunkt drei war die Zustimmung zu einer geplanten Flächennutzungsplanänderung durch die Nachbargemeinde Gerolsbach zum Bau von drei 200 Meter hohen Windrädern an der Gemeindegrenze zu Hudlhub. Der Bürgermeister berichtete, dass die drei Windräder auf einer Anhöhe vor Hudlhub im Südwesten, von wo der Wind meistens kommt, mit einem Abstand von 2015 Metern zur Wohnbebauung – und damit die Seehofer'sche 10-H-Regelung berücksichtigend – erstellt werden sollen. Das Vorhaben sei gemäß Paragraf 35 Baugesetzbuch privilegiert, der Bauwerber habe erklärt, er werde alle damit verbundenen Auflagen erfüllen.

Die Ankündigung des Bürgermeisters löste allgemeine Unruhe im Sitzungssaal aus. Ob man die Scheißdinger denn sehen oder hören werde, wollte Gemeinderat Brockmeier Erwin (FW) wissen, er habe gehört, dass die Scheißdinger längst nicht so leise seien, wie dem Bürger gerne von der Obrigkeit weisgemacht werde, und dass sie nachts derart blinken würden, dass eine ganze Region wie in einem Rotlichtbezirk lebe und dass seine Frau sicherlich nicht damit einverstanden sei, dass sie wegen der Scheißdinger in einem Rotlichtbezirk leben müsse.

Das sei alles gar nicht so schlimm, weil ja die 10-H-Regelung eingehalten werde, und er möge doch bitte seine Wortwahl dem Anlass dieser Debatte angemessen mäßigen, sagte der Bürgermeister.

Wieso denn der Gemeinderat überhaupt gefragt werde, wenn das Verfahren ja sowieso privilegiert sei, was den Gemeinderat ja de facto quasi entmündige, fragte Gemeinderat Adler Ferdi (FW). Der Gesetzgeber sehe vor, dass das gemeindliche Einvernehmen abzufragen sei, erklärte darauf der Bürgermeister. Was denn passiere, wenn die Gemeinde ihr gemeindliches Einvernehmen verweigere, fragte darauf Brockmeier Erwin (FW). Dann werde das fehlende gemeindliche Einvernehmen durch das Landratsamt ersetzt, erklärte der Bürgermeister.

Und was denn sei, wenn das Landratsamt sich weigere, fragte darauf Adler Ferdi (FW). Das Landratsamt könne die Zustimmung nicht verweigern, das sei gesetzlich nicht zulässig, erklärte darauf der Bürgermeister.

Dann sei ja das Landratsamt auch vom eigenen Staat entmündigt, sagte darauf der Adler Ferdi (FW). Das könne man so nicht sagen, sagte dazu der Bürgermeister, auch wenn er dieser Aussage inhaltlich schon so zustimmen müsse. In was für einer Scheißbananenrepublik man denn eigentlich lebe, wo einem solche Scheißdinger vor die Nase gesetzt werden, ohne dass man sich zur Wehr setzen könne, fragte darauf Brockmeier Erwin (FW).

Da meldete sich Gemeinderat Gürtner Theodor (FW) zu Wort und erklärte, noch ehe der Herr Bürgermeister ihm das Wort erteilt hatte, dass er gar nicht verstehe, wie man denn nur so was sagen könne, so Windräder seien doch so hübsch anzuschauen, und sie hätten etwas sehr Beruhigendes und wenn es nach ihm ginge, dann könnten auch 100 Stück vor den Toren von Hudlhub gebaut werden, und außerdem sei ja die Energiewende eine der besten Ideen aller Zeiten überhaupt. Brockmeier Erwin (FW) sagte darauf, dass erstens Bier eine viel bedeutendere Erfindung gewesen sei und der Gürtner Theodor ja zur SPD gehen könne, wenn er seinen Scheiß weiter verbreiten wolle, worauf der Gürtner Theodor (FW) sagte, er verbitte es sich, mit solchen Splittergruppen, die in Hudlhub an der Fünf-ProzentHürde kratzen, in einem Atemzug genannt zu werden, und jetzt fehle ja bloß noch, dass der Brockmeier Erwin (FW) jetzt auch noch mit den Grünen oder gar der FDP daherkomme.

Daraufhin gab es weitere Tumulte mit Zustimmungsbekundungen und vereinzeltem Applaus, worauf der Bürgermeister erklärte, er müsse doch sehr bitten, und dieser Tonfall sei ja nun völlig unangemessen, und er bitte doch um etwas mehr Respekt vor dem Gesetz, das das Landratsamt schließlich zu vertreten und der Gemeinderat zu respektieren habe.

Was das denn für Gesetze seien, die die Bürger mundtot machen, wollte darauf Haller Paul (CSU) wissen. Ja, genau, sagte darauf Adler Ferdi (FW), das könne man doch so nicht hinnehmen, und es sei an der Zeit der Regierung zu zeigen, dass man sich das so nicht gefallen lasse. Wenn es nötig sei, müsse man zeigen, dass die Uhren bei uns anders laufen, erklärte darauf Brockmeier Erwin (FW) mit einem Verweis auf dem Reiß Sepp seine rückwärts laufende Kuckucksuhr, und wenn das nicht genüge, dann müsse man eben zu anderen Maßnahmen greifen.

Adler Ferdi (FW) stellte daraufhin den Antrag, eine Revolution anzugehen. Der Bürgermeister sagte dazu, dass das doch ein Schmarrn sei, und dass er jetzt über den Antrag der Gemeinde Gerolsbach zur Änderung des Flächennutzungsplans abstimmen lasse.

Darauf sagte Adler Ferdi (FW), dass sein Antrag auf Revolution der weiterführende sei, und der weiterführende Antrag sei laut Geschäftsordnung vorrangig zu behandeln, worauf der Bürgermeister erklärte, er könne nur über Anträge abstimmen lassen, die auf der Tagesordnung seien, und wenn er über eine Revolution abstimmen lassen wolle, dann hätte er das eingangs der Sitzung einfordern müssen, als er geschäftsordnungskonform über die Tagesordnung habe abstimmen lassen. Adler Ferdi (FW) erklärte darauf, dass er eingangs der Sitzung ja noch nicht wissen konnte, dass nun die Zeit für eine Revolution gekommen sei, weil die Entmündigung des Gemeinderats durch die Privilegierung aus den Sitzungsunterlagen nicht hervorgegangen sei.

Darauf sagte der Bürgermeister, dass er, nachdem der Gemeinderat ja einvernehmlich sowieso entmündigt sei, nun auch genauso gut über den Antrag abstimmen und in der Tagesordnung fortfahren könne, weil es ja eh völlig egal sei, was der Gemeinderat beschließe, das Landratsamt werde dem Antrag auf Bau der Windräder ja sowieso zustimmen müssen. Und somit komme er nun zur Abstimmung, sagte der Bürgermeister, nachdem sich die tumultartigen Zustände im Sitzungssaal nach und nach wieder aufgelöst hatten. Dem Antrag auf Bau der Windräder wurde mit 5:4 Stimmen zugestimmt.

Tagesordnungspunkt vier war der Antrag der Firma Playdesign Inc. Ltd aus Frankfurt mit Firmensitz und Gerichtsstand in Liverpool (UK) auf Überlassung der Nutzungsrechte am Hudlhoop-Reifen und an den Weisheiten des Matthias Kronleichter (1726 - 1754) zu Vermarktungszwecken des Hudlhoop-Reifens mit einer Option auf Bau eines Flagshipshops in Hudlhub. Der Bürgermeister erklärte den Gemeinderatsmitgliedern, dass Mitarbeiter der Firma bei ihm vorstellig geworden seien und angeboten hätten, einen Cent je verkauftem Hudlhoop-Reifen als Lizenzgebühr an die Gemeinde auszuzahlen. Gemeinderat Brockmeier Erwin (FW) sagte darauf, ihm sei das jetzt scheißwurscht und es sei doch völlig egal, was hier beschlossen werde, denn der Gemeinderat sei ja sowieso entmündigt, wie alle Bürger dieses Landes auch und überhaupt wolle er jetzt zum Wirt. Adler Ferdi (FW) stimmte ihm daraufhin zu, er möge allerdings lieber in seine Schwitzhütte, um durchzuatmen, und wer sich ihm anschließen wolle, sei dazu herzlich eingeladen. Darauf ließ der Bürgermeister über Tagesordnungspunkt vier abstimmen. Der Gemeinderat stimmte einstimmig zu. Damit schloss der Bürgermeister die Sitzung.

75: NA DANN: GUTE NACHT

Zackig schlief nicht gut, in dieser Nacht.

Immer wieder wachte er auf, ging aufs Klo, legte sich wieder hin, stand auf, ging in die Küche, um Leitungswasser zu trinken, legte sich wieder hin, schlief ein, wachte wieder auf, ging zum Kühlschrank, aß ein Stück Käse, legte sich wieder hin, schlief wieder ein, wachte wieder auf, vertrat sich ein wenig die Beine, musste pieseln, legte sich wieder hin, schlief wieder ein, wachte wieder auf, vertrat sich erneut die Beine und so weiter.

Und plötzlich stand er in einem düsteren Kuhstall. Es war winterlich, von draußen drang eisiger Wind durch die schlecht isolierten Wände und Türen. Genau genommen waren sie überhaupt nicht isoliert, und die Heizung war auch nicht an.

»Kann mal jemand die Heizung anmachen?«, rief Zackig in den Raum, aber es war niemand da, der ihn hätte hören können.

Zackig erschrak, und weil er nicht so recht wusste, was er denn nun machen sollte, kauerte er sich in die Ecke des Raums. Das Scheunentor knarzte, er spürte die kalte Zugluft.

Da war wer.

Der Mann war nicht sehr groß, höchstens 1,70, wenn überhaupt, im fahlen Mondlicht konnte Zackig nur die Umrisse seines Körpers erkennen. Ein älterer Mann, er hatte ein Werkzeug in der Hand, das Zackig schnell als Reuthaue, als die Reuthaue identifizierte.

Das Gerät war ihm vertraut, so oft schon hatte er sich damit auseinandergesetzt.

Im Halbdunkel sah Zackig, wie eine Frau aus den Wohnräumen heraustrat, und selbst in der Dämmerung konnte er noch sehen, wie schön sie war. Sie hatte eine hohe Stirn, hohe Wangenknochen, die Haare waren hinten zum Zopf gebunden. Die tägliche, schwere Arbeit hatte die Hände, die Arme, die Schultern trainiert, sie hatte Kraft, und die sah man ihr an. Sie hatte die aufrechte Haltung einer Sportlerin.

Der alte Mann griff die Reuthaue fester.

»Was ist denn los?«, fragte die schöne Frau. »Jetzt ist wirklich nicht die Zeit.«

»Ich werd dir zeigen, was los ist«, sagte der alte Mann, »und wer der Herr im Haus ist.« Er ließ die Reuthaue zu Boden sinken, sie machte ein metallenes Geräusch.

»Jetzt beruhig dich halt«, sagte die Frau.

»Ich bin ruhig!«, flüsterte der Mann heiser. »Aber was du hier machst, das geht mir zu weit. Ich habe dir den Hof übergeben, ich habe dir die Verantwortung übergeben, aber du holst mir diese Magd ins Haus, und es fehlt Geld aus der Kommode, 700 Mark, sie sind einfach weg. Sag mir, was hier passiert.«

»Was soll schon passieren?«, sagte die Frau unschuldig. »Nix passiert. Und jetzt komm, es ist schon spät.«

»Du lügst mich doch an!«, zischte der Alte und machte zwei schnelle Schritte auf sie zu. »Lüg mich nicht an!«, sagte er noch einmal und packte sie.

»Jetzt lass mich los!«, forderte die Frau und griff nach seinen Handgelenken. Doch seine Handgelenke bewegten seine Pranken nach oben, in Richtung ihres Halses. Die Hände packten sie, und sie drückten zu. Die Frau versuchte sich zu wehren, versuchte, sich aus der Umklammerung ihrer Kehle zu befreien, sie war nicht stark genug. Die Frau röchelte, sie ging ganz allmählich in die Knie, dann sank sie in sich zusammen.

Da kam eine andere Frau aus dem Haus in den Stall, eine sehr alte Frau.

»Ja, was ist denn hier los? Spinnst denn du?«, rief sie.

»Gib a Ruh!«, brüllte der Alte, bückte sich und hob die Reuthaue. Dann schlug er zu.

Die Alte schrie. Plötzlich lag sie blutend am Boden.

Da rappelte sich die junge Frau wieder auf, kam wieder zum Stehen, sie taumelte. Und sie bekam Hilfe von einem zarten Mädchen, das aus dem Haus gerannt kam. »Mama, was ist denn mit dir! Da ist ja Blut!«, rief sie.

Die Mama schrie vor Schmerz, »Geh weg!«, herrschte sie das Mädchen an. Und noch einmal: »Lauf weg!«

Aber das Mädchen dachte nicht daran. Und der Alte holte aus. Mehrere Hiebe mit der Haue trafen die Schöne, einer auch das Mädchen, er spürte, dass er sie am Kinn erwischt hatte, das Mädchen ging zu Boden, die Schöne auch.

Der Alte ließ die Reuthaue sinken, er atmete schwer. Was hatte er nur getan.

Dann ging ein Ruck durch seinen Körper, er packte das Werkzeug und verschwand im Haus.

Zackig wagte nicht mehr zu atmen. Er konnte fühlen, wie sich seine Nackenhaare aufstellten. Dann näherte sich noch jemand von hinten. Er konnte das Rauschen der Kleidung hören, die behutsamen Tritte, das leichte Rascheln des Heus am Boden.

Verdammt. So ein Scheiß.

Verdammt, er sollte ja nicht mehr »Scheiß« sagen. Seit Monaten predigte das Lissy in der Redaktion, und er wünschte sich sehr, dass das Lissy wäre, hinter ihm, hier im Stadel, wo er gerade Zeuge mehrere Morde geworden war. Oh, mein Gott. Die Schritte kamen näher, er konnte den Atem spüren.

Zackig nahm all seinen Mut zusammen, machte zwei, drei schnelle Schritte nach vorn, drehte sich um, fast wäre er über die Leichen am Boden gestolpert, er konnte sich gerade noch halten, oder doch, er verlor das Gleichgewicht. Zackig versuchte, nicht auf die Toten zu fallen, und das gelang ihm, aber er fühlte, dass seine Hand in einer Lache mit dickflüssiger, warmer Flüssigkeit gelandet war. Das war Blut. Blut. Er hob die Hand, sah sie unverwandt und angewidert an. Da löste sich ein Schatten aus dem Dunkeln, der andere Eindringling, der hinter ihm gestanden war.

Zuerst konnte er im Halbdunkeln des Raumes nur Umrisse erkennen, der Eindringling schob mit der Hand die Haare hinter die Ohren, da wusste er, wer sich da von hinten an ihn ranmachte.

Hier, inmitten der Leichen, am Tatort, zwischen leblosen Körpern und Blut, näherte sich – Bettina.

Er wusste nicht, wie lange sie schon da war.

Lange genug, um gesehen zu haben, was passiert war?

Sie beugte sich nach vorn und reichte ihm wortlos lächelnd eine Hand, wie um ihm zu helfen. Mit der anderen versuchte sie erneut, ihre wallende Mähne hinterm Ohr zu bändigen.

Sie hatte wunderschöne Augen, volle, sinnliche Lippen, warum um alles in der Welt war ihm das vorher nicht aufgefallen?

Ihre Hände berührten sich. Da wachte Zackig auf.

Er brauchte einen Moment, um sich zu orientieren. Zackig fühlte, dass er schweißnass war.

Er stand auf, um einen Schluck zu trinken.

Meistens, wenn er träumte, konnte er sich nicht daran erinnern, diesmal schon. Er überlegte kurz, ob er das aufschreiben sollte, was er eben in seiner Hirnwelt gesehen hatte, aber es war alles so klar – das würde ihm gewiss nicht verloren gehen. War das eine Option?

Zackig schaute auf die Uhr, es war gleich vier.

Noch viel Zeit, um sich etwas auszuruhen, nachher musste er ja wieder in die Arbeit. Und er wusste, dass er auch an diesem Tag nicht heimgehen würde, ehe nicht die Zeitung fertig war.

Zackig legte sich hin, und es dauerte nicht lange, dann schlief er wieder.

76 | BETTINA UND STEFFI

Bettina sah auf die Uhr, es war gleich vier Uhr morgens. Seit dem Überfall hatte sie keine Nacht mehr durchgeschlafen. Irgendetwas riss sie auch diesmal aus dem Schlaf, plötzlich war sie wach, obwohl sie doch die halbe Nacht noch vor sich hatte.

Mit Frank hatte das nichts zu tun, das war ihr längst klar geworden. Münster, das war ganz weit weg. Irgendwann, da würde sie sich diesem Thema wieder stellen müssen, sie würde sich darüber klar werden müssen, wie ihr Leben weitergeht. Sie würde sich eine Wohnung und einen Job suchen, und es würde irgendwann auch zu einer Begegnung mit Frank kommen. Sie riss sich grade nicht darum, es gab gerade ganz andere Dinge.

Nein, obwohl das lebensentscheidende Themen waren, die noch auf ihrem Weg vor ihr lagen, war es etwas anderes, das in ihr bebte. Da war etwas, das sich Luft machen wollte, aber noch nicht so recht konnte.

Bettina stand auf, um sich einen Schluck Wasser aus der Küche zu holen.

Sie staunte nicht schlecht, in der Küche brannte Licht.

»Kannst nicht schlafen?«

»Nein, Bettina, ich hab zu viele Sachen im Kopf. Ich bin wieder aufgewacht.«

»Weil ...?«

»Ach, diese Idee mit dem Kochbuch. Die gefällt mir. Aber es hängt auch ne Menge dran. Ich habe schon über 20 Rezepte, aber drei sind zum Beispiel zum gleichen Gericht. Jetzt muss ich mir überlegen, zu wem ich gehe, und wer am wenigsten beleidigt ist, wenn ich um ein anderes Rezept bitte.«

»Ich versteh.«

»Und du? Frank?«

»Nein, glaub ich gar nicht. Bei mir geht's nicht ums Kochbuch, aber auch um ein Buch-Thema. Ich schreib ja schon vor mich hin, und irgendwie macht das auch total Spaß, aber ich muss das ja alles erstmal üben und so. Und es sind doch einige Hürden zu nehmen. Die Tücke liegt im Detail. Aber das merkst du ja auch.«

»Stimmt. Was wird's denn jetzt? Ein Krimi? Schreibst du jetzt eine richtige Kainegg-Geschichte oder was wird das?«

»Irgendwie und nicht. Die Leute haben mir so viel erzählt, es gibt so viele Aspekte, die bringt man gar nicht alle unter, finde ich. Ich weiß noch nicht genau.«

»Weißt du denn, wer der Mörder ist?«

»Gute Frage. Weißt du's?«

»Also, ich bin zumindest sicher, dass das nichts mit diesen Waffensachen zu tun hat, die hat es vielleicht auch gegeben, aber ich denke schon, dass es eine Beziehungstat war. Die Frage ist – wer.«

»Also, die Leute hier waren schon alle wirklich sehr offen zu mir«, sagte Bettina, »und ich habe schon eine Theorie, wobei das schon eher ein Roman wird. Da geht's dann nicht so genau.«

Alle waren sie da.

Zeitungsreporter, Fernsehteams, der Landtagsabgeordnete, der komplette Gemeinderat, der Feuerwehrtrupp, der Vorstand des Bayerischen Bauernverbands mit allen Ausschüssen, der katholische Frauenbund und der versammelte evangelische Kirchenvorstand, der FC Hudlhub sowieso, zumal der in weiten Teilen deckungsgleich mit dem Feuerwehrtrupp von Hudlhub war, und auch so ziemlich alle Hudlhubber, die sich nicht in Vereinen oder Verbänden organisiert hatten, sogar diejenigen aus dem Neubaugebiet Durchschlachter Äcker, die in Hudlhub zwar wohnten und schliefen, die aber am gemeindlichen Leben sonst nicht weiter teilnahmen, und auch die Nachbarn aus Singen.

Selbstverständlich fehlte die Huberbauerin nebst Gatten nicht, und das war etwas ganz Besonderes! Denn gleichzeitig sah man die beiden sonst nie, üblicherweise tauchten die Teilnehmer dieser Lebensgemeinschaft ohne den anderen auf.

Ganz im Gegensatz zum Himbeer-Toni mit seiner Elfenbeinprinzessin aus dem Hudlhubber Ortsteil Großpalmberg, die, seit ihre Liebe erwacht war, kaum noch ohne den anderen anzutreffen waren, und die wieder einmal beide auf Schakalaka machten und fast zu schön waren für diese Welt.

Drei fehlten: der Herr Pfarrer und Charlie, beide waren noch im Krankenhaus, und der Bürgermeister.

Die Verantwortlichen warfen sich fragende Blicke zu und zuckten die Schultern. Keine Ahnung, wo er bleibt. Man würde wohl noch ein wenig warten, ehe es losging.

An den Geschäften drüben im Ort hingen überall nur »Komme gleich wieder«-Schilder, wobei die Vokabel »gleich« in diesem Falle nicht ganz so wörtlich zu nehmen war. Was jetzt anstand, würde schon eine Weile dauern, an diesem Freitagnachmittag um

14 Uhr, zwei Wochen und einen Tag nach dem großen Feuer in der Kirche.

Der Feuerwehrtrupp von Hudlhub hatte eine Sonderschicht geschoben, um alles für diese Veranstaltung herzurichten, auf die nicht nur das ganze Dorf wartete, sondern auch viele, die den Hudlhubber Kirchenbrand weiter weg mitverfolgt hatten.

Die Entscheidung, die Pressekonferenz am Kirchplatz abzuhalten, sie öffentlich zu machen, und sie mit einer Andacht für Theresia zu verbinden, war im Gemeinderat schnell gefallen, der Bürgermeister hatte alle, die er per Mail nicht erreichen konnte, abtelefoniert – so viel Einstimmigkeit würde er sich öfter wünschen. Als Polizeichef Reberger ankündigte, jetzt einen vorläufigen Untersuchungsbericht vorlegen zu wollen, war dem Bürgermeister sofort klar, dass er das nicht im kleinen Kreis belassen konnte.

Die Kirche Zur Heiligen Mutter Gottes Verkündigung sah noch nahezu genauso aus wie am Tag nach dem Feuer, noch immer war sie von Absperrbändern umrahmt, die Sakristei war, wo Charlie mit dem LF16 ins Mauerwerk gerast war, notdürftig mit OSB-Platten vernagelt, damit niemand, der im Innern nichts zu suchen hatte, ohne Weiteres reinkommen konnte.

Immerhin war rundherum alles wieder picobello. Die Trümmer hatten Kommandant Franz und seine Jungs fein säuberlich auf der Rückseite der Kirche aufgeschichtet, sie hatten den ganzen Kirchplatz gereinigt, gehakt, planiert, sie hatten Pflastersteine, die unter dem Einsatz verrückt oder eingedrückt worden waren, wieder neu gesetzt, sie hatten sogar begonnen, die Hecke zu Theresias Kräutergarten, die teilweise eingedrückt worden war, nachzupflanzen. Würde man sich die Wunden am Gotteshaus wegdenken, sah alles so aus, als wäre hier nie etwas passiert.

Aber es war etwas passiert. Etwas sehr Schlimmes.

Drum waren jetzt alle umso gespannter darauf, ob die Polizei eine Erklärung dafür hatte, wie es zu dem Feuer gekommen war. Denn die Brandursache kannte bisher niemand.

Polizeichef Reberger wollte nicht länger warten. Er tuschelte kurz mit Haderlein und mit einigen der anderen Offiziellen, dann trat er vor ans Pult und pustete ins Mikrofon. Er wusste selbst nicht so genau, warum er ins Mikrofon pustete, alle machten das so, und er halt auch.

»Phhhtphhhhtttt«, machte es aus den Lautsprechern, und das führte immerhin dazu, dass die vielen getuschelten Gespräche auf dem Platz verstummten.

»Meine Damen und Herren«, sagte er, und Reberger tat das sehr kraftvoll, sehr fest und dabei so emotionslos wie möglich, »ich heiße Sie alle sehr herzlich willkommen.« Es sei ja nicht eben üblich, Untersuchungsberichte vor einer großen Öffentlichkeit vorzustellen, es sei andererseits auch nicht üblich, dass ein Pfarrer aus einer brennenden Kirche gerettet würde.

Reberger schilderte ausführlich, wer wie was untersucht hatte, und wie das Zusammenspiel von Kriminalpolizei, Landeskriminalamt und mehreren Spezialabteilungen, die eingeschaltet worden waren, perfekt funktioniert hatte. Er sagte das ruhig, beherrscht, mit wenigen Emotionen, so, wie man das von Staatsbeamten erwartet. Anders gesagt: Das war nicht das, was die Leute hören wollten. Aber Reberger machte das schon geschickt: Erstmal die Erwartungshaltung abbauen, das war sein Plan, immer mit der Ruhe.

Nur ned hudln.

Dann kam er endlich zur Sache.

Die Spurensicherung habe das Gotteshaus von oben bis unten, von vorne bis hinten auf den Kopf gestellt, sagte er.

»Lauter!«, brüllte die Huberbauerin, »man versteht ja nichts.« Reberger sah sich um, ein Kollege nickte und schraubte an einem

Mischpult. Als Reberger das nächste Wort ins Mikrofon sagen wollte, pfiff es aus allen Boxen, und die Anwesenden – sicherlich 150 Menschen, wenn nicht mehr – rissen die Arme hoch und hielten sich die Ohren zu. Das wäre das Foto des Jahres gewesen, aber Bernd Zackig und seine Kollegen hatten es nicht anders gemacht als die anderen, und wenn man beide Hände an den Ohren hat, kann man keinen Auslöser betätigen, das geht nicht.

Zackig stöhnte, er sah wohl, was er da gerade verpasste. Als er reagieren wollte, hatte der Beamte den Regler schon wieder schulterzuckend zurückgedreht, das Pfeifen hatte aufgehört, die Arme sanken herab, die Chance zum Foto des Jahres war vorbei. Kann man nichts machen. Zackig kannte das ja schon, ein wenig zu spät dran zu sein. Er seufzte. Egal, dachte er, Mund abwischen und weiter geht's.

»Wie ist es jetzt?«, fragte Reberger ungerührt, mit derselben Lautstärke wie vorher.

»Viel besser!«, rief die Huberbauerin. Na also.

Die Spurensicherung habe also viele Spuren gefunden, fuhr Reberger fort. Unschwer sei zu erkennen gewesen, dass das Feuer in der Sakristei ausgebrochen sein müsse, erklärte er, von dort habe es sich durch die Verbindungstür ins Haupthaus gefressen, sich dort mit Hilfe des Teppichs vorgearbeitet, und schließlich den Altar erreicht.

Reberger schob seine Dienstmütze zurecht und trank einen Schluck Wasser, ehe er weitermachte. Der enormen Hitze, die dort, von den kokelnden Säulen und dem entflammten Baldachin, nach oben stieg, hätte der über die Jahrhunderte eh schon trocken gewordene Mörtel zwischen den Sternrippen des Gewölbes nicht mehr standgehalten. Die Verbindung müsse an einigen Stellen ohnehin schon schlecht gewesen sein, die Hitze habe zu einer schnellen, zu der finalen Schrumpfung geführt, dazu hätten womöglich Millimeter genügt. Folge: Einige Rippen fielen zu Boden, und auch ein Stück des Gewölbes selbst verlor den Halt. Und dieses Gewölbestück, sagte Reberger, hätte mit größter Wahrscheinlichkeit den hochwürdigen Herrn Pfarrer erschlagen, wäre nicht zuvor die Madonna umgekippt. Sie habe ihn vor den herabfallenden Teilen geschützt.

Warum nun, stellte Reberger die nahe liegende Frage gleich selbst in den Raum, ist die Madonna umgekippt? Tatsächlich könnten sich die Untersuchungsbeamten bisher keinen Reim darauf machen, es gebe dafür keine logische Erklärung, und man könnte meinen, die Madonna habe sich aus freien Stücken nach vorne gelehnt, um Hochwürden zu schützen. Allerdings sei diese These bürokratisch nicht haltbar, darum sei noch eine weitere Analyse in Auftrag gegeben worden, die ergeben solle, ob der Stein, auf dem die Madonna stand, sich theoretisch durch die Hitze in seiner Oberflächenbeschaffenheit verändert haben könnte.

Rebergers Ausführungen lösten an dieser Stelle einiges Getuschel und Gemurmel hervor, er ließ es geschehen.

Die heilige Hudlhubber Madonna mal wieder.

Sie war schon etwas ganz Besonderes. Sie hatte nicht nur Blinde sehend gemacht, sie vermochte noch viel mehr. Sie hatte den Pfarrer gerettet. Einige in der Schar der Zuschauer bekreuzigten sich.

»Was nun die Brandursache angeht«, sagte Reberger, »treten wir ebenfalls auf der Stelle.« Nach Prüfung aller vorhandenen Handwerkerrechnungen sei die Elektrik in der Sakristei seit dem Jahr 1964 nicht mehr angefasst worden, sie habe seither immer reibungslos funktioniert. Im Hauptschiff hingegen habe es kontinuierliche Nachbesserungen gegeben, stellte er fest. Von der Sakristei aus werde das Geläut seit 1964 auf die immer gleiche Weise in Gang gesetzt, sogar die Deckenlampe, die die Sakristei beleuchte, sei dieselbe wie damals.

Dann sagte er etwas, was das Blut einiger der Ministranten erstarren ließ: Die Spurensicherung habe am Boden einiges an Kunststoffschrott aufgefunden, darunter einen Heizlüfter, Marke Fakir, sowie weiteres, weitgehend undefinierbares Kunststoffmaterial, was vor allem daran gelegen haben dürfte, dass ein Löschfahrzeug 16 mit einem geschätzten Gesamtgewicht von 7,49 Tonnen, die unter anderem durch die Beladung mit 600 Metern B-Schlauch sowie 2000 Litern eigenem Löschwasser an Bord zustande gekommen waren, drüber gerollt und eventuelle Beweisstücke final zermatscht haben dürfte.

Die Ermittlungsbeamten hätten Tage damit verbracht, aus den Überbleibseln schlau zu werden, sie hätten sich Kondensatoren, Transistoren sowie die verkohlten und zerquetschten Kunststoffklumpen genau angesehen, in der Hoffnung, Rückschlüsse auf deren Funktion herbeiführen zu können – ohne Ergebnis. Reberger ging für einen Moment vom Mikrofon zurück, räusperte sich kurz.

»Eine Bombe«, flüsterte Frau Haller, und die um sie herum hörten das wohl und begannen mitzuflüstern. Eine Bombe, eine Bombe, eine Bombe. Der alte Huberbauer hatte nicht mehr die besten Ohren, und hakte bei seiner Frau nach.

»Was hams gsagt?«

»Eine Bombe«, flüsterte die Huberbauerin.

»Jetzt red halt lauter, ich versteh doch nix!«

»Eine Bombe!«, brüllte die Huberbauerin, und das hörte nicht nur ihr Angetrauter, das hörten alle.

Eine Bombe!

Eine Bombe!

Wie? Hier? Jetzt? Auf dem Kirchplatz? Nichts wie weg!

Und gerade wollten schon die ersten in Panik davonrennen, da erkannte Haderlein seine Chance.

»Meine lieben Mitbürgerinnen und Mitbürger, ich bitte euch!«, sagte er, und erhob beschwichtigend die Arme. »Das ist nur ein Missverständnis, es gibt keine Bombe, und es gab hier auch nie eine!«

»Stimmt nicht«, grinste Leon und knuffte Jan-Eric in die Seite, »ich hab schon Dutzende Arschbomben in den Dorfweiher gemacht!«

»Was sagt er?«, fragte der Huberbauer.

»In den Dorfweiher gemacht!«, wiederholte seine Frau.

»Geh, so ein Ferkel, das tut man nicht!« Überall am Dorfplatz wurde jetzt getuschelt, gebrabbelt, gequatscht, aber wenigstens hatte sich das Thema Massenpanik wieder erledigt.

»Meine Damen und Herren!«, sagte Reberger in sein Mikrofon, »meine Damen und Herren, ich bitte Sie! Darf ich Sie um Ruhe bitten, wir möchten jetzt Fragen der Presse zulassen, zuerst die Fernsehteams.«

Das ließen sich die Reporter nicht zweimal sagen.

»Wie viele Tote gab es?«, wollte einer vom Privatfernsehen wissen.

»Was für Kunstschätze sind der Nachwelt denn durch dieses Feuer verloren gegangen?«, diese Frage kam von den Öffentlich-Rechtlichen.

Einer schaute sich das Schauspiel aus den Zuschauerreihen

an, und je länger es dauerte, desto ungeduldiger wurde er. Er begann von einem Bein aufs andere zu treten.

Es brodelte in ihm.

»Das kann doch alles nicht wahr sein!«, sagte Tim schließlich, »das kann doch nicht sein, dass das alles gewesen sein soll!«. Der Oberministrant stand nicht weit weg von der Huberbauerin, die sich verdutzt zu ihm umdrehte. »Das kann doch nicht alles sein!«, sagte er noch einmal.

»Was sagt er?«, fragte der Huberbauer.

»Das kann doch alles nicht wahr sein, sagt er!«, brüllte seine Frau. Das hörte auch Hauptkommissar Reberger.

»Haben Sie dazu etwas beizutragen, junger Mann?«, fragte er, und die Kameras aller Fernsehteams drehten sich in seine Richtung. »Vielleicht treten Sie ein paar Schritte vor.«

Das wollte Tim tun, bekam es aber nicht hin. Plötzlich lag er auf der Nase. Die Kameras waren auf sein Gesicht gezoomt und lieferten keinen Nachweis, dass die Huberbauerin ihm ein Bein stellte, als er nach vorne preschte. »Super gemacht!«, flüsterte ihr Leon ins Ohr, dem nichts entgangen war. »Psst!«, sagte die Huberbauerin, und sie bewegte dabei ihre Lippen nicht.

Tim rappelte sich derweil wieder auf.

»Nun, junger Mann?«, sagte Reberger in sein Mikrofon.

»Ich kann das nicht glauben, dass das alles ist!«, sagte Tim, er hielt sich ein Taschentuch auf die blutende Nase, nur mühsam konnte er die Tränen der Wut bändigen. Diese Schweine. Er würde es ihnen zeigen!

»Da steckt mehr dahinter«, sagte Tim. »Ich habe die hier gesehen …« – und dabei deutete er auf Jan-Eric, Leon, Ferdinand und die Huberbauerin – »wie sie sich neulich konspirativ gemeinsam getroffen haben, das ging nicht mit rechten Dingen zu!«

»Ich geb dir gleich ein Paar hinter die Löffel, wennst nicht a Ruh gibst«, zischte die Huberbauerin, und diesmal war sie nicht ganz so dezent wie zuvor. »Und zwar eine solche Bockfotzn, die du deinen Lebtag nicht mehr vergisst!«

Tim sah sie über sein sich zunehmend verfärbendes Taschentuch hinweg verschreckt an.

271

»Wie meinen, gnädige Frau?«, fragte Reberger ins Mikro.

»Ich hab nur gefragt, ob der Bub sich bei seinem Sturz auch nichts getan hat, Herr Polizeidirektor!«, sagte die Huberbauerin.

»Sie lügt!«, schrie Tim, in einem Zustand zwischen Panik und Übermut, »ich habe die doch gesehen, wie sie den Überfall auf die Schriftstellerin geplant haben ...«

»Haben Sie dafür Beweise, junger Mann?«

»Ja, das tät mich jetzt auch interessieren«, rief die Huberbauerin, »da hast doch gewiss einen Film mit deinem Telefon gedreht, du Rotzlöffel, wenn du so was behauptest, oder wie?«

»Ich bin erstens überhaupt kein Rotzlöffel, sondern der Hudlhubber Oberministrant, und zweitens habe ich keine Beweise, aber ich habe alles gesehen. Diese drei hier«, sagte er und deutete erneut auf die Jungs, »haben die Schriftstellerin überfallen.« Das Geflüster und Getratsche auf dem Dorfplatz nahm wieder zu, was war denn hier los?

»Sie, Herr Oberpolizeimeister, das führt doch alles zu nichts«, rief schließlich die Huberbauerin, »Sie sehen doch, wie aufgewühlt hier alle sind. Hören S' doch nicht auf den armen, verwirrten Jungen, sondern fahren S' fort, sonst sind wir morgen noch da.«

Derweil waren Leon und Jan-Eric die paar Schritte auf Tim zugegangen, und legten die Hände auf seine Schultern, der versuchte sie wegzustoßen. »Haut ab!«, zischte er weinend.

Leon wandte sich an den Polizeichef: »Wissen S', Herr Wachtmeister, wir haben uns ein wenig gestritten, der Tim und wir anderen, es ging da um ein Fußballspiel, und schließlich hat einer von uns den Materazzi gegeben ...«

»... Sie wissen schon, WM 2006 im eigenen Lande, das Sommermärchen, er hat Zidanes Mutter beleidigt, darauf hat Zidane Materazzi seinen Kopf in die Brust gerammt und flog vom Platz – und Frankreich verlor.«

»Genau«, fing Leon den Ball wieder auf, »und so was Ähnliches ist bei uns auch passiert. Wissen Sie, wir sind eigentlich Freunde, und jetzt gehen wir alle vier nach Haus und sprechen uns aus und ...«

»... entschuldigen uns bei Tim«, ergänzte Jan-Eric, und Ferdinand nickte dazu bekräftigend, »und dann ist alles wieder gut.«

»Aber ...«, setzte Tim an, aber da nahmen ihn seine Spezln schon helfend in die Arme.

»Schaun S', Herr Kriminaloberrat«, sagte die Huberbauerin, »das sind doch noch Kinder. Können wir jetzt bitte weitermachen, ich habe daheim noch Wäsche zu waschen!«

Mit dieser Bemerkung löste die Huberbauerin allgemeines Gelächter und neuerliches Getuschel aus. Das glaubten sie wohl, dass es bei den Hubers Wäsche zu waschen gab, und der arme Mann, was für einen Tonfall seine Frau da an den Tag legte. Wer bei den beiden das Kommando hatte, das war ja wohl klar. Restlos klar.

»Also gut!«, sagte Reberger am Ende dieses kleinen Zwischenfalls.

»Wir werden der Sache mit dem Überfall jedenfalls noch nachgehen«, wandte er sich an die anwesenden Medienleute, und die Journalisten nickten, sie hatten den Redaktionsschluss im Nacken, und ihnen war eh nicht klar, was ein angeblicher Überfall auf eine Schriftstellerin mit dem Kirchenbrand zu tun gehabt haben könnte. Nebenkriegsschauplätze. Viel zu viele Details.

»Jedenfalls ist es der Heldentat des Feuerwehrmannes Karl-Heinz Wendler zu verdanken, dass das Feuer, das – wohl dem veralteten Leitungsnetz geschuldet in der Sakristei ausbrach – nicht noch ein weiteres Todesopfer gefordert hat«, sagte Reberger. »Mit seinem Mut und seiner Einsatzkraft sorgte er dafür, dass Hochwürden noch lebt. Ich danke Ihnen für Ihre Aufmerksamkeit und übergebe das Wort nun an den Landtagsabgeordneten Ludwig Haderlein, vielen Dank!«

Es gab vereinzelten Applaus, und eben wollte Haderlein zu seinem Loblied auf die Hudlhubber Feuerwehr und den Gemeinschaftssinn im Allgemeinen wie auch im Besonderen ansetzen, da stürmte der Bürgermeister auf den Platz.

»Was ist denn hier los!«, brüllte er. »Und wieso fangt ihr ohne mich an?«

273

»Wer zu spät kommt, den bestraft das Leben«, brüllte die Huberbauerin, sie war jetzt richtig in Fahrt.

»Wieso zu spät?«, fragte der Bürgermeister, »es ist doch erst halb zwei ...«

»Es ist halb drei, Bürgermeister«, sagte Haderlein genervt.

»Ach verdammt«, sagte der Bürgermeister und patschte sich mit dem Handballen gegen die Stirn. »Ich war im Sitzungszimmer und habe auf dem Reiß Sepp seine Uhr geschaut ...«

»Jetzt hast ja doch noch deinen Bock geschossen«, erwiderte Haderlein.

»Das stimmt. Habe ich doch glatt vergessen, dass bei uns in Hudlhub die Uhren anders gehen.«

NACHSPIEL

1 | AM MARTERL

Zu Fuß war es eine ordentliche Strecke, von Hudlhub nach Kainegg. Die Huberbauerin war sie schon oft gegangen.

Heute war ein warmer Herbsttag, sie hatte ja schon manche schönen Erntedankfeste erlebt. Eine gute Gelegenheit, das neue Marterl anzusehen, das durch eine anonyme Spende wieder aufgebaut werden konnte, sogar noch prächtiger als zuvor.

Die Huberbauerin hatte es überhaupt noch nicht im Original gesehen, nur die Bilder auf den Fotos in der Zeitung. Sie war gespannt. Es soll ja sehr schön geworden sein, hatte sie schon gehört. Von ihrem Mann. Der war bestimmt schon 30 Mal draußen.

Einem Restaurator aus Regensburg war es gelungen, die gebrochene Platte mit der Inschrift zu retten, »Gottloser Mörderhand ...«, da war alles wieder wie gehabt.

Die Huberbauerin musste ein wenig schnaufen, als es hinauf ging zum Hexenholz, nicht weit entfernt von der Stelle, wo einst ein Schloss gestanden sein soll.

Als sie schließlich die Dreieckswiese erreichte, hielt sie einen Moment inne. Hier wuchs nichts, auch das machte die Wiese so besonders. Und sie streckte die Nase in den Wind, denn die Leute sagen, dass man bis heute die Lavendelbüsche riechen kann, die rund um den Hof wuchsen, der 1928, ein Jahr nach der Bluttat abgerissen worden war.

Dann ging sie den Feldweg noch das kleine Stück weiter zum Marterl unter der Wetterfichte. Es war wirklich sehr schön geworden. Ein in die Höhe ragender, heller, nach oben immer schlanker werdender Stein, fast drei Meter hoch, mächtig, gewaltig, trotzig, fest in der Erde stehend. Die Künstlerin, die den Stein schuf, hatte hölzerne Wurzeln eingearbeitet, als Symbol für die Verwurzelung der Menschen, die hier lebten – und starben.

Die Huberbauerin öffnete ihre Tasche, holte etwas heraus, das sie vorhin extra besorgt hatte, und legte es vor dem Marterl auf den Boden.

Sie hielt es für angebracht, etwas zu geben, etwas zu hinterlassen, den Moment wertzuschätzen, denn es war sowieso nichts mehr so, wie es war, seit Bettina ihr Buch auf den Markt gebracht hatte.

»So öd« hatte sie es getauft, und die Zeitungen landauf landab überschlugen sich in diesen Tagen geradezu. Bettinas Buch war drauf und dran, ein Bestseller zu werden. Sie hatte die Geschichte von Kainegg in eine andere Zeit und einen anderen Bezirk verlegt, und trotzdem wusste jeder, was gemeint war. Sogar ein Kinofilm war schon angedacht. »Kainegg goes Hollywood«, dachte die Huberbauerin, die, wer hätt's gedacht, fließend Englisch sprach, »unglaublich!«

Die Huberbauerin hielt einen Moment inne, so ganz allein mit dem Marterl.

»Lauter Schmarrn steht drin, in dem Buch!«, sagte die Huberbauerin, aber dafür hatte sie ja auch gesorgt. Sie, und die anderen Hudlhubber. Das Fass Bier für die tollste erfundene Geschichte, es war übrigens an den Meik gegangen.

Sie, die Huberbauerin, jedenfalls hatte alles dafür getan, die wahre Geschichte so gut wie möglich zu vertuschen. Sie hatte das Erbe ihrer Familie bewahrt, sie hatte ihr Versprechen gehalten. Eine Weile verharrte die kleine Frau noch am Ort des Erinnerns, dann drehte sie sich um und ging zurück nach Hudlhub.

Vor dem neuen Marterl lag eine rote Rose.

2 | GOTTESDIENST

Die Kirche Zur Heiligen Mutter Gottes Verkündigung in Hudlhub war noch nicht wieder das, was sie einmal gewesen war, aber sie war zumindest soweit wieder hergerichtet, dass hier wieder Gottesdienste stattfinden konnten.

Der Durchgang zur Sakristei war versperrt, aber draußen war der Rohbau, der den abgebrannten Gebäudeteil ersetzen sollte, fast schon fertig.

Es war Sonntag, und der Pfarrer hatte seine Schäflein wieder um sich versammelt. Zu Erntedank fehlte fast niemand im Gotteshaus, und er genoss diesen Moment.

Im Hauptschiff sah es beinahe wieder so aus wie früher, wie vor dem Brand. Die Rußspuren waren beseitigt, die Leinberger-Madonna hatte zwar ein paar Kratzer abbekommen, davon abgesehen stand sie wieder an ihrem angestammten Platz.

Der Altar war neu aufgebaut, die abgebrochenen Stützen waren erneuert worden, ein Baldachin fehlte noch, aber der Auftrag war schon erteilt, und der Liturgie tat sein Fehlen keinen Abbruch.

Im nächsten Frühjahr würde das Hauptschiff noch einmal komplett eingerüstet werden, das Bistum hatte bereits die Wiederherstellung der Decke und die Restauration des durch den Brand doch arg in Mitleidenschaft gezogenen Deckengemäldes in Auftrag gegeben. Bis es so weit war, schützten ein paar Netze die Gläubigen im Kirchenschiff.

Hochwürden war ganz in seinem Element.

Der Pfarrer war richtig gut aufgelegt, weil auch Charlie und Steffi gekommen waren, und sie waren keine regelmäßigen Kirchgänger. Was für ein schönes Paar die beiden doch waren. Der Pfarrer spürte, wie sich sein Herz öffnete.

Nach der Kirche trafen sich die drei vor dem Gotteshaus und fassten sich bei den Händen.

»Ich bin erleichtert und ich bin glücklich und dankbar«, sagte der Pfarrer. Gerade wollte er das noch weiter ausführen, da unterbrach ihn eine laute Stimme.

»Hochwürden, nicht trödeln, das Essen steht auf dem Tisch.« Das war Frau Haller, seine neue Haushälterin.

»Ich würde ja gerne noch bei euch bleiben, aber ihr seht ja selbst ...«, sagte Hochwürden, schon im Gehen. Blöd nur, dass die Bürgermeisterin sich den dreien zugewandt hatte, sie kam festen Schrittes von hinten auf Hochwürden zu, sie wollte unbedingt noch ein paar Worte mit ihm wechseln. Der Pfarrer bemerkte sie zu spät, die beiden krachten fürchterlich zusammen, und Hochwürden ging vom Aufprall zu Boden. Das ist ein physikalisches Gesetz: Aktion und Reaktion. Die Bürgermeisterin aber blieb ungerührt wie ein Fels stehen.

»Herr Pfarrer!«, rief Steffi, und irgendwie fühlte sich das gerade wie ein Déjà-vu-Erlebnis an. »Haben Sie sich wehgetan?«

»Alles bestens!«, rief er, sprang behände auf, tat so, als wäre nichts gewesen, und machte sich forschen Schrittes Richtung Haller'schem Mittagsmahl davon. Charlie grinste von einem Ohr zum anderen.

»Aber Herr Pfarrer, ich wollte doch noch ...«, setzte Frau Bürgermeister an, aber da hatte Frau Haller schon die Tür hinter ihm und sich geschlossen.

3 | SAMOS

Bequem, so eine Hängematte.

Bettina machte eine Schaukelbewegung. Es ging hin und her. Über ihr zwei Olivenbäume, und darüber der Himmel von Samos, jener wundervollen kleinen griechischen Insel in der östlichen Ägäis, nur wenige Kilometer von der türkischen Grenze entfernt, in der es sich so gut leben ließ. Den Tipp hatte sie von Bernd Zackig bekommen, er war schon einige Male hier gewesen. In Kokkari, einem zauberhaften kleinen Fischerort, der zwar längst vom Tourismus überrollt war, der aber noch genügend Stellen bot, um sich auch mal zurückzuziehen, ließ es sich prächtig leben.

Nur, wenn der Meltemi, der Wind, der aus dem Norden kam, gar zu heftig blies, konnte es auch mal ungemütlich werden. Ansonsten luden traumhafte Bergdörfer, herrliche Wälder, Wasserfälle, kuschelige Strände, die Spuren der berühmten ehemaligen Bewohner Pythagoras und Epikur oder die Aussicht von einer kleinen Töpferei oben am Berg auf die sehr außergewöhnliche Flughafen-Landebahn zum ausgiebigen Verweilen ein. Bettina hatte sich überzeugen lassen. Es ging ihr gut.

Eben hielt sie Post von daheim in der Hand.

Steffi hatte alles in einen großen Umschlag gepackt und ihr hinterhergeschickt.

Unter anderem fand sie darin einen Brief von Frank.

Sie versuchte, sich sein Gesicht vorzustellen, seine Haltung, wie er am Couchtisch kauerte und an sie dachte. Bestimmt hatte er wieder eines seiner geliebten St.-Pauli-Shirts an, die er sogar dann trug, wenn er Verbrecher jagte.

Als er diesen Brief schrieb, wird er, so wie sie ihn kennt, nicht glücklich dreingeschaut haben. Frank war im Grunde ein feiner Kerl, aber einer dieser Männer, die sich schwer damit taten, Gefühle auszudrücken. Regelrecht ungeschickt stellte er sich dabei an, auch diesmal.

Sein Brief war kurz ausgefallen, reduziert auf die Kernaussage. Alles weitere musste sie sich dazu denken. Bettina las den Brief in Ruhe durch:

»Liebe Bettina, sei mir nicht böse, aber ich glaube, unsere Zeit ist um. Wir hatten sehr viele schöne Tage. Aber jetzt ist es Zeit, weiterzugehen. Darum möchte ich dich bitten, in die Scheidung einzuwilligen. Frank.«

Bettina schluckte. Aber sie weinte nicht. Sie hatte es ja lang genug gewusst. Und sie hatte ein neues Leben.

Steffi hatte ihr noch etwas mitgeschickt, eine Illustrierte aus der Heimat, die jede Woche die aktuellen Buchbestseller veröffentlichte. Die entsprechende Seite war mit einer gelben Büroklammer eingemerkt.

Ihr Name tauchte gleich zweimal auf: In einer Extra-Meldung stand etwas vom Plagiatsprozess, der gegen sie eingeleitet worden war, weil sie angeblich beim Kainegg-Buch, das ihr die Steffi einst gegeben hatte, abgeschrieben haben soll. Ihre Verlegerin hatte sie schon vorgewarnt und ihr gesagt, sie solle sich darüber nicht aufregen.

Ihr Name tauchte aber auch in der Liste der aktuell erfolgreichsten Bücher auf.

Auf Platz sieben stand es zu lesen. Bettina Hinkel: »So öd«.

Sie sah es, legte den Kopf in den Nacken, und genoss den Wind, der über ihr Gesicht strich.

Verrückt, wie sich die Dinge entwickelt hatten.

Mit einer Hand tastete Bettina nach ihrem Glas, sie fand es, ohne die Augen zu öffnen. Eines allerdings, dachte sie, hätte sie nur zu gern gewusst: Wer der wahre Mörder von Kainegg war.

4 | DER HUBERBAUER KAUFT EIN

Der Huberbauer ließ seine Schuhe wieder einmal glühen. Er liebte diese Erfindung. Und er liebte die Blicke, die er damit auf sich zog, gerade beim Einkaufen im Supermarkt am Rand der Spargelstadt. Manche fanden das durchaus lustig. Bernd Zackig kam ihm grad recht, zwischen zwei Regalen.

»Und, Bernd, hast mal drüber nachgedacht, was ich dir erzählt hab?«, fragte er.

»Ja, hab ich, Huberbauer«, erwiderte er.

»Und?«

»Ja, klingt spannend, aber es gibt halt wieder einmal keinen Beweis.«

»Was brauchst denn noch für einen Beweis? Jemand musste die Sache zu Ende bringen. Er würde ein Held sein, nach alldem, was in jener Nacht auf dem Hof passiert war.«

»Das stimmt schon. Und dass der Bauer im Nachthemd war, spricht ja auch dafür, dass er nicht in der selben Nacht mit den anderen. . .«

»Natürlich, Bernd. Und nun frag dich einmal: Warum wurde die Mordwaffe erst ein Jahr nach der Tat gefunden?«

»Weil sie gut versteckt war.«

»Und wieso geht jemand beim Abriss des Hofs nach oben und beeilt sich, die Tatwaffe zu finden?«

»Das frage ich mich auch.«

»Denk doch mal nach, Bernd: Was ist mit den Fingerabdrücken?«

»Die Fingerabdrücke?«

»Jetzt stellst dich aber schon an. Wessen Fingerabdrücke sind denn wohl auf der Tatwaffe?«

»Na, die der Kainegger – und die des Mörders.«

»Ganz genau, Bernd. Aber wenn der Mörder die Tatwaffe vor vielen Zeugen findet, sind seine Fingerabdrücke auf der Tatwaffe . . .«

»... die des Finders und nicht mehr die des Mörders?«

»Jetzt schnackelt's. Und hast du dafür irgendwelche Beweise?«

»Beweise, Bernd, Beweise. Du schaust zu viel Fernsehen. Ihr immer mit eurem Fakten-Fakten-Fakten-Schmarrn.«

»Ja, aber woher hast 'n du diese Geschichte, Huberbauer?«

»Das, mein lieber Bernd, werde ich dir nicht verraten.«

»Was schade ist, denn so lange bleibt auch das nur eine Theorie von vielen.«

»Dir werd ich noch mal was verraten, mein lieber Bernd!« Der Huberbauer plusterte sich regelrecht auf. »Weißt was, Bernd, du bist ja schlimmer als mein geliebtes Weibi. Immer meint ihr, dass ihr recht haben müsst. Und das letzte Wort noch dazu!«

»Geh, Huberbauer. . .«

»Da, schon wieder!«

»Aber so hab ich das doch nicht gemeint!«

Da aber konnte Zackig nur noch ein paar bunte Turnschuhe glühen sehen.

5 | POST VON HADERLEIN

Liebe Frau Bichler,

ich darf Sie vom Abgeordneten Herrn Ludwig Haderlein darüber in Kenntnis setzen, dass er Ihre Anfrage bezüglich des Rehbratenrezepts nicht vergessen hat. In seinem Namen darf ich Sie aber noch um etwas Aufschub bitten, wichtige, unaufschiebbare politische Geschäfte halten ihn gerade davon ab, die Zeit zu finden, um es niederzuschreiben.

Mit freundlichen Grüßen
Susanne Mader
Büro des Landtagsabgeordneten

6 | HUDLHUBBER KOCHKUNST

Radlerengel Valentin Hausknechts
Kartoffel-Selleriepüree

Zutaten (für 4 Personen): 300 g mehlige Kartoffeln, 700 g Knollensellerie, 60 g Butter, 100 bis 200 ml Milch, Salz und Pfeffer und frischer Muskat, Bio-Zitrone

Zubereitung: Kartoffeln und Sellerie schälen und in Würfel schneiden. In einem großen Topf mit Salzwasser weich kochen. Wasser dann abgießen und Kartoffeln und Sellerie mit einem Stampfer zerstampfen. Topf wieder auf das Kochfeld stellen und auf niedrige Stufe stellen. Dann so viel Milch zum Stampf geben, bis es eine geschmeidige Masse ist. Butter unterrühren und mit Salz, Pfeffer und Muskat abschmecken. Zum Schluss noch ein bisschen Abrieb der Schale einer Bio-Zitrone dazugeben. Fertig ist das KartoffelSelleriepüree.

Feuerwehrkommandant Franz Schmids
Fleischpflanzerl mit Pilzpfiff

Zutaten (für 4 Personen): 300 g Kalbshackfleisch (alternativ halb Rind, halb Schwein), 200 g frische braune Champignons, 1 kleine Zwiebel, 2 Eier (Größe M), 80 g Toastbrot, 100 ml Milch, 2 TL scharfer Senf, 3 EL Petersilie, 1 TL Salz, frischer Muskat, Pfeffer sowie 2 EL Öl zum Anbraten

Zubereitung: Zuerst Toastbrot in Würfel schneiden und in Milch aufweichen. Währenddessen die kleine Zwiebel in feine Würfel schneiden. Dann die frischen Champignons in feine Würfel hacken. Jetzt Zwiebel und Champignons in eine große Schüssel geben. Das vollgesaugte Toastbrot dann ausdrücken und ebenfalls in die Schüssel geben. Jetzt kommt das Hackfleisch dazu. Einmal mit den Händen durchkneten. Gewürze dazugeben. Also Salz, Senf, Petersilie und etwas Muskat und Pfeffer. Alles zusammen noch einmal gut durchmischen und dann abschmecken. Nach Belieben etwas nachwürzen. Öl in der Pfanne erhitzen. Aus der Masse mit den Händen acht Pflanzerl formen und direkt in die Pfanne legen. Leicht andrücken. Pflanzerl bei mittlerer Hitze von beiden Seiten goldbraun braten. Zirka 10 Minuten auf jeder Seite. Fertig sind die Pflanzerl mit Pilzpfiff.

Des Bürgermeisters
mediterrane Kaspressknödel

Zutaten (für 4 Personen): 250 g altbackene Semmeln, 250 ml Milch, 1 große Zwiebel, ein halber Bund Petersilie, 200 g Gruyère-Käse (oder anderen Bergkäse), 3 Eier (Größe M), 100 g eingelegte Tomaten (in Öl oder Marinade), 100 g Oliven ohne Stein (Schwarz oder Grün, egal), ein halber Bund Mediterrane Kräuter (z.B. Oregano, Majoran oder Thymian), Salz, Pfeffer und Öl zum Anbraten

Zubereitung: Die Semmeln in Scheiben schneiden und in eine Schüssel geben. Die Milch aufkochen und über die Semmeln gießen. Für 10 Minuten Deckel drauf, damit sie weich werden. In der Zwischenzeit die Zwiebel in feine Würfel schneiden. Die Petersilie fein hacken und den Käse grob reiben.

Jetzt die Zwiebel, den Käse und die Petersilie sowie die drei Eier zu den Semmeln geben. Die Tomaten und Oliven müssen abtropfen und fein gehackt werden. Dann ebenfalls zu den Semmeln geben. Die Mediterranen Kräuter fein hacken und auch in die Semmelschüssel geben. Mit ein wenig Salz und Pfeffer würzen und dann mit den Händen gut durchmischen. Die Masse muss sich gut formen lassen. Sollte sie zu weich sein, kann man sie mit Semmelbrösel oder Mehl festigen. Gerät sie zu fest, ein bisschen Milch dazugeben. Am Ende noch mal abschmecken. Öl in der Pfanne erhitzen.

Aus der Masse mit den Händen zehn bis zwölf Knödel formen und direkt in die Pfanne legen. Eventuell mit zwei Pfannen arbeiten oder nacheinander braten. Leicht in der Pfanne andrücken. Kaspressknödel bei mittlerer Hitze von beiden Seiten goldbraun braten. Zirka 10 Minuten für jede Seite. Fertig sind die Mediterranen Kaspressknödel. Dazu passt grüner Salat.

HUDLHUB

Was haben Frau Antje aus Holland, der Jesus aus den Don-Camillo-Filmen, ein Türsteher und ein Fußballprofi aus Düsseldorf, ein genervter Sanitäter, ein wichtiger Landtagsabgeordneter und ein Feuerwehrtrupp miteinander zu tun? Eine ganze Menge, wenn sie alle an einunddemselben Ort aufeinandertreffen: in Hudlhub, dem Ort, wo einst Dorfphilosoph Matthias Kronleiter (1726 - 1754) den Hudlhubreifen erfand, jenes Sportgerät, das seinen Siegeszug antrat, nachdem ein amerikanischer Tourist die Idee auf der Durchreise geklaut hatte. Aber es gibt ja auch einen Bürgermeister, der sich vorgenommen hat, to make the Hudlhubreifen great again.

Damit ist die Saat gelegt für eine abdrehte Story, die damit beginnt, dass Georg Friedrich nach Jahren in der Großstadt in seine Heimat zurückkehrt, mit der Elfenbeinprinzessin und eine ungefähr 47000 Euro teure Rassekatze im Gepäck. Ihr Besitzer will das Tier zurückhaben und schickt zwei Auftragskillerinnen los. Aber die haben nicht mit dem Feuerwehrtrupp von Hudlhub gerechnet.

Klingt abgefahren? Ist es auch. Eine Geschichte aus dem ganz normalen Wahnsinn des Lebens.

Die Welt wird immer komplizierter - und immer blöder. Wie gut, dass wenigstens der Landtagsabgeordnete Ludwig Haderlein den Durchblick hat. Als allerdings im ehrenwerten Swingerclub, den Helga Dürnbichler in Gailing betreibt, unter mysteriösen Umständen stirbt, ist er nicht zur Stelle. Weil er gerade seine Formel zur Rettung der Weltwirtschaft in die Hauptstadt bringt.

Nachdem er auch noch vergessen hat sein Smart-

phone zu laden, bekommt er nicht mit, wie die geheimnisvolle Fondazione Rotonda Tiberiana bei ihm zuhause in Hudlhub wenig zimperlich ihrer Interessen verfolgt. Es treffen aufeinander: Mafiosi, Kunstliebhaber, Kirchenleute, Masseurinnen, Fremdenführer, Politiker, Feuerwehrleute und Musikerinnen.

Ganz klar: Wenn eine solche Gemengelage eintritt, dann kann das nicht gutgehen. Und was passiert? Genau: Ein Inferno fegt über die ländliche Idylle! Und danach wird nichts mehr so sein, wie es mal war …

BIBERG

Kommt ein Bruder von Jesus nach Biberg – das ist das Grundmotiv des Romans „Biberg" von Mathias Petry, der deshalb in mehreren Zeitebenen spielt. Es geht um die Gebeine eines Mannes, die durch die Jahrhunderte wandern und immer dort, wo sie auftauchen, für jede Menge Aufregung sorgen. Und es kommt ein unglaublicher Verdacht auf …

Als er die Grube für seinen Koikarpfenteich ausheben lässt, stößt der Landtagsabgeordnete Ludwig Haderlein nämlich auf eine Knochenkiste mit hebräischer Aufschrift. Wie kam sie hierher? Wie ist so etwas möglich? Ist am Ende doch etwas dran am Fluch von Biberg, einem Ortsteil von Hudlhub, von dem seit Jahrhunderten gemunkelt wird?

„Biberg" ist ein weiterer Roman des Autors Mathias Petry, voll von satirischen Anspielungen, in denen so manche menschliche Eigenheit aufs Korn genommen wird. Ein Leser sieht in dem Buch fast schon einen neuen „Brian".

DIE KLEINMÖGEL

In Hudlhub, tiiief unter der Erde, leben die Kleinmögel, ein lustiges Völkchen winzig kleiner Erdkobolde. Seit unglaublich vielen Jahren malen die Kleinmögel – tagein, tagaus – die Karotten an. Weil sie sonst nämlich erdmatschbraun wären.

Im Buch „Konrad Kleinmögel und die verlorenen Farben" erzählt Opa Kleinmögel Geschichten aus einer Zeit, in der die Welt im Erdreich bunt

war, als es noch andere Farben außer Orange gab. Das macht Konrad neugierig und – allen Warnungen zum Trotz – will er die verlorenen Farben suchen. Dazu nimmt er seinen ganzen Mut zusammen, hängt sich an eine kräftige Möhre, lässt sich mit ihr zusammen ernten und landet mitten in der farbenfrohen Welt von Hudlhub. Ein großes Abenteuer erwartet ihn, denn er begegnet einigen wundersamen Wesen.

Im Buch „Konrad Kleinmögel und die wunderbaren Wörter" machen sich Konrad und Franzi auf die Suche nach ihrem Freund Didi. Der ist nämlich nicht pünktlich zur Karottenanmalschicht erschienen. Schnell stellen die beiden fest, dass etwas nicht stimmt … und schon sind sie mitten drin im nächsten Abenteuer. Es bedarf viel Fantasie und Einfallsreichtum – zumal, wenn

man selbst erdkoboldklein ist! Aber mit guten Freunden und Helfern an ihrer Seite und dem Wörter-Geblubber von Koikarpfen Hugo beweisen die beiden Kleinmögel-Freunde, dass sie zusammen wieder kleinmögelstark sind!

Die Abenteuer von Erdkobold Konrad Kleinmögel und seinen kleinmögelstarken Freundinnen und Freunden gehen weiter!

Die Autorin Sabine Beck und die Künstlerin Heidi Stulle-Gold haben viel Fantasie und Liebe in ihre Bücher für Erstleser und Kinder ab fünf Jahren gesteckt.

Auf Sabines Blog „Die Kleinmögel" könnt ihr die Entstehungsgeschichte des Hudlhubber Kinderbuchs nachlesen.

Die Geschichte rund um den liebenswerten Erdkobold Konrad Kleinmögel gibt es auch live als Lesetheater für Kinder von 5 bis 9 Jahre. Sabine freut sich über Anfragen über kontakt(at) kulturbuero8.de

Erschienen sind die Kleinmögel-Bücher von Sabine Beck & Heidi Stulle-Gold im Dix-Verlag (Düren/Bonn). Sie sind überall im Buchhandel erhältlich.

HUDLHUB - DIE BAND

Vereinnahmener, mehrstimmiger Gesang, eigenständige Melodien fernab der gängigen Liedermacherpfade, pfiffige, lustige und hintersinnige Texte in der Sprache ihrer Heimat - dafür steht das Liedermacher-Trio Hudlhub, das seit einer Weile quer durch Bayern tourt. „Komm mit mir" lautet der Titel des neuen Programms zum neuen, gleichnamigen Album, das sich im Kern darum dreht, der Welt mitzuteilen, dass Hudlhub ihr eigentlicher Mittelpunkt ist. Aber Spaß beiseite - im Mittelpunkt des Programms steht natürlich die Musik, die die drei - Barbara Liebhart (voc), Sabine Beck (voc, perc) und Mathias Petry (voc, git) - mit großer Ernsthaftigkeit angehen, während es beim Drumherum nicht ganz so bierernst zugeht. In den Texten der Band geht es ums Leben mit all seinen Facetten, von lustig bis tragisch, von traurig bis albern, von satirisch bis sarkastisch - in Hudlhub und um Hudlhub herum.

der der Himmel noch weißblau ist, wo „jeder noch wen kennt, der wen kennt, der woaß wias geht" und wo sich „keiner dafür schamt, dass er redt wia eam da Schnabel gwachsen is". Und so kann es passieren, dass man am Ende eines Konzertabends selbst ein Stück weit ein Hudlhubber geworden ist.

Hudlhubs besonderer Liedermacher-Sound wird von Barbara Liebharts außergewöhnlicher, warmer Stimme, beeindruckendem Satzgesang, Sabine Becks groovender Percussion und dem virtuosen Gitarrenspiel von Mathias Petry getragen. Einprägsame Melodien gepaart mit lyrischen, bayerischen Texten zeichnen den eigenständigen Sound der Band aus.

Zwischen den Liedern erfährt man, was es mit den legendären Hudlhoop-Reifen auf sich hat. Und welche Evergreens eine gewisse Kapelle nach ihrer Zeit in Hamburg in ihrer Hudlhubber Phase auf bairisch geschaffen hat. Und welche Karriere die Hudlhubberin Karoline König in Amerika gemacht hat.
Die Band rät: Wer zum Lachen am liebsten in den Keller geht, sollte den Keller besser zum Konzert mitbringen.

Veröffentlichungen (u.a.):

„Alpenpower 3" (Donnerwetter Musik, 2014)
„Hudlhub: Der Soundtrack" (Album, Donnerwetter Musik, 2015)
„Hart & Zart Vol. 6" (Sampler mit „Warten", Mundart Ageh Regensburg, 2015)
„Das Kanaoee" (Single, Donnerwetter Musik, 2018)
„Komm mit mir" (Album, Donnerwetter Musik, 2019)
„Schatten" (Single, Donnerwette Musik, 2021)
„Drunt in der greana Au" (Single, Donnerwetter Musik, 2024)
„Sob rocks earth Vol. 4" (Sampler, mmp, 2024)
„Zwoa Paar Schua" (Single, Donnerwetter Musiki, 2024)